KB125995

바다에서는

바닷사체를 읽고

도시에서는

아르마니를 읽는다―

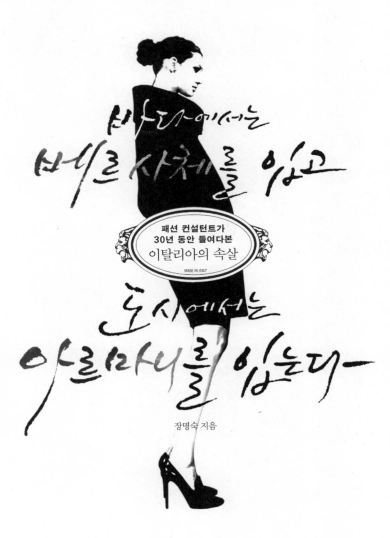

바다에서는
베르사체를 입고

패션 컨설턴트가
30년 동안 들여다본
이탈리아의 속살
MADE IN ITALY

도시에서는
아르마니를 입는다

장명숙 지음

웅진 지식하우스

GUENDALINA

RALPH LAUREN

CONCEPT REDEFINES ERGONOMICS BY
DITIONAL GARMENT CONSTRUCTION PATTERNS

THE CONSTRUC

나의 두 번째 고향, 이탈리아를 말하다

"저…… 보시던 책 좀 빌려주실 수 있나요?"

비행기 안에서의 일이다. 읽고 있던 책의 마지막 장을 덮으려는 순간, 뒷좌석에 앉아 있던 젊은 여자 승객이 말을 걸었다.

"아, 네. 여기 있어요."

대답을 하며 고개를 돌려 책을 건네려는데, 그녀가 비어 있던 내 옆자리로 얼른 옮겨 앉았다. 그러면서 호기심이 가득한 눈빛으로 이렇게 물었다.

"어디까지 가세요? 저는 로마까지 가는데."

"네, 저는 밀라노까지 가요."

"밀라노에 무슨 일로요? 여행? 아니면 업무?"

"몇 달 지내면서 일도 하고…… 그러느라 자주 드나드는 편이에요."

"어머, 좋으시겠다!"

무심코 한 대답에 크게 반색을 하는 바람에 나는 조금 머쓱했다. 그러나 이분의 호기심엔 제대로 발동이 걸렸으니……

"저, 그럼 뭣 좀 여쭤봐도 돼요? 밀라노에 사시면 로마도 잘 아세요?"

"네, 좀······."

"제가 로마에는 처음 가는데, 위험하다는 말을 하도 많이 들어서 걱정이에요."

"아니, 걱정할 것 없어요. 어디나 사람 사는 건 비슷해서 상식선을 벗어난 모험만 하지 않으면 돼요. 물론 관광객이 많아 조금 무질서해 보이긴하지만······."

"그런데 뭐 하시는 분인데 밀라노에 자주 가세요? 결혼은 하셨어요? 자제분은요? 실은 제가 정말 가보고 싶은 도시는 밀라노인데 아직 엄두가나질 않아요. 세계의 유행을 이끄는 도시인데 얼마나 멋지겠어요. 실례가되지 않는다면 밀라노 얘기 좀 해주세요."

우리나라 사람들은 초면인 사람에게도 남녀를 막론하고 나이나 결혼유무를 쉽게 물어보는 편이다. 하지만 비행기에서 만난 이 여자분은 질문을 속사포처럼 쏟아내 좀 당황스러웠다. '젊은 양반이 나한테서 뭘 알고 싶은가?' 하는 의문도 들었고, 여행길에 잠깐 만난 인연 치고는 사뭇 진지해어떻게 대해야 할지 망설여지기도 했다.

그녀는 병원에서 사무직으로 일하고 있는 30대 후반의 독신이라고 자신을 소개하면서, 삶의 전환점이 필요해 이번에 여행을 떠나게 되었다고했다. 그러고는 다시 하나하나 질문을 던지기 시작했다. 왜 혼자서 밀라노로 가는지, 가서는 몇 달씩 어디서 머무르며 무슨 일을 하는지, 언어는 어느 나라 말을 쓰는지 등등……. 질문과 대답이 오가는 사이 시간이 꽤 흘렀다. 이야기 끝에 그녀는 시간이 너무 짧아 아쉽다고 했다. 그러면서 지금까지 내가 살아온 얘기를 젊은 사람들에게 들려주는 뜻에서 책으로 써보면 재미있을 것이라고 말했다.

뒷자리의 승객이 잠든 후, 나는 또 다른 책을 펼쳐 읽고 있었다. 그러자 이번엔 승객들 사이를 오가며 상태를 점검하던 중년의 스튜어드가 말을 건넸다.

"피곤하지 않으세요? 계속 책만 보고 계시니……."

"비행기에서는 잠이 잘 안 와서요."

"로마에서 내리세요?"

"아뇨. 밀라노까지 가요."

"밀라노에 사시는 분이세요?"

"아니, 그냥 왔다 갔다 하며 살고 있어요."

"아, 그래요? 좋으시겠어요. 밀라노는 벼르기만 하고 아직 구경을 못했는데, 어떤 도시예요? 패션의 도시라는 상식은 있는데 가볼 기회가 없어요. 대단히 실례지만 무슨 일을 하시는 분인지 여쭤봐도 될까요?"

이렇게 또 한참 동안 스튜어드와 말을 주고받았다.

난 점점 묘한 최면에 빠져드는 기분이 들었다. 나에게 말을 건넨 두 사람은 한결같이, 시간이 많으면 이야기를 더 나눠보고 싶다고 했다. 또 이탈리아에 관한 경험담을 책으로 내면 어떻겠느냐고 말했다. 물론 인사치레일 수도 있겠지만, 그들의 권유가 마치 계시처럼 자꾸 내 의식을 건드렸다.

사실 예전부터 나를 알던 사람들이나 내 강의를 들었던 제자들도 책을 쓰라고 권한 적은 많았다. 그럴 때마다 난 "아이고, 그런 엄청난 일을 내가 어떻게 해"라며 귓등으로 흘려보냈다. 한창 일에 빠져 지내던 30~40대에는 원고 청탁도 자주 받았고 패션 전문지에 고정 칼럼을 연재하기도 했다. 하지만 책을 쓰는 일은 언감생심, 단 한 번도 생각해보지 않았다. 그런데 이제 와서, 그것도 처음 만난 사람들이 나를 고민에 빠뜨릴 줄이야…….

책을 쓰기 시작한다면 과연 무슨 얘기를 어떻게, 누구를 향해 풀어놓나? 나는 이 엄청난 과업(?)에 대한 유혹과 저항 사이를 오가며 여행 기간 내내 자신을 들볶았다. 그러다 책을 쓴다고 가정해놓고 내 삶을 차근차근 되짚어보았다. 그 결과, 이탈리아라는 나라와 내가 나눈 인연이 결코 녹록지 않았다는 걸 새삼 깨달았다. 물론 지나온 시간에 대한 반성과 남은 인생에 대한 각오도 새로이 할 수 있었다.

30년 전 내가 유학을 간다고 했을 때 주변 사람들은 하나같이 이렇게 말했다.

"이탈리아로 유학을 간다고? 아니, 소매치기랑 사기꾼이 득실거린다는데 왜 하필 그리로 유학을 가?"

하지만 지금은 어떤가? 스파게티, 피자, 카푸치노, 에스프레소, 티라미수 등이 아주 익숙하지 않은가? 그뿐이랴, 이탈리아의 명품 브랜드들도 낯설지 않다. 그중엔 내가 한국 시장에 소개한 뒤 폭발적인 성장세를 기록한 페라가모 같은 브랜드도 있다. 이젠 이탈리아를 빼놓고는 음식뿐만 아니라 패션과 디자인, 그리고 문화를 얘기하기 어려운 시대가 되었다.

이탈리아 친구들은 종종 나를 가리켜 '코레 이탈리아나한국계 이탈리아 여자'라고 부른다. 그럴 때면 말도 안 된다며 손사래를 치곤 하지만, 30년 전 첫발을 디뎠던 밀라노 역에 내리면 어김없이 고향에 온 느낌에 사로잡히고 만다. 우연인지 아니면 운명적 필연인지 알 수 없지만 그동안 내 삶의 여정을 함께해온 밀라노 친구들을 떠올려본다. 디자인학교에서 공부할 때 만난 친구들과 선생님들, 내 첫아이의 어릴 적 친구들, 스칼라 극장에서 동양 복식 컨설턴트로 일할 때 만난 스태프들, 백화점에서 구매 디렉터로 일할 때 만난 의류 회사의 매니저들, 가톨릭 신자로서 만난 성직자와 수도자, 교우들…….

때론 문화의 차이로 오해가 생겨 서로에게 작은 상처를 주기도 했고, 가슴이 서늘해질 만큼 서운한 적도 있었다. 하지만 몇 달 혹은 1년여 만에 만나도 언제나 따뜻한 가슴으로 나를 안아주는 곳이 이탈리아이며, 거기서 만난 친구들이다. 그런 사연 속에 녹아 있는 이탈리아의 문화, 사람 냄새가 물씬 풍기는 이탈리아의 속내를 이야기해보면 어떨까. 나를 사랑해준 사람들에 대한 보답으로, 또 외국 여성인 나에게 명예기사 작위를 수여한 이탈리아에 대한 고마움의 표현으로 말이다.

그래! 한번 써보자. 나의 얘기만이 아닌, 그리고 내가 몸담았던 패션계에 관한 얘기만이 아닌, 내가 경험한 진짜 이탈리아의 얘기를. 내가 사랑하고 미워한 이탈리아, 나를 사랑해주고 실망시켰던 이탈리아, 나를 키우고 품어준 이탈리아……. 이젠 내 안에 한국인 유전자 다음으로 크게 자리한 이탈리아를 풀어놓자.

정작 내 얘기가 책으로 나온다고 생각하니 가슴이 몹시 떨려온다. 무엇보다 모든 얘기를 풀어내기엔 글재주가 턱없이 모자란 것이 사실이다. 그렇지만 나와 이탈리아를 궁금해 하는 젊은 후배에게 솔직하게 이야기하듯 써 내려가려고 한다.

그래, 용기를 내보자.

2009년 1월
장 명 숙

차례

바닷가에서는
베르사체를 입고
도시에서는
아르마니를 입는다

일러두기

이 책에 등장하는 브랜드는 외래어 표기법이 아닌 우리나라에서 공식적으로 쓰는 표기에 따랐습니다. 디자이너의 이름 표기도 해당 브랜드와 통일하였습니다. 단, 브랜드의 경우 붙여 썼으며, 디자이너를 지칭할 때는 단어 단위로 띄었습니다. **예** 캘빈클라인 청바지 vs. 디자이너 캘빈 클라인

세계 제일의 패션 도시,
밀라노의 성공 비결

해마다 1월과 2월, 7월과 8월이 되면 세계의 멋쟁이들과 아랍의 귀부인들은 바빠진다. 파리, 뉴욕, 런던, 밀라노, 로마 등 세계 주요 패션 도시들에서 1년에 두 번, 공식적인 대규모 할인 행사를 하기 때문이다.

밀라노가 패션과 디자인의 도시로서 지금과 같은 확고부동한 지위를 차지하기 전의 일이다. 나는 파리와 런던을 여행하다 신기한 광경을 목격했다. 까만 차도르를 두른 아랍 귀부인들이 전용 리무진에서 내려 백화점으로 들어서는 모습이었다. 참으로 의아했다. 사막에 스키장을 만들 정도로 엄청난 오일 머니의 위력을 생각한다면, 아랍 귀부인들이 유럽 각국을 전용기로 순회하는 것쯤이야 보통 사람들이 슈퍼마켓 가는 것만큼 쉬운 일일 것이다. 다만 내가 의아했던 건, 차도르로 얼굴을 가리고 다녀야 하는 아랍 여인들과 쇼윈도 안 마네킹의 화려한 의상이 쉽게 연결되지 않았기 때문이다. 아니, 누구한테 보여주려고? 하지만 곧 일부다처제의 결혼 관습을 떠올리고는 고개를 끄덕였다. 부인들끼리 경쟁을 해야 하니 더 절실하지 않겠는가.

1970~1980년대 아랍의 부유한 쇼핑족들이 가장 먼저 들렀던 도시는 파리와 런던이었다. 하지만 이제는 판도가 바뀌어 밀라노가 우선순위를 차지하고 있다. 차도르나 스카프를 두른 뚱뚱한 여인들이 전용 제트기에서 내린다. 그러고는 대기하고 있던 리무진을 타고 곧바로 밀라노로 향한다. 바로 밀라노의 심장부에 자리한 패션 거리인 몬테나폴레오네 거리비아 몬테나폴레오네. 나폴레옹의 거리라는 뜻*와 델라스피가 거리비아 델라 스피가, 보리 이삭의 거리라는 뜻로 가는 것이다.

몬테나폴레오네 거리는 1970년대 구찌와 페라가모를 비롯해 발렌티노, 아르마니, 베르사체 등 이른바 밀라노 터줏대감 브랜드들로 형성된 거리이고, 델라스피가 거리는 1980년대에 나온 브랜드들이 둥지를 튼 거리이다. 후자에 자리한 대표적인 브랜드로는 1980년대 초에 출범한 돌체앤가바나가 있다.

두 거리 모두 예전에 마차가 지나다니던 바둑판 문양의 돌길이 그대로 보존된 유서 깊은 곳이다. 고색창연한 카페와 전통 수공예품점이 있던 자리에 불가리, 티파니, 에르메스 등이 들어서면서 패션을 사랑하는 여성들이 동경하는 거리가 되었다. 도로 폭이 좁은 덕분에 이탈리아의 연예인이나 세계의 스타들과 어깨를 스치듯 걸어가는 일도 경험할 수 있다. 거리에서 구걸하는 집시 여인 빼고는 지나가는 사람 모두가 마치 패션 잡지에서 방금 튀어나온 듯해, 덩달아 나도 멋쟁이가 된 듯 착각하게 만드는 곳. 이 두 거리를 향해 전 세계의 부자와 그를 둘러싼 여인들이 달려오는 것이다. 돈 보따리(?)를 들고, 아니 이젠 카드 한 장만 달랑 들고 오겠지.

밀라노는 어떻게 해서 패션 도시로 성공할 수 있었을까? 그 과정을 물어보는 사람들이 의외로 많다. 1년에 두 번 열리는 밀라노 컬렉션*은 세계 패션을 주도하는 행사이다. 의상 박람회는 물론이고 가방이나 구두, 액세서리, 모피 등 모든 패션 아이템의 박람회도 열리는 밀라노는 자타가 공인하는 이탈리아 패션의 메카이다.

세계적으로 보면 1970년대 후반까지는 파리가 패션의 주인공 노릇을 하고 있었고, 이탈리아에서는 피렌체와 로마가 패션 산업의 주도권을 쥐고 있었다. 피렌체에서는 기성복이 중심이었고 로마는 '알타 모다Alta Moda, 고급 맞춤복'로 명성을 쌓았다. 그러고 보면 르네상스의 발상지이자 문화의 도시요, 패션의 중심지였던 피렌체가 1980년대를 거치면서 자신의 자리를 밀라노에 양보한 셈이다.

그럼 피렌체가 어떻게 파리의 아성에 도전했으며, 세계적인 패션 도시로 명성을 얻게 되었는지 자연스레 궁금해진다.

피렌체를 패션 도시의 반열에 올려놓은 숨은 공신은 이탈리아 패션계의 대부라 불리는 조반니 바티스타 조르지니였다. 피렌체 귀족이었던 그는 귀족 집안 특유의 분위기에서 성장하면서 섬세한 미적 안목을 키웠다. 뛰어난 심미안을 바탕으로 제2차 세계대전 이전에 미국으로 건너가, 굴지의 백화점 버그도프 굿맨의 바이어로 성공하였다. 버그도프 굿맨에서 그는 유럽의 패션 아이템을 미국으로 수입하는 일을 했다. 그것들은 정확히 말해 이탈리아에서 생산한 프랑스 제품이었다. 당시 프랑스에서 명품이라 불리는 아이템 치고 이탈리아의 신세(?)를 지지 않은 것이 거의 없었기 때문이다. 이탈리아에서는 오랜 세월에 걸쳐 가내 수공업이 발달한 데다 프랑스보다 인건비가 저렴했으므로, 디자인은 프랑스에서 하더라도 재료는 이탈리아에서 조달하거나 이탈리아에 하청을 주어 생산했다.

결국 생산은 전부 이탈리아에서 해도 이탈리아가 받는 것은 낮은 임금뿐, 이윤과 명성은 프랑스의 몫이었던 것이다. 조르지니는 이런 상황을 그냥 두고 볼 수가 없었다.

'왜 이탈리아에는 세계적인 디자이너가 없을까? 우리의 기술력은 프랑스를 능가하지 않는가? 그래, 이제 우리도 디자이너를 발굴해 이탈리아

의 이름으로 당당하게 세계 무대에 서자!'

그는 당장 실행에 들어갔다. 우선 로마와 피렌체에서 주로 맞춤복을 만들어 팔던 부티크들을 설득해 기성복을 만들어 패션쇼를 열자고 제안했다. 미국의 바이어들을 초청할 계획을 세운 뒤, 피렌체 근교에 자리한 성城이었던 자신의 집 응접실을 개조해 패션쇼장을 만들고 숙소를 물색했다. 그는 미국 생활을 오래 한 덕분에 미국인의 생리를 잘 알고 있었다. 미국인들이 매료될 만한 성들을 찾아낸 다음, 성의 주인들에게 귀빈을 초청해 대접할 것을 제안했다. 더불어 쇠고기가 맛있기로 유명한 피렌체의 음식 전통을 선보일 음식점과 관광 명소들을 개발해, 미국의 바이어들이 이탈리아에 반하게끔 노력을 기울였다. 유럽 특유의 곰삭은 역사와 문화, 거기다 귀족 사회의 전통에서 우러난 정중하고 극진한 대접에 신흥 부국의 백화점 바이어들은 열광, 또 열광했다.

조르지니의 저택에서 1951년 첫발을 내딛은 패션쇼는 해를 거듭하며 점점 규모가 커져, 1972년부터는 피렌체 중심에 있는 피티 궁에서 진행했다. 패션쇼의 이름도 '피티 궁에서 열리는 패션쇼'를 뜻하는 '피티 필라티'였다. 이 패션쇼에서 배출한 스타 디자이너가 발렌티노 가라바니였다.

이렇게 해서 피렌체는 프랑스보다 낮은 인건비와 질 좋은 제품을 발판 삼아 단숨에 프랑스의 자리를 넘보게 되었다. 그런데 한 가지 문제가 있었다. 넘쳐나는 바이어를 감당할 수가 없어, 피렌체 역 근처에다 예전 군사 시설을 대폭 개보수해 박람회장으로 탈바꿈시켰다. 하지만 역부족이었다. 워낙 오래된 도시인 데다 쉽게 건물을 헐고 새로 짓는 문화가 아니었기에, 숙박 시설과 공항 시설의 빈약함이 큰 걸림돌이 되었던 것이다.

이에 로마와 밀라노, 피렌체의 패션 관계자들은 박람회를 아이템별로 나누기로 했다. 로마는 알타 모다, 볼로냐는 가죽 제품, 밀라노는 여성복 등으로 분산시킨 것. 역사적으로 로마는 고대 로마 시대의 위업을 이어받아 수도로서의 역할을 담당해왔지만, 이탈리아 상공업의 중심지는 밀라노였다. 지리적으로도 알프스만 넘으면 유럽 다른 나라들과의 왕래가 수월한 덕분에 밀라노는 상공업의 중심지로 더욱 확고히 자리 잡았다.

마침내 밀라노는 1978년부터 여성복 박람회 개최를 맡으면서 패션의 중심지로 부상했다. 여기에 1970년대 초부터 밀라노를 중심으로 데뷔한 조르지오 아르마니, 잔니 베르사체, 지안 프랑코 페레, 프랑코 모스키노 등이 주축이 되어 밀라노 컬렉션을 형성하기 시작했다. 이것이 오늘날 밀라노의 위치를 다지는 데 한몫했음은 물론이다. 더욱이 밀라노는 10세기경부터 직물 공업이 발달한 롬바르디아 평야에 있지 않은가. 결국 이런 모든 조건들이 상승 작용을 해, 밀라노는 이탈리아뿐만 아니라 전 세계에서 난공불락의 패션 도시로 우뚝 섰다.

밀라노는 15세기 말 화가이자 과학자, 건축가였던 레오나르도 다 빈치가 도시 계획에 관여한 것으로 알려져 있다. 현재 인구 약 160만 명의 중형 도시이며, 이탈리아 최초의 여자 시장인 레티치아 모라티가 행정을 맡으면서 치안 문제도 크게 개선되었다. 서울 시민 가운데 정작 서울에서 태어난 사람은 많지 않듯이, 밀라노 역시 상공업의 중심지이다 보니 남부에서 일자리를 찾아 상경한 인구가 절반 이상을 차지한다고 한다.

이탈리아의 다른 도시에 비하면 밀라노는 겉보기에 그리 아름다운 도시는 아니다. 오랫동안 오스트리아의 지배를 받은 탓에, 이탈리아 남부 사람들은 밀라노 하면 게르만 민족의 차가움을 떠올린다. 평야 한가운데에 위치해 일교차가 심한 계절엔 안개가 짙게 낀다. 레오나르도 다 빈치가 밀라노의 안개를 보고 원근법 이론을 세웠다는 설도 있다.

나폴리에 '나폴리타노 피자'가 있다면 밀라노엔 '리소토 알라 밀라네제밀라노 식 쌀죽'가 있다. 북부 이탈리아의 주된 농사가 쌀농사이기 때문이다. 밀라노에서 차를 타고 북쪽으로 한 시간가량 달리면 드넓은 논밭이 펼쳐진다. 앞서 말한 '델라스피가보리 이삭 거리'에서도 알 수 있듯 쌀과 보리는 밀라노 사람들의 주식이다. 카페인 때문에 커피를 못 마시는 소비자를 위해 개발한 '보리 커피카페 델 오르조'도 있다.

밀라노로 여행 간다는 지인을 만날 때면 내가 빼놓지 않고 추천하는 장소들이 있다. 13세기 건축 양식으로 지어진 산타 마리아 델레 그라치에 성당레오나르도 다 빈치가 그린 〈최후의 만찬〉이 있어 유명한데, 그림을 보려면 3개월 전에 예약을 해야 한다. 밀라노 중심부에 있는 두오모 성당, 옛날 영주의 성이었지만 이제는 각종 전시회가 열리는 스포르체스코 성, 4세기 말의 건축 양식을 그대로 보존해 밀라노 사람들의 자랑거리인 성 암브로지오 성당* 등이다.

하지만 이곳들은 피사의 사탑이나 로마의 트레비 분수만큼 명성이 높지 않다는 이유로 그다지 설득력을 얻지 못한다. 어쩌면 관광객의 눈을 홀리기에 충분한 몬테나폴레오네 거리나 델라스피가 거리의 명품 상점 때문에 뒤로 밀려났을지도 모른다. 하긴 정신없이 시간에 쫓기며 사진 몇 장 찍는 것으로 대신하는 관광이란, 나중에 보면 한데 뒤섞여 이 성이 저 성 같고 저 성당이 이 성당 같은 게 사실이다. 그러니 집에 돌아와서도 확실한 증거물(?)로 남을 쇼핑이 추억을 대신할지도 모르겠다. 기행문 숙제를 안고 가는 여행이 아니라면 더더욱.

하지만 꼭 한 가지 명심해야 할 것이 있다. 지금 이탈리아에서는 주로 불법체류자들이 파는 이른바 '짝퉁' 명품을 구매할 경우 판매자뿐 아니라 구매자도 구속한다는 새로운 법령이 시행되고 있다. 물론 제대로 지키지는 않지만 재수 없게 현장에서 걸리면 처벌을 받는다. 그러니 상인들이 내미는 터무니없이 값싼 명품엔 부디 현혹되지 마시길!

몬테나폴레오네 거리Via Monte Napoleone

밀라노는 1796년부터 1814년까지 나폴레옹의 지배를 받았다. 그때부터 지금
과 같은 이름이 붙었다고 한다. 이후 밀라노는 1861년까지 오스트리아의 지배
를 받아 아직도 게르만 민족의 색채가 의식주 전반에 남아 있다. 따뜻한 고기수
프를 좋아하는 것이 대표적인 예이다.

밀라노 컬렉션

세계 4대 패션 컬렉션(파리, 뉴욕, 런던, 밀라노) 가운데 하나로 꼽힌다. 해마다
여성복은 2월과 9월, 남성복은 1월과 7월 두 번씩 열린다. 2월에는 가을과 겨
울 상품을, 9월에는 봄과 여름 상품을 선보여 6개월 후의 유행을 예고한다. 조
르지오 아르마니 등 몇몇 거장은 자신의 극장에서 패션쇼를 열어 전 세계 바이
어들에게 자신의 작품 세계를 소개하고, 그 밖의 디자이너들은 호텔이나 스타
디움을 빌려 패션쇼와 리셉션을 연다.

성 암브로지오 성당Basilica Di San Ambrogio

밀라노의 수호성인인 성 암브로지오의 유해가 안치된 성당으로, 〈최후의 만찬〉
이 있는 산타 마리아 델레 그라치에 성당에서 도보로 10분 거리에 있다.

명품의 조건

한국전쟁이 일어난 6월 25일이 되면 텔레비전에서는 어김없이 그 당시 피난민들의 사진을 보여준다. 너도 나도 보따리를 들고, 등에 지고, 머리에 이고 걸어가는 모습……. 그런데 뭐 눈엔 뭐만 보인다고, 나는 그 광경에 서글퍼하면서도 자연스레 피난민들의 옷차림에 눈이 간다. 거의 모든 사람들이 하얀 한복 차림이다.

순간 머릿속에서 엉뚱한 상상이 고개를 든다. 그 해가 1950년이니, 지금으로부터 59년 전이다. 이제 그럴 일이야 없겠고 그런 일이 일어나서도 안 되겠지만, 만약 지금 보따리를 싸 들고 피난을 가야 한다면 어떤 옷차림으로 길을 나설까? 아마 청바지에 티셔츠 차림이 가장 많지 않을까?

그만큼 우리나라의 의생활 문화는 50여 년이 흐르는 동안 완벽하게 서구화하였다. 좀 더 정확히 말하면 유럽화했다고 해야 할 것이다. 어차피 미국 문화의 뿌리는 유럽이니까. 우리 고유 옷인 한복은 이제 명절 때 혹은 결혼식에서나 찾아볼 수 있다. 재미있는 건, 결혼식에서 신랑신부 어머니의 예복은 전통 의상인 한복이지만, 양가 아버지의 의상은 완벽한 서양 예복이라는 점이다. 신랑과 신부, 그들의 아버지와 하객들은 서양 복식인데 어머니들만 한복 일색인 모습이 나는 아무래도 균형에 어긋난 것 같다.

사실 우리 의식주 문화 가운데 반세기 만에 이토록 철저하게 바뀐 건 의생활 문화밖에 없다고 할 수 있다. 하루 세 끼를 빵과 고기 등 오로지 서양식으로만 해결하는 사람은 거의 없을 것이다. 침대를 쓰는 인구 비율과 요를 깔고 자는 인구 비율이 거의 같다는 조사 결과를 읽은 적이 있다. 요 위에서 자고 일어나 밥과 김치로 아침을 먹더라도 잠옷은 그 옛날 고쟁이가 아닌 서양식 잠옷을 입을 것이다.

내가 대학에 다니던 1970년대 초만 해도 우리 대학 총장님은 꼭 치마저고리를 입으셨으니, 서구적인 의생활을 시작한 지가 그렇게 오래된 것은 아니다. 정부에서는 88올림픽을 치르고 1990년대로 들어오면서 외국 물품에 대한 수입을 자유화했다. 그 뒤 여러 무역 협정의 결과로, 이제 우리나라만큼 전 세계의 모든 물건이 넘쳐나는 나라도 흔치 않을 것이다.

물건뿐이랴, 전 세계의 명품이란 명품은 거의 다 들어와 있다. 언제부턴가 우리는 서양에서 오랜 역사를 가진 패션 하우스의 제품에 '명품'이라는 단어를 붙여 부르고 있다. 자기 이름이 있는 제품은 다 명품이런만, 이젠 그 말에 특별한 뜻이 뒤따른다. 우선 비싼 제품이라는 것, 그리고 그것을 소유한 사람의 사회적인 위치와 안목을 드러내는 고급품이라는 것. 이것이 명품에 대한 공감대인 것 같다. 개인적으로 정의 내리자면, 이러한 인식 외에 사회적으로도 공헌한, 나아가 의생활 역사의 변천에 기여한 제품이라야 진정한 의미의 명품이 아닐까 한다.

크리스찬디올, 샤넬, 구찌, 조르지오아르마니, 프라다……. 수많은 여성들이 갖고 싶어하는 브랜드들이다. 사실 이런 브랜드에서 나온 제대로 된 제품을 하나 장만하려면 웬만한 월급쟁이의 한 달 월급을 몽땅 쏟아 부어야 한다. 그건 이탈리아와 프랑스를 비롯한 유럽에서도 마찬가지이다. 그런데 실제로 유럽에서는 머나먼 동양의 일간지에서까지 앞 다투어 특집으로 다루는 명품 브랜드를 손에 넣으려고 안달하는 분위기를 느껴본 적이 없다. 오히려 수입이 뻔한 사람이 값비싼 제품을 지닌 걸 보면 속물이라고 비웃거나 의심의 눈초리를 보내기 일쑤이다. '혹시 부정한 짓이라도 한 거 아냐? 아니면 돈 많은 새 애인이 생긴 거 아냐?' 하면서…….

소유한 사람의 사회적인 위치와
안목을 드러내는 고급품이면서
사회적으로도 공헌한,
나아가 의생활 역사의 변천에 기여한
제품이라야 진정한 의미의 명품이 아닐까.

하지만 한편으로 이탈리아 사람들이 아르마니와 구찌, 프라다를 얘기할 때는 각별한 애정과 친근감, 또 신뢰감을 드러낸다. 몇 년 전, 가깝게 지내는 이탈리아 친구의 50회 생일에 초대를 받았다. 우리나라 사람들이 환갑에 잔치를 하듯, 이탈리아 사람들은 50회 생일을 중요시한다. 마침 출장도 가야 했고 오랜 친구의 초대가 고마웠기에 생일 파티 날에 일정을 맞춰 이탈리아로 날아갔다.

나를 본 친구는 반갑게 웃으며 두 팔을 벌려 맞아주었다. 생일 파티의 주인공이라 그런가, 전보다 더 훤칠하고 세련되어 보였다. 나는 한국 것이라면 무조건 좋아하는 그에게 한국에서 마련해 간 선물을 안겨주며 찬사를 보냈다.

"아니, 왜 이렇게 멋있어진 거야? 새 여자 친구 덕분이야?"

"그래? 고마워. 아마 아르마니 덕분일 거야. 왜, 내가 지난봄에 얘기했잖아. 50번째 생일엔 내가 나에게 아르마니를 선물할 거라고."

친구는 은행에서 이사급 직책이라 비교적 상류층인 데다 이탈리아는 연금 제도가 잘 되어 있어 노후 걱정도 없다. 더구나 자식도 없어 그의 말마따나 '부담 없는 싱글'이다. 그런 그가 아르마니 슈트 한 벌로 이토록 행복해 하다니……

패션 전문가가 아닌 보통 사람으로서 그 친구는 아르마니를 이렇게 평가한다.

"이 디자이너의 옷을 입으면 정말 쿨하고 스마트해 보이지 않아?"

사실 이 말 속에 아르마니 의상의 콘셉트가 들어 있다. 조르지오 아르마니가 디자이너로 데뷔하던 1974년은 '68혁명'으로 대표되는 학생운동* 직후 사회의 패러다임이 바뀌는 과도기였다. 여성들은 사회에서 남성과 동등한 대우를 해줄 것을 요구하며 시위에 나섰다. 더 이상 남성들의 부속품이 아닌 주체적인 삶을 살겠다며 거리에서 브래지어를 벗어 던지는 시위를 하기도 했다. 이렇듯 여성들이 자신의 능력과 소질을 발휘하고 개척하기 위해 사회로 활발히 나선 시기가 바로 아르마니가 데뷔하던 무렵이었다.

당시 아르마니 브랜드에서 내보낸 광고 사진을 보면 그가 어떤 마케팅 전략을 갖고 있었는지 알 수 있다. 지적인 분위기를 풍기는 여성이《르 몽드》와《헤럴드 트리뷴》을 팔에 끼고 있는 사진이 대표적이다.《르 몽드》의 프랑스 어와《헤럴드 트리뷴》의 영어를 동시에 구사하는 커리어 우먼. 당시 사회 분위기를 꿰뚫은 아르마니는 그때까지 남성의 전유물로 여겨지던 재킷과 바지를 직장 여성들에게 입히는 전략을 짰다.

여기에 아르마니의 위대함이 있다. 역사상 남자만의 옷이었던 바지를 여성들에게 그만큼 우아하게 입힌 디자이너가 또 있을까? 그는 원피스나 투피스처럼 그 자체로 완성되어 있어 입는 이들의 개성이 드러날 여지가 없는 아이템이 아닌, 재킷과 블라우스, 바지, 스커트 등 단품 아이템을 내세웠다. 거기다 각자의 감각에 맞게 조합하여 적은 옷으로도 매일 다른 분위기를 낼 수 있게끔 기획한 중간톤 색깔뉴트럴 컬러의 컬렉션은 온 매스컴의 찬사를 받았다. 덕분에 《타임》의 표지를 장식한 최초의 디자이너라는 영광도 안았다. 이후 아르마니의 고급 슈트는 이른바 '성공한 여성'의 유니폼(?)이 되었다. 방송인 오프라 윈프리, 휴렛패커드 전前 회장 칼리 피오리나, 배우 조디 포스터 등이 대표적인 인물이다.

사회 현상을 꿰뚫어 성공한 또 하나의 브랜드가 프라다이다. 정치학을 전공한 미우치아 프라다는 평소 패션에 관심이 없었다. 그러다 아버지가 돌아가신 후 프라다 브랜드를 맡게 되면서 배낭 모양의 여성용 가방을 개발, 여성의 손을 핸드백에서 해방시키며 전 세계에 프라다 열풍을 일으켰다. 프라다 가방만큼 많이 팔린 여성 가방도 없을 것이고 그만큼 복제품이 넘쳐나는 가방도 없을 것이다. 우리에게는 '프라다 천'으로 알려진, 듀퐁 사의 특수 원단을 가방뿐만 아니라 바지와 재킷에도 응용하여 대성공을 거두었다. 이처럼 프라다가 성공한 비결 역시 여성의 사회 진출에 초점을 맞춘 마케팅이다. 그런데 이후 급격한 사업 팽창과 과도한 투자로 위기설이 끊이지 않는 것을 보면 어디서나 과유불급過猶不及의 진리는 통하나 보다.

여성의 사회 진출 현상을 주목해 성공한 디자이너는 물론 이들만이 아니다. 1987년 이탈리아의 디자이너 지안프랑코 페레를 영입했던 프랑스 패션 하우스의 대표적 창시자, 크리스찬 디올이 제2차 세계대전 중에 발표해서 성공한 제품은 하나같이 여성을 기존의 틀에서 해방시키는 디자인이었다. 20세기 초까지 여성의 허리를 옥죄었던 코르셋을 풀어버리게 했고, 치렁치렁해서 바닥을 쓸고 다니던 치맛단을 잘라내 큰 반향을 불러일으켰다. 여성들의 다리가 인류 역사상 처음으로 치마 밖으로 나온 것이다. 남자들은 모두 전쟁터로 나간 시절, 후방에 남아 가계와 육아를 책임져야 하는 여성 가장들이 우아하게 치마를 끌고 다닐 여유가 없다는 걸 간파한 결과였다.

크리스찬 디올과 같은 시대 여성으로 가장 성공한 디자이너이자 스타일리스트라는 찬사를 받는 코코 샤넬 역시 여성들의 삶의 방식의 변화에 주목해 '샤넬 룩'을 발표했다. 활동적인 니트와 바지를 매치한 초창기 샤넬 룩은 그동안 전쟁에 찌들어 있던 정서를 달래줄 만큼 신선하고도 충격적이었다.

패션 산업이란 끊임없이 색과 모양과 질감을 바꿔 새로운 상품을 제시해야 하는 세계이다. 그곳에서 타고난 천재성과 현실 감각을 발휘해 여성의 삶의 질을 바꾸는 데 기여한 디자이너들. 이들의 브랜드에 '명품'이란 이름을 붙여 경의를 표하는 건 어쩌면 당연한 일 아닐까?

유럽의 학생운동

1968년, 유럽을 비롯한 전세계에서는 학생들의 목소리가 울려 퍼지기 시작했다. 예상을 뒤집은 베트남전쟁의 결과와 체 게바라의 죽음은 학생들의 목소리에 힘을 실어주었고 운동의 범위는 점점 넓어져, 나중에는 전 국민이 함께하는 거대한 움직임을 이끌어냈다.

1968년의 학생운동은 이처럼 새로운 사회로 나아가는 첫 발자국이었으며, 기존 체제의 비리와 진부함을 깨부수기 위한 투쟁의 지휘자 역할을 하였다. 이후 여성들의 사회 참여 운동이 활발히 일어나 이른바 여성해방운동의 원년이 되었다. 유럽 사회에서는 이 시기를 분수령으로 하여 많은 변화가 일어났다.

유행이면 뭐든 한다!
이탈리안 라이프 스타일

부화뇌동附和雷同 〔명사〕 줏대 없이 남의 의견을 따라 움직임.

새삼스럽게 사자성어를 들먹이는 이유는 오래전 어느 일간지의 사설에서 읽었던 내용을 이야기하고 싶어서이다. 그 글은 농경민족과 수렵민족의 차이를 다음과 같이 설명했다.

수렵민족은 남이 하는 대로 따라가면 불이익을 당하기 때문에 독자적으로 행동한다. 즉 남이 사냥하며 지나간 길을 따라가 봐야 이미 다 잡아먹은 뒤라 별로 건질 것이 없다. 그래서 자신만의 길을 찾아다녀 개성이 강하고 독립적, 개인주의적이며 모험심이 강한 것이 수렵민족의 특징이다.

반면 농경민족은 남이 씨를 뿌릴 때 같이 뿌리고 남이 추수할 때 같이 추수를 해야 한다. 따라서 수렵민족에 비해 의존적이고 남의 눈치를 보며 부화뇌동하게 마련이다. 말하자면 자연의 섭리에 따라 살아야 하기에 훨씬 수동적이고 남이 하는 대로 따라간다는 것이다. 결국 농경사회에 뿌리를 둔 우리나라 사람 역시 부화뇌동하는 습성이 있다는 얘기이다.

나의 경우 이탈리아를 30년 넘게 내 집처럼 드나들다 보니 그 나라 사람들의 습성을 나름대로 파악하게 되었다. 그들의 습성은 수렵민족에 가까울까, 아니면 농경민족에 가까울까?

우선 이탈리아 사람들은 대체로 외향적이며 활동적이다. 대대손손 뜨거운 지중해의 햇살을 받으며 살아서 그런지, 집 안에 있기보다는 밖으로 나가기를 즐긴다. 마치 우리가 여름날 바닷가에 갔을 때 도저히 실내에 있을 수 없는 것처럼 말이다. 남녀노소를 막론하고 맵시 있게 몸치장을 하고 밖으로 나가 남과 어울리는 것에서 삶의 활력을 찾는다. 물론 북부 사람보다 남부 사람이 이런 성향을 더 강하게 띤다.

이탈리아 어디를 가나, 아무리 높은 산간 지방이라도 민가가 있는 곳이면 반드시 바bar를 발견할 수 있다. 그곳은 동네 사랑방 역할을 한다. 사람들은 아침에 출근하기 전 바에 들러 에스프레소나 카푸치노를 마시며 서로 아침 인사를 나누고, 퇴근길에 다시 잠깐 들러 식전술아페리티보을 마시며 이야기하기를 즐긴다. 젊은이들일수록 집에서 아침 식사를 하지 않고 단골 바에 가서 커피에 가벼운 파이나 케이크를 곁들인 뒤 출근하는 이들이 많다. 가까이 지내는 젊은 친구들에게 이유를 물어보면 대답은 싱겁기 짝이 없다.

"그냥, 남들도 그렇게 하니까."

이 말에 이탈리아 사람들의 삶의 방식이 들어 있다. 남이 하니까 나도 한다. 바로 유행을 좇는 심리다. 사실 이탈리아 사람들은 유행을 이끄는 주역들이다. 해마다 두 번씩 컬렉션을 열어 전 세계에 유행을 전파하는 이들이니 당연한 얘기일 것이다. 그런 점에서 이탈리아와 프랑스를 비교해보는 것도 재미있다. 프랑스의 경우 누구나 손쉽게 구할 수 있는 옷이 아닌 고급 맞춤복, 즉 '오트 쿠튀르' 위주로 유행을 선도한다. 반면 이탈리아는 기성복 위주의 유행을 선도한다. 그래서인지 프랑스 사람보다 이탈리아 사람이 유행에 훨씬 민감한 편이다.

밀라노 생활을 시작하던 시절에 받은 문화 충격을 말하자면 한두 가지가 아니지만 가장 충격적인 것은 공공장소에서의 낯 뜨거운 애정 표현이었다. 지금은 우리나라에서도 길거리에서 포옹하는 광경은 볼 수 있고 텔레비전에서도 키스 장면 정도는 방영해주지만, 그 시절만 해도 키스하는 모습은 영화관에나 가야 볼 수 있었다. 그런데 이탈리아에 가니 길거리나 전차 할 것 없이 키스하는 남녀를 코앞에서 마주치는 일이 다반사였다. 그럴 때면 얼굴이 달아오르며 눈을 어디다 둘지 몰라 허둥대곤 했다. 더구나 중고등학생 정도로밖에 보이지 않는 아이들일 때는 더 그랬다. 하지만 이제는 길거리에서 좀처럼 그런 광경을 보기가 어렵다. 그래서 얼마 전 친구들에게 이유를 물어보았다. 답은 간단했다.

"이제 한물 간 거지. 굳이 길거리에서 유난 떨 필요 없잖아?"

한마디로 유행이 지났단 얘기. 남들이 하면 덩달아 '우리 사랑이 이렇게 강렬하다'는 걸 과시하듯 표현했겠지만 이제는 다들 시들해졌다는 거다.

10년 전쯤, 젊은이들이 시계를 양쪽 손목에 하나씩 차고 다니거나 두 개를 같이 차고 다니는 것이 유행이었다. 처음에 그걸 보고는 '저이는 다른 나라에서 온 사람이라 두 지역의 시각을 다 보려고 그러나 보다' 하고 생각했다. 하지만 알고 보니 그저 '유행이라서' 그런 거였다.

유학 시절, 평소 신세를 진 가까운 이웃들을 초대해 가벼운 저녁 식사를 대접했다. 메뉴 중엔 내가 직접 싼 김밥도 있었다. 그런데 손님들이 김을 죄다 벗겨내는 것이 아닌가! 깜짝 놀란 내가 김에 대해 설명을 하자 그들의 대답은 "우리 이탈리아 인들은 해조류를 안 먹는다"는 것이었다. 이유인즉, 십자군전쟁 이후 유럽을 휩쓴 흑사병이 해조류나 상한 생선을 통해 쥐가 옮긴 것이라고 믿어왔기 때문이란다.

지금은 이탈리아에서 중국 음식점 다음으로 번창하는 식당이 일본 음식점이다. 오히려 최근엔 중국 음식점이 값은 싸도 위생 상태가 좋지 않다는 인식이 퍼지면서 사양길로 접어든 대신, 서구권에서 웰빙 음식으로 각광받는 일본 음식점이 유행하고 있다. 젊은 층에선 젓가락질하는 방법이나 유명한 일식집 한두 군데는 꿰고 있어야 행세를 하고, 생일 파티를 일본 음식점에서 열면 유행을 앞서가는 친구로 인정하는 추세다. 2, 3년 전엔 크리스마스 선물로 김초밥 만드는 발을 선물하는 것이 유행한 적도 있다. 그뿐인가, 이제 웬만큼 이름 있는 브랜드의 오프닝 리셉션에 가보면 일본 초밥을 이탈리아 식으로 변형한 전채 요리가 꼭 나온다. 그런 독특한 메뉴가 있어야 최첨단, 최고급 브랜드로 인정받는 분위기이다.

웰빙을 주제로 유행하는 종목이 또 있다. 바로 인삼 커피이탈리아에서는 '카페 진생'이라고 부른다. 해마다 음식 박람회가 열리는 리미니에서 7년 전쯤 선보인 뒤로 유행했단다. 몸에 좋은 인삼을 넣은 커피이니 당연히 값도 50센트약 900원가 비싼데 중년 남성들에게 특히 인기를 끈다.

이탈리아 사람들처럼 여름휴가, 성탄절 휴가, 부활절 휴가를 극성스레 챙기는 국민도 흔치 않을 것이다. 여름이 되기 전 초봄부터, 심지어 1년 전부터 휴가지 정하느라고 야단법석을 떤다. 제일 선호하는 휴양지는 해마다 바뀐다. 그것도 유행이니까!

유행이 영향을 미치는 분야는 종교도 예외가 아니다. 우리는 일반적으로 이탈리아를 가톨릭 국가로 알고 있다. 물론 틀린 얘기는 아니다. 하지만 젊은 층에선 심심치 않게 자신을 불교 신자라고 소개하는 경우를 만날 수 있다.

14년 전 일이다. 나는 테너 루치아노 파바로티의 고향으로 유명한 모데나라는 도시를 찾았다. 이 도시에 있는 출판사에서 발행하는 패션지에 우리나라의 컬렉션이 소개되도록 기자를 파견해달라는 부탁을 하기 위해서였다. 그곳 경영진은 예전부터 알고 있었지만 젊은 기자들은 만난 적이 없었으므로 다 같이 저녁 식사를 했다.

식사 전에 가톨릭 신자인 내가 성호를 긋자 이야기가 자연히 종교 쪽으로 흘러갔다. 그들은 가톨릭 국가의 국민인 자신들도 성호를 긋지 않는데 어떻게 해서 내가 가톨릭 신자가 되었고 성호 긋는 습관이 생겼느냐며 궁금해 했다. 그중 두세 명은 불교에 관심이 많고 불교로 개종할 생각도 있다고 말했다. 불교의 교리에 대해서 물어보니 그리 정확하게 알고 있는 것 같지는 않았다. 그런데 이어지는 얘기가 흥미로웠다. 2000년 동안 이탈리아를 지배하던 가톨릭은 이제 매너리즘에 빠졌단다. 반면 불교는 신선하며 특히 윤회사상이나 마음을 다스린다는 참선이 좋다는 것이다. 그들에게 불교는 새로이 유행하는 종교 같다.

그래서인지 이제는 어느 도시를 가나 요가와 참선이 대유행이다. 특히 유행에 민감한 젊은 층을 중심으로 요가와 참선은 물론이고 침술과 지압에도 관심이 많다. 대체의학으로 동양의 비방 한 가지쯤은 알고 있어야 지식인(?)으로 대접해주는 분위기랄까?

삶에 활력을 불어넣기 위한 방법으로 웰빙 식품, 종교, 스트레스 해소법만 유행하는 것이 아니라 인테리어 스타일도 유행하고 있다. 그중에서도 전 세계를 뒤덮은 '미니멀리즘minimalism' 바람을 타고 이른바 '젠zen, 禪' 스타일이 인기를 끌었다. 나와 친한 친구는 딸의 혼수품으로 일본의 다다미를 이용해 만든 침대를 장만했다. 친구와 내가 그 침대를 보러 매장을 방문했을 때, 상담을 맡은 디자이너는 풍수 인테리어에 대해 열심히 설명을 늘어놓았다. 책상 위에는 풍수 인테리어에 관한 잡지가 가득 놓여 있었다. 동양의 것으로만 알고 있던 풍수지리 이론을 밀라노 한복판에서 만나니 묘한 기분이 들었다.

이렇듯 이탈리아 사람들이 유행에 민감해 부화뇌동하는 습성이 있는 건 사실이지만, 알고 보면 모험심과 호기심 역시 다른 유럽 인들보다 훨씬 강하다. 낯선 문화에 쉽게 도전하는 것도 그런 성격 때문인 듯하다.

이탈리아 사람들의 모험심과 호기심은 역사에서도 찾아볼 수 있다. 우선 13세기 베네치아에서 태어난 마르코 폴로는 15세에 상인인 아버지를 따라 원나라에 가서 17년 동안 살다 돌아와 《동방견문록》을 남겼다. 또 1492년 아메리카 대륙을 발견했다고 알려진 제노바 출신의 크리스토퍼 콜럼버스가 있다. 사실 콜럼버스가 발견한 것은 아메리카가 아니고 바하마 군도였고, 실제로 아메리카 대륙을 발견한 사람은 1499년 항해에 나섰던 아메리고 베스푸치인데 그 역시 이탈리아 사람이다. 그뿐인가, 지동설을 발견하고 주장한 갈릴레오 갈릴레이도 빼놓을 수 없다. 이렇게 용감한 선조를 둔 후예들이니, 해마다 여름철 휴가가 끝날 무렵이면 일간지 사회면이 시끌시끌하다. 세계 각지로 휴가를 떠났던 사람들이 당한 사건, 사고 소식 때문이다.

요컨대 이탈리아 사람들은 농경민족의 특징이라는 부화뇌동하는 성향과, 수렵민족의 특징이라는 모험심과 호기심을 함께 지니고 있다. 30년을 오가며 그 많은 친구들을 사귀었건만, 둘 중에 어떤 면이 더 강한지는 여전히 아리송하다. 하지만 그게 뭐 그리 중요하랴. 두 요소가 절묘하게 조화를 이룬 덕분에 로마 제국 시대부터 오늘날까지 찬란한 문화를 꽃피우고 지켜온 것 아니겠는가.

드라큘라의 고향이 이탈리아?

2007년 봄, 이탈리아의 모든 일간지에 대문짝만 하게 실린 기사가 있었다. 불법체류자가 저지른 끔찍한 사건을 보도한 것이었다. 범인은 루마니아에서 온 젊은 여자로, 그녀는 로마의 한 지하철역에서 평범한 이탈리아 중년 여성을 우산으로 찔러 살해했다. 두 사람은 가벼운 실랑이를 벌이다 싸우기 시작했는데, 젊은 여자가 휘두른 우산이 그만 상대방의 눈을 관통하고 뇌를 건드려 사망에 이르게 한 것이었다.

　이탈리아 전체가 술렁거리기 시작했다. 그러지 않아도 인근 여러 나라아프리카, 알바니아, 루마니아, 크로아티아 등에서 들어온 불법체류자들이 크고 작은 사회 문제를 일으키고 있었다. 더욱이 이 일이 일어나기 며칠 전에도 끔찍한 사건이 있었다. 루마니아의 남자 불법체류자가 로마 교외 으슥한 곳에서 중년 여성을 성추행하고 살해한 뒤 사체를 도랑에 버린 사건이었다. 연이어 범죄를 저지른 불법체류자들, 특히 루마니아 사람들에 대한 이탈리아 사람들의 분노는 극에 달했다.

"도대체 언제까지 우리가 에스트라 코뮤니타리Estra Communitari, 유럽공동체 이외의 나라에게 관대해야 하나?"

"불법체류자를 추방해라!"

"우리 삶의 질이 이렇게 형편없어지는데, 언제까지 인도주의만 외칠 것인가?"

불법체류자에게 관대한 정부, 즉 좌파 정권인 프로디 정권에 대한 불만도 당연히 극에 달했다. 이 사건의 여파는 거세었으며 쉽게 수그러들지 않았다. 급기야 정부는 루마니아 불법체류자들을 색출해 본국으로 송환하는 조치를 취하겠다고 발표했다.

사실 이탈리아 어디를 가나, 특히 관광객이 많은 도시일수록 구걸하는 사람을 자주 만난다. 그들 중에는 혼잡한 틈을 노려 관광객의 호주머니를 터는 이들도 적지 않다.

이탈리아에서 구걸하는 사람은 세 부류로 나뉜다. 먼저, 마약에 찌든 젊은이들 혹은 가출 청소년들. 이들 대다수는 길바닥에 골판지를 깔고 쭈그려 앉아 있으며, 앞에는 개가 꼭 한 마리씩 엎드려 있다. 다음으로는 아프리카의 보트 피플 또는 알바니아나 루마니아 등지에서 넘어온 사람들. 이들은 남루한 옷차림에 눈빛이 유난히 날카롭고 분노에 차 있다. 때론 걸인으로, 때론 소매치기나 좀도둑으로 활동한다. 마지막 부류는 긴 치마 차림에 아기를 안고서 더러운 손을 내미는 집시 여인들이다. 아기를 유괴해 구걸 수단으로 삼는다는 이야기도 있고, 훔친 물건을 감추기 위해 일부러 치렁치렁한 치마를 입는다는 말도 떠돈다.

이들 가운데 두 번째 부류가 사회적으로 가장 큰 문제이다. 보트 피플의 경우 시칠리아 남부와 가까운 아프리카의 난민들로, 조국의 가난과 굶주림에 지쳐 '꿈의 땅' 이탈리아로 도망쳐 왔다. 조그만 배에 몇십 명씩 빼곡하게 들어앉아 뙤약볕을 받으며 시칠리아의 최남단 도시인 트라파니 같은 곳에 도착하는 장면을 텔레비전에서 종종 볼 수 있다. 2, 3일 동안 물 한 모금 마시지 못한 채 망망대해를 건너오는 이들은 1인당 약 1,000유로의 선금을 시칠리아 마피아에게 지불하고 승선권을 산다고 한다.

루마니아 사람들 역시 자국민과 이탈리아 내부의 커넥션을 통해 밀입국한다. 이들은 아프리카 인과 달리 안전한 육로로 이동하므로 그 수가 엄청나다. 이탈리아 교도소에 있는 범죄자 가운데 3분의 1이 루마니아 불법 체류자라는 말이 있을 정도로 이들은 이탈리아 사회의 골칫덩어리다.

루마니아 불법체류자 추방이 발표되기 며칠 전, 국영 텔레비전 방송에서 특별 다큐멘터리를 방영했다. 제목은 '루마니아 인, 그들은 누구인가? – 역사로 본 루마니아와 이탈리아의 관계'.

다큐멘터리는 루마니아의 역사를 이야기하는 것으로 시작했다. 루마니아라는 국가명은 로마를 가리키는 라틴 어 '로마누스Romanus'에서 유래하였다. 3세기경에는 루마니아 영토가 로마 제국의 지배 아래 있었다. 당시 유럽뿐 아니라 아프리카의 북부 일부와 소아시아까지 점령했던 로마 제국. 그 영향으로 루마니아 사람들의 민족성과 언어는 라틴 민족의 특성에 가깝다. 예를 들어 흡혈귀로 유명한 루마니아 백작의 이름 '드라큘라'의 어원은 '용의 아들'이라는 뜻의 이탈리아 어 필리오 델 드라고figlio del drago이다. 이런 역사적인 배경 때문에 루마니아 사람들은 이탈리아에 대한 일종의 환상을 갖고 있다.

이어 이야기는 루마니아의 독재자 니콜라에 차우셰스쿠1918~1989의 몰락 배경을 설명하면서 지도자를 잘못 만나 함께 몰락한 루마니아 사람들의 참담한 현실을 그려냈다. 평화로웠던 역사와 문화를 재조명하고 루마니아 사람들이 재기하기 위해 어떻게 살아가는지 보여주었다.

그들의 삶과 노력을 말할 때 빼놓을 수 없는 존재가 바로 이탈리아이다. 루마니아 현지에는 이탈리아 유명 브랜드들의 생산 공장이 있다. 이탈리아에서 볼 때 생산 기지로서의 루마니아는 중국이나 베트남보다 지역적으로 가깝고 인건비가 싼 데다 라틴 민족의 기질이 남아 있는 등, 여러 모로 적합한 조건을 갖추었다. 그런 이유로 이탈리아 유명 디자이너들은 루마니아를 선택했다.

다큐멘터리는 루마니아에 있는 이탈리아 브랜드의 공장들을 심층 취재하는 것으로 끝이 났다. 루마니아 사람들의 미래와 꿈, 희망을 물음표로 남겨둔 채.

나는 방송을 보며 묘한 감정에 휩싸였다. 이 다큐멘터리는 자기 나라에 불법으로 들어와 범죄까지 저지른 사람들, 그리고 그들의 나라에 대해 객관적인 시선으로 역사적 고찰을 하는 한편, 어떤 부분에서는 마치 변호인이 변론을 하듯 침착하게 그려내고 있었다.

나 자신에게도 질문을 던지지 않을 수 없었다.

'이탈리아에서 나는 누구일까? 불법체류자는 아니지만 이탈리아 사람은 더더욱 아니다. 공항에서는 에스트라 코뮤니타리를 위한 여권심사대에 줄을 서야 하는 동양인이다. 이탈리아에 오간 지 어느덧 30년, 숱한 경험을 했고 친구들도 많이 사귀었다. 그런데 과연 나는 이탈리아에 대해 얼마나 알고 있나? 여태까지 내가 이 나라를 과소평가하거나 과대평가해온 건 아닐까?'

유럽 다른 나라들과 비교했을 때 이탈리아 사람들은 대체로 친절하다. 옛날 학생 시절에도 동양인이라고 해서 냉대를 받아본 기억이 없다. 오히려 그 반대였다고 보는 편이 옳다. 바삐 걸어가는 행인에게 길을 물어도 불친절한 사람은 없었다.

이탈리아 사람들은 대체로 순수하다. 길거리에 앉아 있는 부랑인들에게 따뜻한 말을 건네며 그 앞에 엎드린 개를 쓰다듬어주는 할머니나 할아버지를 자주 볼 수 있다. 더러운 차림새의 집시 여인이 아기를 안고 자신의 가게 앞에 앉아 있다고 해서 영업에 방해된다며 이들을 야박하게 내쫓는 사람은 없다.

이탈리아 사람들은 대체로 관대하다. 어느 도시를 가나 기차역 앞에는 걸인과 노숙자, 얼핏 보아도 불법체류자로 보이는 노점 상인들이 득실거린다. 그런데 건장한 경찰 아저씨가 그 옆을 아무렇지도 않게 지나간다.

한번은 경찰로 근무하는 동생 친구에게 물어보았다.

"왜 불심검문 한번 하지 않고 못 본 척 지나가니?"

"불심검문해서 잡아넣어 봐야 먹여주고 재워줘야 되는데, 감옥은 만원이고 강제 추방하려 해도 비용 드는 건 마찬가지잖아. 그들이 요령껏 살아남으면 다행이고 아니면 자연히 다른 나라로 가겠지. 일 저질렀을 때 잡아넣어도 늦지 않아. 오랜 옛날 우리의 식민지였던 곳에서 온 사람들인 만큼 이탈리아에 대한 환상이 있을 거 아냐? 그 환상이 깨지면 떠나겠지, 뭐."

물론 모든 경찰이 그 친구 같지는 않겠지만 어찌 보면 직무유기 같고 어찌 보면 철학자 같은 태도다.

이탈리아 사람들은 대개 칭찬과 감탄사에 후하다. 이탈리아 부모들은 자신의 아이를 부를 때 보통 '미오 테소로mio tesoro, 나의 보물', '미아 지오이아mia gioia, 나의 기쁨' 혹은 '미오 아모레mio amore, 나의 사랑'라고 한다. 나의 아이를 남의 아이와 비교하지 않고 절대적인 가치를 부여하며 칭찬과 감탄사를 아낌없이 퍼부어준다. 그런 호칭과 대접을 받고 자라서일까? 그들은 대체로 자신에 대해 긍지를 갖고 산다.

후한 칭찬은 남의 아이에 대해서도 마찬가지다. 우리 집 꼬맹이가 이탈리아에서 지내다 한국에 돌아온 지 얼마 되지 않았을 때, 하루는 나와 함께 버스를 타고 시내에 나갔다가 들어왔다. 녀석이 현관에서 신발을 벗으며 이렇게 물었다.

"엄마, 그런데 왜 아무도 나한테 '케 벨로Che bello, 예쁜 남자아이구나!'라고 하지 않아요?"

이탈리아에서는 집 밖에만 나가면 당시 흔치 않던 동양 아이를 본 사람들이 너도나도 감탄 어린 칭찬을 해주었기 때문이다. 거기에 익숙해져서 칭찬 없는 나들이가 허전했나 보다. 도련님, 꿈 깨세요. 여긴 한국이랍니다.

이탈리아 사람들의 넉넉함과 너그러움이 바로 이런 토양에서 자라난 것 아닌가 싶다. 어려서부터 그런 대우를 받았기에 남을 대우할 줄도 안다. 남과 비교당하지 않고 인정받으며 자랐기에 상처가 없으며, 그렇기에 자기 주장을 펼칠 줄 알지만 상대방의 권리도 존중할 줄 안다.

이탈리아 사람들은 당당하다. 자신의 욕구나 처지를 숨기지도 않고 과장하지도 않는다. 어느 해 겨울 성탄절 특집으로 교도소를 취재하는 프로그램을 보았다. 그곳에 수감된 사연 많은 사람들을 인터뷰하는 내용이었다. 마약 사범에서부터 사기꾼, 폭력범 등등 다양한(?) 사람들이 등장했다. 그런데 놀랍게도 인터뷰에 응하는 수감자들의 태도가 하나같이 위축됨 없이 당당하고 자연스러웠다. 소신껏 자신의 처지와 희망을 말하는 모습이 참으로 인상적이었다. 자신이 저지른 죄에 대한 대가를 치르고 있다고 담담하게 말하면서 앞으로 이러저러하게 살 계획이라고 차분하게 피력했다. 하지만 그걸 보는 나는 담담할 수 없었다. 결국 '죄수'라는 말에 대해 선입견을 가진 내가 문제라는 결론을 내렸다.

이탈리아 사람들의 삶에서 절대로 놓치지 말아야 할 것이 있다. 바로 가톨릭이다. 30년 전이나 지금이나 이탈리아 국영 텔레비전 뉴스에 빠지지 않는 코너가 있다. 그것은 교황에 관한 소식이다. 또 천재지변이 일어나거나 먼 나라에서 전쟁이 나면 어김없이 '교황님이 전하는 말씀'이 등장한다. 그 말씀의 요지는 대부분 '용서하고 사랑하라. 그리고 약자 편에 서서 행동하라'와 같은 것이다.

이탈리아 어느 도시에나 수도회에서 운영하는 자선 단체가 있고 무료 급식소가 있다. 또 우리의 십이간지와 비슷한 것으로 이탈리아에는 날마다 그날의 수호성인이 정해져 있다. 열심히 미사에 참례하는 사람이 아니더라도 세례식에서부터 장례 미사까지, 삶에서 가톨릭을 떼어놓을 수 없다. 가톨릭의 박애와 평등사상은 자연스레 그들의 삶에 녹아 있는 것 같다.

유학 시절 이탈리아에서 발견한 특이한 점은, 어린아이 가운데 심하게 칭얼대거나 우는 아이가 없다는 것, 그리고 개가 으르렁거리며 달려드는 일이 없다는 것이었다. 수많은 관광객과 순례자로 늘 어수선해 보이는 사회이지만, 깊숙이 들여다보면 유유자적하게 삶을 영위해가는 그들만의 저력을 느낄 수 있다. 남과 나를 비교하며 자신을 들볶지 않는 합리적인 개인주의, 평화로운 공존. 어릴 때부터 받아온 충분한 사랑이 자양분이 되어 아기들도, 개들도 순하게 만들었다고 한다면, 지나친 비약일까?

요즘도 나는 뉴스나 신문 사회면을 볼 때면 종종 이탈리아에서의 일들이 떠오른다. 우리 사회에 점점 늘어나는 외국인 노동자들, 외국인 며느리에 대한 편견이나 차별에 관한 소식을 접할 때면 루마니아를 다룬 그 다큐멘터리가 자꾸 머릿속을 맴돈다.

와인 강박증에서 벗어나려면

얼마 전까지만 해도 나에겐 묘한 기피증이 있었다. 아주 가까운 분들과 함께 가는 일이 아닌 이상 이탈리안 레스토랑에 가는 일을 꺼렸다. 그 이유는 와인에 있다. 이런 말을 하면 남의 속 모르는 사람들은 "이탈리아를 그렇게 오래 드나들었는데, 왜?"라며 반문할 것이다. 바로 그런 까닭으로 부담을 갖게 된 거다. 상대방이 이탈리아의 요리나 와인에 대해서 정보를 얻으려 하거나 나에게 와인 선택권을 맡기면 더욱 부담스럽다.

"어떤 와인이 좋아요?"

"이탈리아 사람들은 어떻게 와인을 마셔요?"

"잔은 어떤 걸 고르면 좋죠?"

"전 와인 맛을 잘 모르겠어요. 설명 좀 해주세요."

이런 질문들이 줄줄이 쏟아지기 일쑤다.

한번은 아는 사람의 집들이에 갔다가 이런 말을 들었다.

"아이, 창피해서 어쩌죠. 이탈리아 통이 오셨는데 우리 집은 와인 잔
도 ○○가 아니고 와인도 그냥 우리가 골랐거든요. 이탈리아 문화에 대해선
귀신이실 텐데……."

난 정말이지 난처해서 몸 둘 바를 모를 지경이었다. 사실 꽤 자주 받
는 오해 가운데 하나가 바로 '이탈리아 문화의 귀신'이라는 얘기다. 한국에
서 태어나 평생 살아도 "나, 우리 문화에 대해선 귀신이오" 하고 손 들 사람
이 드문 판에, 어찌 남의 나라의 문화에 대해, 더구나 이탈리아 같은 다민
족, 다문화에 대해 무슨 수로 귀신이 될 수 있겠나! 다만 내가 공부하거나
경험한 분야에 한해서 조금 말할 수 있을 뿐이지.

모든 분야에 유행이 있듯이 요식업에도 유행이 있는 것 같다. 지금 우
리나라에서 우후죽순처럼 생겨나는 고급 음식점 중 대다수가 이탈리아 풍
이다. 물론 거기엔 와인이 빠질 수 없다. 일간지 주말 섹션도 와인 특집 일
색이다. '와인 잔, 어떤 걸로 고를까?'에서부터 '와인 제대로 즐기기', '와
인은 장수의 비결', '이탈리아의 와인 산지 탐방' 등에 이르기까지. 와인 유

행은 쉽게 수그러들지 않을 태세다. 국민 소득의 향상, 다양한 유럽 문화에 대한 호기심, 건강에 대한 관심, 해외여행의 보편화 등 여러 요인에 힘입은 유행일 것이다.

와인은 곧 프랑스라는 등식에서 벗어난 지도 오래다. 웬만한 레스토랑에선 프랑스 와인, 이탈리아 와인, 칠레 와인 등 나라별로 명기해 선택의 폭을 넓혔다. 나아가 지역별로 분류해놓은 레스토랑도 많아졌다. 이탈리아의 피에몬테나, 시칠리아, 프랑스의 보르도 등……. 프랑스에 대해선 워낙 과문한 탓에 뭐라 할 얘기가 없지만 이탈리아 와인에 지명이 표기된 것을 보면 우선 반갑다. 이탈리아에 있을 때 이름이라도 들어보고 마셔본 적도 있으니까. 그런데 딱 거기까지다. 아, 또 있다. 와인은 마시기 30분 전쯤 병마개를 열어 서서히 공기에 노출해 부드럽게 산화시켜야 한다는 것, 섭씨 18도 정도에서 보관해야 좋다는 것, 와인 병 라벨 아래쪽에 표시돼 있는 등급 판별법 정도(사실 이것도 겨우 몇 년 전에 안 것이다)?

15년 전 모 백화점에서 고문으로 일할 때 이탈리아 대전을 준비한 적이 있다. 이탈리아의 의식주 문화를 홍보하는 행사라 이탈리아 현지에서 와인 전문가를 초빙해 과외(?)를 받았다. 결과는 낙제점. 이탈리아 전역의 그 많은 와인을 어찌 다 외울 것이며 또 그토록 다양한 맛을 어찌 다 판별할 수가 있겠는가? 당시로도 200종이 넘는다고 들었다. 이탈리아는 20개 주로 나뉜다. 주마다 각기 다른 수십 가지 상표의 와인이 나오니 무슨 수로 그걸 다 외우겠는가 말이다.

그 뒤 이탈리아 정부가 주관하는 와인 시음회에서 통역을 맡아달라는 부탁을 받았다. 이때 와인에 대해서 두 번째로 과외 공부를 한 덕에 그나마 라벨에 적힌 등급은 판별하게 된 것이다. 이탈리아 와인비노, vino은 보통 4등급*으로 나뉜다. 예를 들어 '비노 다 타볼라'는 테이블에서 마시는 와인이라는 뜻으로 가장 일반적인 와인이다. 이렇게 시작해 'D. O. C. G.'에 이르면 최상급이라는데, 개인적으론 최상급이라고 해서 맛이 제일 좋은 건 아니었다.

대대로 조금 여유 있는 가문은 포도밭을 갖고 있으며, 여기서 나온 와인에 갖가지 이름을 붙인다. 주인의 성을 따오기도 하고 딸의 이름이나 지역 이름을 붙이기도 하는데, 심지어 '돈나 푸가타Donna Fugata, 도망친 여자'라는 와인도 있다. 와인의 역사는 인류의 역사와 같다고 할 만큼 오래됐다고 들었다. 구약성서 창세기를 보면 노아의 방주에서 나온 사람들이 포도나무부터 심는다고 되어 있다. 신약성서에도 성모 마리아가 예수님에게 물을 술로 변화시켜달라고 부탁하는 장면이 나오고, 더구나 가톨릭에서는 포도주가 곧 예수의 피를 의미한다. 그래서일까? 이탈리아에서 질 좋은 와인은 수도원을 중심으로 발달했다고 한다. 특히 베네딕토 수도회의 와인이 훌륭했다고 전해진다.

일반 가정에서도 와인을 담근다. 나도 초대받아 간 적이 있다. 와인을 담그는 일종의 연례 행사였는데, 예전 우리나라에서 여러 이웃이 모여 김장하던 풍습과 비슷했다. 내가 방문한 집에서는 친구들끼리 포도를 잔뜩 사다가(같은 품종이라야 순수한 와인이 나온다고 한다) 커다란 나무통에 담고, 발을 깨끗이 씻은 다음 다 같이 통에 들어가 발로 포도를 으깨기 시작하였다. 으깬 포도를 큰 유리병에 담아 밀봉한 뒤 발효시키면 끝.

이렇게 담근 와인은 판매용이건 개인용이건 그 해 11월 11일이 되기 전에 개봉하면 안 된다는 불문율이 있다. 이렇게 11월 11일에 뚜껑을 딴 와인을 '비노 노벨로Vino Novello, 새 와인'라고 부른다. 민간 풍속에 따르면, 이탈리아에서 새 와인을 마실 수 있는 이날은 마치 우리나라의 '손 없는 날'처럼 이사하기 좋은 날로도 꼽힌다.

어느 나라 문화든 멀리서 보면 한 부분만 보이기 때문에 전체를 파악하기가 어렵다. 이탈리아 사람들은 매일 와인을 마시냐고 물어보는 사람들이 가끔 있다. 답은 당연히 그렇지 않다.

우리나라에서 이탈리아 문화원장으로 근무하던 분이 있다. 이분의 남편은 대학 교수로, 와인을 마시지 않는다. 그 이유는 이렇다.

"매일 밤 와인을 마시면 평생 동안 밤마다 취기에 젖을 텐데 난 그런 기분으로 저녁을 보내고 싶지 않아. 맑은 정신으로 책을 읽고 토론을 하고 싶지."

내가 아는 어느 외교관은 파티에서 건배할 때 말고는 입에 술을 대는 일이 없다. 적어도 일주일에 두세 번은 파티에 참석해야 하는데, 그때마다 마시면 배가 나올 뿐 아니라 알코올의 기운에 길들어 가볍게라도 중독이 될까 봐 삼간다는 것이다. 이렇듯 대체로 자기 절제가 강한 사람들이 와인을 삼가는 경향이 있다. 어느 문화든 자기 안에 들어와 익숙해지면 어떤 것이 나에게 맞고 어떤 것이 안 맞는지 변별력이 생길 것이다.

어디선가 '화이트 와인은 생선에 곁들여 먹어야 하고 레드 와인은 육류와 함께 먹어야 한다'는 말을 들은 뒤부턴 그것이 꼭 지켜야 할 원칙인 양 매여 사는 사람들도 있을 것이다. 사실은 이탈리아 사람 가운데 화이트 와인을 마시면 머리가 아프다는 사람들이 의외로 많다. 나도 화이트 와인을 마시면 항상 머리가 아파 못 마신다. 와인을 소재로 논문을 쓴, 이탈리아의 농과대학 교수님에게 그 이유를 물어보았다. 돌아온 답은 아주 간단했다.

"당신 체질에 안 맞으니까."

맞지 않는 걸 억지로 먹을 필요가 없다는 지극히 상식적인 얘기였다. 혹시 무슨 인공 물질을 가미한 건 아니냐고 슬쩍 떠보았더니 펄쩍 뛴다. 유럽에서 식품 위생법이 가장 까다로운 나라가 이탈리아다, 먹는 것만큼은 철저하게 관리한다, 그러니 이탈리아 와인만큼은 안심하고 마시라는 얘기였다. 먹는 문화에 대한 그들의 자부심은 아무튼 대단하다.

보통 화이트 와인은 우리가 청포도이탈리아에서는 흰 포도라 부른다라고 부르는 초록색 포도로 만들고 레드 와인은 붉은 포도로 만드는데, 포도 품종의 색깔에 따라 분홍빛을 띠는 와인도 많다분홍빛 와인은 로제라고 부른다. 이탈리아의 레스토랑에서 식사를 주문할 때 어떤 와인으로 하겠느냐는 질문을 받으면, 생선 요리를 주문하고도 레드 와인을 주문하는 사람도 꽤 많다. 우리도 체질이나 입맛에 화이트 와인이 맞지 않으면 당당하게 레드 와인을 주문하자. 어차피 내가 즐기려고 마시는 것이지 남을 위해서 마시는 것이 아니지 않은가!

나를 와인 강박에서 벗어나게 해준 이탈리아 분이 있다. 바로 주한 이탈리아 대사를 지낸 프란체스코 라우시이다. 그는 시칠리아 귀족 집안 출신으로 점잖으면서 겸손하고 위트가 있기로 유명했는데, 2002년부터 2006년까지 우리나라에서 대사로 근무했고 지금은 페루 주재 이탈리아 대사로 있다.

2007년 5월 출장길에 로마에 들렀다가 마침 고국에 머무르던 대사를 다시 만났다. 점심 식사를 함께하기로 했는데, 그는 푸치니의 〈토스카〉로 유명한 산타 안젤로 성 근처에 있는 오래된 레스토랑으로 나를 안내했다. 그러고는 시칠리아 섬 출신답게 생선 요리를 주문했다. 하지만 와인은 둘이 합의해 레드 와인을 골랐다. 나는 와인에 워낙 문외한이므로 대사님에게 선택권을 맡겼고, 그는 'Le Lacrime del Moro del Alba'라는 긴 이름

"그 많은 와인을 어떻게 다 배워?
물론 기본 매너야 어렸을 때부터 봐와서 몸에 익었지만,
너무 따지다 보면 음식 맛도 술 맛도 떨어지더라고.
그냥 편하게 마셔야 즐겁지,
마시는 방법에 얽매이면 맛까지 잃기 쉬워."

의 레드 와인을 주문했다. 번역하면 '흑인이 새벽에 흘리는 눈물' 정도가 되는데, 로마 근교에서 생산한 것이라고 적혀 있었다. 우리는 오랜만에 만난 반가움에 정신없이 떠들고 먹고 마셨다.

식사가 끝난 뒤 나는 그 와인을 주문한 이유가 있느냐고, 혹시 특별히 좋아하는 와인이냐고 여쭤보았다. 그랬더니 대사님의 답은 이러했다.

"그냥. 이름이 그럴듯하면서 길잖아."

난 과식을 염려하며 먹었던 살팀보카*가 단번에 소화될 정도로 유쾌하게 웃어젖혔다. 그러고는 농담조로 다시 질문을 던졌다.

"이탈리아 대사면 이탈리아 문화를 대변하는 위치인데 와인 강습 같은 건 안 받나요?"

"그 많은 와인을 어떻게 다 배워? 물론 기본 매너야 어렸을 때부터 봐와서 몸에 익었지만, 너무 따지다 보면 음식 맛도 술 맛도 떨어지더라고. 그냥 편하게 마셔야 즐겁지, 마시는 방법에 얽매이면 맛까지 잃기 쉬워."

그동안 나를 옭아매던 와인 콤플렉스, 와인 강박을 풀어주신 고마운 양반이다.

와인 잔도 마찬가지다. 물론 와인을 위해 디자인된 명품(?) 잔에 마시면 맛이 더 좋을 수 있고 우선 기분부터 좋겠지만 정작 이탈리아 사람 중에선 크리스털 명품 잔에 와인을 마시는 이들이 많지 않다. 남부 지방으로 갈수록 흙을 구워서 투박하게 만든 테라코타 머그에 집에서 담근 와인을 따라 마시는 모습을 자주 볼 수 있다. 남부 지방은 일조량이 많아 포도가 달게 마련이고 와인 역시 달달하고 알코올 도수가 조금 더 높다. 예를 들어 보통 와인은 알코올 도수가 12.8도가량 되지만 시칠리아 산은 13도가 넘는 것도 많다.

그동안 마셔본 와인 가운데 맛있는 걸 꼽으라면, 남부 트라니*의 수도원에 머물 때 맛본 분홍빛 와인이 제일 맛있었다. 그 지방의 토산품인 테라코타 잔에 받아 마셨던, 약간 달콤하면서도 쌉쌀하고 상쾌했던 맛을 잊을 수가 없다. 또 하나, 동네 슈퍼마켓에서 파는 와인을 꼽고 싶다. 보통 한 병에 3~4유로면 괜찮은 와인을 살 수 있는데, 주말이 되면 반값으로 내린다. 가격이 저렴해 스트레스를 받지 않고 마셔서 그런가? 어쨌거나 나는 내 입맛이 싸구려인 게 참 고맙다. 식도락 취미가 없는 것도 고마운 일이다. 그렇지 않다면 내 주머니가 어떻게 감당하겠는가? 맛있는 것이 그토록 넘쳐나는 나라에서!

이탈리아 와인의 등급

이탈리아 와인에는 일반적으로 아래와 같은 4등급이 있다. 1번이 가장 저렴한 와인으로 일반적인 식사용이라고 보면 된다. 2번은 1번보다는 조금 상위에 해당하는 와인으로 생산지를 명기하는 와인이다. 3번은 2번보다 조금 더 고급으로 생산자가 와인의 질을 검증했다는 뜻이 명기돼 있다. 4번은 가장 고급 와인을 뜻한다. 특정 지역의 단일 품종의 포도로만 양조된 와인으로 생산자가 와인의 질을 보증한다.

1) Vino da Tavola 비노 다 타볼라
2) Vino da Tavola a Indicazione Geografica 비노 다 타볼라 아 인디카치오네 제오그라피카
3) Vino a Denominazione di Origine Controllata(D. O. C.) 비노 아 데노미나지오네 디 오리지네 콘트롤라타
4) Vino a Denominazione d Origine Controllata e Garantita(D. O. C. G.) 비노 아 데노미나지오네 디 오리지네 콘트롤라타 에 가란티타

살팀보카Saltimbocca

이탈리아 어로 '입으로 뛰어든다' 는 뜻의 요리로 이탈리아, 스위스 남부, 스페인, 그리스 등에서 대중적인 음식이다. 가장 유명한 것이 로마의 살팀보카로, 얇게 썬 송아지고기에 햄이나 소시지 등을 넣은 다음 세이지 잎으로 말아서 튀긴다.

트라니Trani

장화 모양의 이탈리아 지도에서 뒷굽 위쪽에 자리한 해안 도시. 특히 5세기경 바다를 향해 지어진 성당이 아름답기로 유명하다.

요람에서 무덤까지,
이탈리아의 오묘한 색깔론

색깔론? 써놓고 보니 일간지 정치면이 연상된다. 하지만 여기서 색깔론이란 좌파냐, 우파냐 하는 성향에 관한 것이 아니라 이탈리아 사람들의 옷 입는 방식을 가리킨다.

현역에서 활발히 활동할 때부터 지금까지 내가 가장 자주 받는 질문은 대개 이렇다.

"이탈리아 사람들은 어떻게 옷을 입어요?"

"이탈리아 사람들의 디자인 감각은 어디서 나오나요?"

"이탈리아에 가보니 멋쟁이들이 많던데, 이유가 뭐예요?"

답은 상황에 따라 달라진다. 예를 들어 패션 회사의 **CEO**나 패션을 전공하는 학생들이 이런 질문을 하면 나의 대답은 매우 길어진다. 다소 복잡하기 때문이다. 그러나 막연한 호기심과 동경에서 질문하는 사람들에겐 이탈리아 사람들이 옷을 입을 때 기본으로 삼는 색 조화에 대해서 알기 쉽게 설명하려 노력한다.

옷을 잘 입는다는 것은 비싼 옷 혹은 이른바 명품이라 불리는 유명 디자이너의 의상을 떨쳐입는 것이 아니라, 자신에게 어울리는 옷을 때와 장소와 상황에 맞게 색을 잘 맞추어 입는 것을 의미한다. 색을 잘 맞춰 입는 것이 사실 가장 어려우며, 가장 오랜 훈련과 경험이 요구된다. 디자인을 구성하는 세 가지 요소, 즉 색과 형태와 재질 중에서 사람의 시선을 가장 먼저 끄는 요소가 바로 색이다. 계절마다 유행이 바뀔 때면 유행 색깔부터 나오는 것만 봐도 알 수 있다.

이런 점에서 이탈리아 사람들의 색채 감각은 어느 나라 사람보다도 뛰어나다. 사실 이탈리아 사람들의 디자인 감각은 재론의 여지 없이 세계가 인정한 것이다. 그들이 어떻게 인정을 받게 됐는지 알려면 역사와 지정학적인 여건, 사회 배경 등을 함께 알아야 한다.

로마 제국은 멸망하면서 동로마지금의 터키와 서로마지금의 이탈리아로 갈

옷을 잘 입는다는 것은 비싼 옷
혹은 이른바 명품이라 불리는
유명 디자이너의 의상을 떨쳐입는 것이 아니라,
자신에게 어울리는 옷을 때와 장소와 상황에 맞게
색을 잘 맞추어 입는 것을 의미한다.

라진다. 그 뒤 이탈리아는 중세의 암흑기를 거쳐 고딕 시대를 지나 14~15세기에 이르러 르네상스 문화를 찬란하게 꽃피운다. 그러다 16세기 이후 바로크 시대의 강국으로 떠오른 스페인과 17~18세기 로코코 시대의 주인공이었던 프랑스의 그늘에 가려, 르네상스의 영광을 끝내 탈환하지 못하고 19세기를 맞이한다. 하지만 16세기 이후 유럽의 주인공 노릇을 못했을 뿐이지, 그냥 주저앉아 역사의 뒤안길로 사라진 것은 아니었다. 오히려 작은 도시국가로 남아 있어 나름대로 특색을 유지할 수 있었다. 예를 들어 오늘날 피렌체영어로 플로렌스라 불리는, 르네상스의 발상지였던 아름다운 도시국가는 금융업이 일찍 발달한 덕분에 막대한 부를 쌓을 수 있었다.

이후 이 점을 탐낸 프랑스의 구애로 당시 피렌체 공화국의 공주였던 카테리나 데 메디치와 그 손녀 뻘인 마리 데 메디치는 각기 프랑스의 왕과 결혼하면서 프랑스에 이탈리아의 문화를 접목하는 역할을 톡톡히 해냈다. 앙리 2세의 부인이 된 카테리나 데 메디치의 경우 당시 실크로드의 종점과도 같던 베네치아로 들어오던 동방의 수많은 문물을 프랑스로 유입했다. 훗날 이탈리아의 의상 평론가들은 "카테리나 데 메디치가 앙리 2세의 왕비가 되지 않고 다른 이탈리아 도시국가 귀족의 부인이 되었든가, 마리 데 메디치가 앙리 4세의 부인이 되지 않았다면, 아마도 지금의 프랑스 패션은 없었을 것"이라고 평가한다. 그만큼 작은 도시국가 피렌체의 두 여성은 결혼과 동시에 막대한 지참금뿐만 아니라 이탈리아의 모든 문화를 가져가 프랑스 문화를 풍요롭게 하는 데 큰 공을 세웠다.

역사적으로 이탈리아와 프랑스가 맺은 관계가 이렇다 보니, 얼마 전 프랑스 대통령 사르코지와 이탈리아 출신의 톱모델 카를라 브루니의 결혼이 이목을 끈 건 당연했다. 사르코지의 인기 상승에 한몫을 한 이들의 결혼을 두고 이탈리아 언론은 이렇게 말했다.

"메디치 가家의 공주 이후 이탈리아 출신의 첫 퍼스트레이디. 과연 이탈리아에 이익일까, 아니면 프랑스에 이익일까?"

이탈리아가 르네상스, 바로크, 로코코 시대를 거치며 독창적인 문화를 발전시킬 수 있었던 점은 훗날 축복으로 작용했다고 볼 수 있다. 화려함과 웅장함의 극치인 성당 건축과 성직자의 복식, 귀족들의 의상과 저택 등에 고스란히 남아 있는 문화유산은 후손들의 창의성에 밑거름이 되었다. 일찌감치 단일한 독립국가가 되었다면 중앙집권 정부의 통치 체제로 개성이 퇴색했겠지만, 1861년 주세페 가리발디 장군에 의해 새로운 이탈리아가 세워지기 전까지 각자 도시국가의 특성을 고스란히 간직했기에 다양한 문화의 저장고 역할을 한 것이다. 생활 방식, 음식의 종류와 재료에서부터 와인의 종류, 식사 시간과 방법, 옷 입는 방법 등등, 이탈리아를 알려고 하면 할수록 지방마다 다른 그들 문화의 깊이와 다양성에 감탄할 뿐이다.

또 누구나 알다시피 국토가 남북으로 긴 형태라서 최남단인 시칠리아와 최북단인 트렌티노알토아디제오스트리아와 국경을 접한 산악지대의 문화는 한 나라의 문화라고 보기 힘들 만큼 서로 크게 다르다. 피부색과 머리카락 색깔이 다르고 눈동자 색과 체형도 다르다. 북부 지방 사람들은 게르만 민족의 피가 많이 섞여 있어 키가 크고 피부가 하얀 데다 금발이나 갈색 머리가 많으며, 눈동자 색도 파란색이나 녹색 등 밝은 색이 많다. 반면 남부 지방 사람들은 아프리카와 인접해 혼혈인이 많았다. 짙은 피부색, 검은 눈동자, 별로 크지 않은 키. 특히 모발의 경우 남부로 갈수록 심한 곱슬머리에 짙은 흑발이 많다. 결국 같은 이탈리아라 하더라도 서로 다른 문화 요소가 절묘한 조화를 이루어 오늘날의 다양한 이탈리안 모드, 즉 이탈리아다운 아름다움이 탄생했다고 볼 수 있다.

그 위에 있는 가장 중요한 요소는 바로 삶의 방식이다. 보통 이탈리아 성인의 경우, 옷을 고를 때 가장 먼저 생각하는 요소는 무엇일까? 두 말 할 필요도 없이 그 해의 유행 색상이다. 그 다음으로 자신의 피부색, 머리색, 심지어 눈동자 색깔까지 고려한다. 아무리 유행이 범람해도 그 물결에만 몸을 맡기는 것이 아니라, 어떻게 하면 자신을 돋보이게 할지 고민하고 선택한다. 이런 기준에 따라 옷을 고르고 가방과 구두, 머리핀과 스카프, 선글라스와 보석 등 액세서리를 고르고 머리 모양을 결정한다. 색깔을 선택할 때는 같은 색 계열 혹은 보색두 가지 색을 섞었을 때 회색이 되는 색의 조화. 예를 들어 검정과 흰색, 보라와 노랑 등 계열을 기본으로 한다.

이처럼 이탈리아 사람들은 유행을 참고하되 자신의 개성과 취향에 맞게 모든 것을 선택한다. 그리고 거침없고 당당하게 그것을 표현한다. 이런 삶의 방식은 어디서 왔을까? 역사적으로 볼 때, 그들은 외세의 침략을 받은 적은 있지만 다른 나라의 지배를 오랫동안 받아본 적은 없다. 식민지 경험이 별로 없다는 것이 당당함의 원천 아닐까? 오랜 세월 동안 작은 도시국가로 버텨왔기에 자기 나름의 색깔과 자의식을 오래 보존할 수 있었다고 본다면 많이 틀리지는 않을 것 같다.

다음으로는 각 가정에서의 교육 방식에서 비롯했다고 생각한다. 앞서 말했듯, 어려서부터 칭찬과 존중을 받으면서 자라났기 때문이 아닐까 싶다. 거침없고 당당한 성향이 자신을 치장하는 방식에도 여과 없이 나타난다. 남의 눈치 볼 것 없이 군중 속에서도 돋보이려는 욕심, 신체의 모든 요소를 고려해 자기만의 모양새를 연출해내는 능력! 나는 이것이 이탈리아 사람이 지닌 가장 큰 장점이라고 본다. 이런 당당함과 색채 감각은 부유층이나 전문직 집단에만 있는 재능이 아니라 국민성 안에 내재돼 있다. 이것이 과장된 시각이라고 항의하는 분들이 있을지 모르는데, 그런 분들께 드리고 싶은 말씀은 딱 하나다. 백문이 불여일견! 가서 보시면 압니다.

언젠가 출산을 앞둔 친구가 아기 옷 고르는 것을 도와달라고 해서 동행한 적이 있었다. 이 친구가 가장 중요시했던 건 아들이냐 딸이냐가 아니라, 아기의 피부색이나 머리카락 색이, 또 눈동자의 색이 자신과 남편 중 누구를 닮았을까 하는 것이었다. 처음엔 조금 우스웠다. 그러나 금방 이해가 되었다. 대부분 검은 머리에 검은 눈동자인 우리와 달리, 금발에 푸른 눈의 아빠와 갈색 머리와 갈색 눈을 가진 엄마 사이에서 어떤 색 머리카락이 나올지는 낳아보아야 알지 않겠는가? 그래야 포대기와 배내옷의 색을 맞춰 고를 수 있다는 말에는 전문가인 나도 감탄하지 않을 수 없었다. 물론 아기 옷 매장 제품들의 색이야 주로 옅은 파스텔 톤이지만, 파스텔 톤 안에서도 가능하면 색을 맞추려 노력한다.

이렇게 시작된 '컬러 코디네이트 훈련(?)'은 아기가 걸음마라도 떼기 시작하면 절정에 달한다. 아직 자신의 의사 표현을 하지 못하는 시기이므로 부모의 감각에 따라 탄생하는 베스트 드레서들. 우리가 흔히 아동복이라 생각하는 알록달록한 색깔에 리본 장식을 한 옷이 아닌, 어른 옷을 그대로 축소한 듯한 앙증맞은 옷들을 색깔 맞춰 입힌다. 그러니 길거리에서 꼬마 숙녀, 꼬마 신사 들을 만나면 누구라도 미소 짓지 않고는 배길 수 없다.

이렇게 어릴 적부터 색깔의 조화를 중요시하는 사회 분위기에다 유명한 화가들이 그린 벽화들을 성당에서 수시로 보고 자라나니, 굳이 공부를 하지 않아도 색채 감각이 몸에 배어 있게 마련이다. 배내옷에서 시작해 평생 동안 색을 생각하며 살다가 마지막에는 세련된 색의 조화 속에서 삶을 마감한다. 가톨릭 국가이기에 모든 장례식은 성당에서 치러진다. 검정 일색의 조문객의 의상과, 거기에 대비되는 조화를 이루는 화려한 꽃다발, 장례식 색깔로 공인돼 성당 곳곳에 장식된 보라색 리본들. 검정색과 흰색과 보라색*의 조화는 잔니 베르사체가 말년에 선택한 의상 콘셉트였다. 그래서 베르사체가 죽은 뒤 이탈리아 패션계 일각에선 그가 선택한 색이 불운을 불러온 것이 아니냐는 이야기가 회자되기도 했다.

색깔과 관련해 또 하나 흥미로운 현상이 있다. 애완동물 기르는 것이 한창 유행인 이탈리아. 그들은 강아지를 데리고 산책할 때 강아지의 털 빛깔과 자신의 의상, 심지어 개목걸이의 색깔까지 맞춰 고른다. 그 모습을 보노라면 한숨 섞인 감탄이 절로 새어 나온다.

"휴, 못 말린다. 못 말려!"

무대에서 금기시되는 보라색

잔니 베르사체가 피격됐을 당시 이탈리아의 언론은 그가 보라색을 처음으로 패션쇼 무대에 올려서 당한 횡액이 아니냐고 대서특필했다. 무대의상에 보라색을 사용하면 액운을 불러온다는 미신이 있기 때문이다. 그 유래는 기원전으로 거슬러 올라간다. 보라색은 천연 염료 가운데 구하기가 매우 힘들고 탈색이 잘되어 귀하게 여겨졌고, 따라서 왕족이나 귀족들만이 의복에 사용할 수 있었다. 이후 예수의 부활을 기리는 사순 기간 동안 사제의 제의(祭衣) 색을 보라색으로 정하고, 장례식을 알리는 상징 색으로 삼기 시작했다. 그러면서 엄숙과 예의를 갖추기 위한 의도가 반대로 액운을 불러온다는 의미로 발전했다.

인심 후한 남쪽 사람,
메리디오날레

이탈리아는 각 지방의 개성, 즉 지방색을 상품화하여 전 세계로 수출하는 데 성공한 나라이다. 한 나라가 하나의 고유한 정체성을 내세우는 것도 좋지만, 이탈리아처럼 여러 가지 뚜렷한 색깔이 모여 결국 그 나라의 독특한 정체성을 이룬 경우도 주목할 만하다.

남쪽 지중해로 길게 뻗은 장화처럼 생긴 이탈리아 반도. 북쪽 끝은 서쪽으로 프랑스, 스위스와 접해 있고 동쪽으로는 오스트리아, 슬로베니아와 접해 있다. 장화의 코 부분인 지중해로 내려가면 시칠리아 섬을 만나고, 거기서 다시 티레니아 해로 올라가면 스페인과 이탈리아 반도 사이에 있는 사르데냐 섬을 만난다. 이 두 섬도 이탈리아의 영토이다. 인구는 약 5,700만 명으로, 한반도보다 조금 큰 반도에 남한 인구보다 1,000만 명가량 많은 셈이다. 우리나라와는 달리 여러 민족이 함께 사는 다민족 국가이다.

다섯 개의 바다아드리아 해, 이오니아 해, 지중해, 티레니아 해, 리구리아 해에 둘러싸인 반도라는 지리적 조건 덕분에, 아프리카와 중근동, 아시아와 북유럽 등의 문화가 흘러들고 섞여 이른바 '문화의 융해점'이 되었다. 이 나라가 오랜 세월 동안 다민족, 다문화로 공존할 수 있었던 요인 가운데 빼놓을 수 없는 것이 있다면, 늦게 이루어진 독립국가 체제이다.

로마 제국이 멸망395년한 뒤 동로마와 서로마로 나뉘었다가 476년 서로마 제국까지 멸망하면서 이 반도에는 1859년까지 수십 개의 크고 작은 도시국가가 나타났다. 아니, 국가라기보다는 봉건 영주들의 성을 중심으로 영주와 기사, 농노로 구성된 사회로, 군웅할거 시대라 볼 수 있다. 바로 이 시대를 거치면서 이탈리아는 지방마다 뚜렷한 자기 색깔을 지니게 되었다. 그 뒤로 피렌체 공화국, 밀라노 공화국, 베네치아 공화국, 나폴리 공화국 등 크고 작은 공화국이 탄생했다 사라지며 약 1300년을 이어왔다지금도 바티칸시티와 산마리노 공화국은 독립국가로 남아 있다. 더욱이 지금처럼 교통기관이 발달하지 못한 상황이었기에 지방색을 고스란히 간직할 수 있었다.

우리나라의 경우 호남 지방은 '예향藝鄕'으로 불려왔다. 남도창이 가

83

장 대표적인 예가 아닌가 한다. 이렇게 예술 쪽에 소질이 많은 호남 사람의 기질을 가리켜 '남도 기질' 이라고 부른다. 우리나라의 남도 기질과 비슷한 것으로 이탈리아에는 '메리디오날레meridionale, 남쪽의, 남부 사람의' 라는 말이 있다. 반대말은 '세텐트리오날레settentrionale, 북쪽의, 북부 사람의' 이다.

정확히 어디서부터 어디까지가 남부이고 북부일까? 대체로 로마 아래쪽을 남부로 본다. 남부 사람과 북부 사람의 특징을 하나하나 비교하자면 논문을 수십 개 써도 모자랄 지경이다.

남부는 항상 강렬한 태양빛 아래 땀 흘려 일하지 않아도 이모작이 가능했고, 올리브와 오렌지와 포도가 지천으로 열렸다. 그야말로 천혜의 자연 조건이라 할 만하다. 그래서 남부 사람들은 게으르다. 게으르다는 건 어쩌면 북부 사람들이 붙인 말일지도 모른다. 한마디로 '먹고 마시고 사랑하자' 는 것이 남부 사람들의 삶의 철학이다.

점심 식사 후의 낮잠을 가리키는 '시에스타*'도 남부 중심으로 발달해 있다. 아침 농사일을 마치고 파스타와 와인으로 점심 식사를 하고 나면 졸음이 밀려오는 건 어쩔 수 없다. 뜨거운 햇살을 피해 나무 그늘 아래서 한숨 자고 나면 어느덧 어스름이 깔린 시각. 어영부영 시간을 보내다 해가 지면 또 다른 즐거움을 찾아 나선다. 저녁 9시나 10시쯤 식사를 하고(일조량과 저녁 식사 시간은 비례한다. 해가 늦게 지는 곳일수록 저녁 식사 시간도 늦다) 밤 나들이를 가는 것이다.

남부 사람들은 인심이 후하다. 먹을 것이 풍부해서일까? 처음 보는 나그네에게도 식사 시간이 되면 밥을 먹고 가라며 붙들어 앉히는 곳이 남부의 인정이다.

2006년 봄, 남부 바실리카타의 도시 마테라를 방문한 적이 있다. 장화 모양의 반도에서 오목하게 들어간 밑바닥에 해당하는 지역으로, 예수의 최후를 다룬 영화 〈패션 오브 크라이스트〉를 찍은 장소로 유명하다. 이탈리아의 모든 도시가 그렇듯 마테라도 구舊시가와 신新시가로 나뉜다. 구시가로 들어서면, 영화에 나온 옛날 방식대로 바위를 뚫어 굴을 파고 그 안에서 생활하는 모습을 볼 수 있다. 오래전 살기가 불편해 신시가로 떠났던 원주민들이 세월이 흘러 나이가 들고 생활이 안정되면서 요즘 다시 동굴 집으로 귀향하는 추세이다. 그래서 텅 비어 있던 도시가 활기를 되찾아가고 있다.

나는 영화 속 장면을 떠올리며 혼자 인적 없는 길을 걷고 있었다. 5월인데도 벌써 햇볕은 뜨거웠다. 어느 골목 모퉁이를 돌자, 붉은 제라늄이 바위와 아름답게 어우러진 동굴이 나타났다. 나도 모르게 걸음이 멈추었다. 아치 모양으로 뚫린 곳을 조심스레 들여다보니 유리문이 눈에 띄었다. 호기심을 참지 못해 그만 유리에 손을 대려고 했다. 그 순간, 갑자기 문이 벌컥 열리더니 아주머니가 고개를 내미는 게 아닌가!

나는 놀라 쩔쩔매며 사과부터 했다.

"아이구, 정말 죄송합니다. 밀라노에 사는 한국인이에요. 가톨릭 신자라 마테라에 꼭 와보고 싶었어요. 그러다 아름다운 집이 있어 나도 모르게 실례를 했네요."

그러고는 머리가 땅에 닿도록 조아렸다. 그런데 의외의 반응이 돌아왔다.

"아니, 아니, 걱정 말아요. 인기척이 있어서 문을 연 것뿐이에요. 그러지 않아도 우린 부부 둘만 살아 적적한데 들어와서 실컷 보세요. 그런데 이탈리아 말을 참 잘하네요. 커피 한 잔 할래요? 뭘 드려야 귀한 손님께 대접이 되려나?"

나는 한국이 어디에 있는지도 잘 모르는 주인 부부에게 2002년 월드컵을 조심스레 상기시키며 두 나라의 거리를 좁히려고 애를 썼다. 아주머니는 집 안 곳곳을 보여주면서 다음 달에 인테리어 잡지사에서 집을 취재하러 오기로 했다며 자랑을 했다.

"아직 점심 식사 안 했으면 같이 먹고 가요. 마침 오늘 점심은 이 지방의 별미인 무청 토마토소스 오레키에테*예요. 밀라노에선 못 먹어봤죠?"

"네, 못 먹어봤어요."

"저런, 마테라까지 왔는데 꼭 맛봐야지요."

이 순간, 이탈리아 말을 배워둔 게 얼마나 보람 있던지! 관광지도 아닌 조그만 도시에서 자기 집을 훔쳐보려던 동양의 나그네를 집 안에 들이고, 그것도 모자라 밥까지 같이 먹자고 하다니……. 하지만 안타깝게도 난 기차를 놓칠까 봐 식사 초대에 응하지 못했다. 더구나 남부 사람들의 식사 시간이 길다는 걸 알고 있었으니까. 아쉽지만 시원한 물만 한 컵 얻어 마시고는, 언젠가 꼭 다시 들르겠다는 약속과 함께 작별인사를 해야 했다. 얼마나 다정하게 배웅을 하던지, 마치 10년 만에 만난 친척 언니와 헤어지는 기분이었다. 평생 잊지 못할 초대였다.

이 집 주인 아저씨는 남부 남자의 전형을 보여주었다. 아주머니가 동굴 집을 수 차례 오르내리며 내게 집 구경 시켜주랴, 가스레인지 위에서 끓는 토마토소스 저으랴 분주한 것과 달리, 아저씨는 질 좋은 여름용 스웨이드 점퍼 차림으로 안락의자에 앉아 그저 사람 좋은 미소만 띠고 있었다. 대다수 남부 남자들은 부인이 집에서 점심을 차리는 동안 동네 바에 앉아 소문을 수집하기에 바쁜데 이 아저씨는 그나마 가정적이라고 해야 할까.

남부 사람들에게 하루 종일 집 안에만 있으라고 한다면 그보다 더한 고문이 없을 것이다. 그들은 자신이 지닌 옷 중에 가장 좋은 옷을 머리끝에서 발끝까지 색깔 맞춰 차려입고, 가능한 한 많은 장신구를 주렁주렁 매달고는 집 밖으로 나간다. 나를 남에게 보여주고, 또 남은 어떻게 차려입고 나왔나 뚫어지게 바라봐주면서 존재를 확인하고 삶의 에너지를 얻는다.

특히 남부에서는 남자들이 장신구를 즐겨 착용한다. 북부 사람들은 남부 사람들의 이런 취향을 '스놉snob, 속물 근성'이라며 낮게 평가하는 편이다. 특히 목걸이나 팔찌를 많이 한 상대방을 흉볼 때면 "꼭 남부 촌놈처럼

Come terrone, 코메 테로네"이라고 말하곤 한다. 그런데 남부 사람들이 장신구를 즐겨 하는 이유를 들어보면 일면 이해가 된다. 감성이 발달한 그들은 지인에게서 선물 받은 장신구를 즐겨 하고 다닌다. 부모님이 주신 것, 애인이 선물한 것, 친구가 성탄절 선물로 준 것 등 어느 것이든 구구절절 사연이 많다. 또 이런 사연을 설명해주는 걸 좋아한다.

대학생 시절, 나폴리 출신 배우 소피아 로렌의 인터뷰 기사를 읽다 강한 인상을 받은 구절이 있다.

"당신이 가장 아끼는 보석이나 액세서리를 들라면?"

"조카가 선물해준 반지. 인조 보석 반지이지만 제일 아끼는 액세서리이다."

당시에는 '세계적인 스타가 아무리 그럴까' 싶어 조금 의아해하며 시큰둥하게 넘겼는데 남부 사람들의 정서를 이해한 뒤로는 그 말이 진실이란 걸 안다.

또 하나, 남부 사람의 특징에서 빼놓을 수 없는 것이 바로 '수다'이다. 쉴 새 없이 떠드는 동시에 여러 가지 의미가 담긴 몸짓(예를 들어 엄지손가락을 뺨 위에서 아래로 긁듯이 훑으면 교활하다는 뜻)을 해야만 직성이 풀린다. 그럴 때 진정 자신이 살아 있다고 느끼는 것 같다.

그들은 정이 많지만 다분히 즉흥적이다. 나 역시 간이라도 빼줄 것 같은 감언이설에 한껏 기대를 했다가 실망한 적이 한두 번이 아니지만 이젠 익숙해져서 귀여워 보이기까지 한다. 적어도 그 순간엔 그게 진실이었다는 걸 아니까.

"다음엔 꼭 우리 사촌 집에 가서 여름휴가 같이 보내자. 꼭 연락해야 돼!"

하지만 그 '다음'은 대체로 없다. 그게 있다면 그 친구를 평생 친구로 여긴다는 뜻이다.

남부의 음식은 푸짐하고 맛있다. 풍부한 농산물, 그리고 오랜 세월에 걸쳐 섞여든 다양한 문화가 다양한 요리를 만들어냈다. 또한 남녀 모두 대체로 음식을 잘 만든다. 이탈리아 남자가 남부 지방 출신 여자와 결혼한다고 하면 대부분 이런 말을 건넨다.

"어, 살찌겠네!"

8년 전인가, 미국 《타임》에서 이탈리아를 특집으로 다루면서 뉴욕의 소호 거리 아래 '리틀 이탈리아'를 취재한 기사를 보았다. 그곳은 요리 솜씨 좋은 남부 사람들이 이민 와 정착한 거리라고 한다. 그런 남부 사람들 때문에 이탈리아 하면 으레 피자나 파스타 같은 '음식'을 떠올리게 돼, 정작 이탈리아의 다른 문화나 예술은 뉴욕에 늦게 전해졌다는 해석이 실려 있었다.

남부 사람들에게 감성과 예술가 기질이 짙기 때문인지, 이곳 출신의 영화배우도 많다. 대표적인 예가 앞서 말한 이탈리아의 국민 배우 소피아

로렌이다. 돌체앤가바나의 아이콘으로 불리는 배우 안나 마냐니는 로마 출신이고, 〈노틀담의 꼽추〉로 유명한 지나 롤로브리지다는 로마 근교 베네딕토 수도원으로 유명한 수비아코 출신이다. 보통 남부 출신들은 피부색이 아주 흰 편이 아니며 머리도 새까만데, 특히 눈썹 숱이 많은 게 특징이다. 할리우드 스타들 중에도 이탈리아 남부 이민 후예인 알 파치노나 로버트 드 니로 등을 보면 알 수 있다. 아마도 아프리카와 지역적으로 가까워 오랜 세월에 걸쳐 교류한 결과일 것이다. 디자이너 중에는 현란한 색채의 마술사라는 평가를 받았던 잔니 베르사체, 시칠리아 민속복과 가톨릭의 사제복까지 의상 주제로 도입하는 돌체 앤 가바나가 대표적인 예이다. 구두의 천재이자 명품 브랜드 창시자인 살바토레 페라가모도 현재 본사는 피렌체에 있지만 출생지는 나폴리이다.

남부 여인들은 결혼과 가정, 그리고 (일가친척을 포함한) 가족을 가장 중요한 삶의 가치로 꼽는다. 결혼하기 전에 파스타를 손으로 만드는 법과 파스타 소스 만드는 법을 20가지 이상 배워야 한다는 기사를 여성지에서 읽은 적이 있다. 이렇게 여성들이 가족에 헌신하는 반면 남부 남자들은 거의 다 마초였다. 이젠 서서히 변하고 있지만, 몇 해 전 텔레비전 뉴스를 보다 내 귀를 의심한 적이 있다. 나폴리 동남쪽 산골 마을에서 파스타가 뜨겁다는 이유로 남편이 부인을 살해했다는 것이다. 물론 평소에 쌓인 감정이 파스타를 계기로 폭발했겠지만 남부 사람의 다혈질을 증명하는 좋은 예

아닐까? 그래서인지 치정 사건의 범인들 중에는 남부 사람이 많다.

　　수다스러운 기질이 부담스러울 때도 있지만 이런 기질 덕분에 노벨 문학상 수상자도 여럿 배출했다. 수다스럽다는 것은 곧 수식어가 풍부하다는 얘기도 될 테니까. 1926년 노벨 문학상을 받은 사르데냐 출신의 그라치아 델레다를 비롯해, 1934년 수상자인 시칠리아 출신의 루이지 피란델로가 있고, 1959년 수상자인 살바토레 콰시모도 역시 시칠리아 출신이다. 노벨 문학상을 받은 이탈리아 작가 6명 중 3명이 시칠리아와 사르데냐 출신이다.

　　남부 사람의 감성을 말할 땐 대개 시칠리아와 나폴리와 칼라브리아를 떠올린다. 시칠리아 섬은 영화 〈시네마 천국〉의 무대이자 마스카니가 작곡한 오페라 〈카발레리아 루스티카나〉의 무대이다. 세계 3대 미항 가운데 하나였던 나폴리는 비록 최근엔 쓰레기 문제로 몸살을 앓지만 풍성한 요리로 유명하고, 주변의 소렌토, 카프리 섬, 아말피는 또 얼마나 아름다운가. 다혈질 습성과 매운 음식의 대명사인 칼라브리아의 자연과 문화와 역사……. 그러고 보면 북부 사람들은 남부 사람들이 지닌 천혜의 유산과 풍부한 감성을 질투하는 것 같기도 하다.

시에스타Siesta

일조량이 많은 남부 유럽 즉 이탈리아나 스페인, 중남미의 관습인 낮잠 제도를 가리킨다. 시에스타가 있는 지방에서는 가게들이 보통 정오에 문을 닫고 오후 3시나 4시 이후에 문을 연다.

오레키에테Orecchiette

손으로 일일이 눌러서 만드는 파스타의 일종이다. 귀 모양으로 생겼다고 해서 귀를 뜻하는 단어 '오레키'에다 명사형 접미사 '에테'를 붙인 합성어이다. 이탈리아 남부에서는 주로 경작하는 무의 무청을 올리브오일과 함께 마치 우리나라의 시래기나물처럼 볶아서 버무려 먹는다. 이탈리아에는 지방마다 토속 파스타가 있고, 파스타마다 이름을 붙여서 부른다. 우리가 흔히 말하는 스파게티도 파스타의 한 종류다.

깍쟁이 북쪽 사람,
세텐트리오날레

이탈리아에서는 도시마다 그 도시 사람을 부르는 말*이 있다. 수도인 로마 출신 남자는 '로마노여자는 로마나', 베네치아 출신 남자는 '베네토여자는 베네타', 밀라노 출신은 '밀라네제', 베로나 출신은 '베로네제', 코모 출신은 '코마스키' 등등……. 여기서도 지방색을 엿볼 수 있다.

북부 사람을 뜻하는 말 '세텐트리오날레'는 '메리디오날레'만큼 자주 듣는 편은 아니다. 내가 주로 밀라노에서 생활해서이기도 하겠지만, 북부 사람들이 남부 사람들을 가리킬 때 보통 메리디오날레라고 하는 것과는 달리 남부 사람들이 북부 사람들을 가리킬 때는 세텐트리오날레라고 하지 않고 유독 밀라노 사람을 콕 집어 말한다. 그래서 남쪽 지방을 여행할 때나 남부 출신 친구들과 수다를 떨 때도 세텐트리오날레라는 단어는 많이 들어보지 못했다.

예를 들어 남부 사람들은 누군가 자기들의 비위(?)에 거슬리거나 아니꼬울 땐 "꼭 밀라노 것들 같군" 하고 흉을 본다. 이 말의 속뜻은 '일만 하고, 사는 방법도 모르고, 차갑고, 콧대나 세우고, 인정머리 없고, 파스타 맛도 제대로 낼 줄 모르는 것들' 정도라고 해석하면 된다. 마치 예전 우리나라에서 서울 사람을 폄하할 때 '서울 깍쟁이'라고 표현한 것과 비슷하달까. 좀 차갑고 남의 일에 간섭하지 않는 대신 간섭받는 것도 싫어하는, 좋게 말하면 요즘 흔한 말로 '쿨'하다고 할 수 있고 안 좋게 말하면 다소 개인주의적인 성향이다.

밀라노에서는 무슨 일이 있어도 주 5일 근무에 백화점도 일요일에는 쉰다. 어느 직장이라도 여름휴가 한 달은 기본이요, 직장에 따라 성탄절 휴가 2주, 부활절 휴가 2주 등 1년에 거의 2개월의 유급 휴가를 준다. 우리로선 부럽기 짝이 없는 일이다. 어디든 노동조합이 확실한 역할을 해 하루 8시간 근무를 초과하는 법이 없고, 감기만 살짝 걸려도, 마음이 조금 우울해도 당당히 결근을 하는 이들이 밀라노 사람들이다. 이런 근무 환경인데도 남부 사람들은 밀라노 '것'들이 일만 알고 사는 방법을 모른다고 하니……

남부 사람이 북부 사람을 폄하할 때 전체를 싸잡아서 말하지 않고 유독 밀라노 사람을 물고 늘어지는 이유는 밀라노가 북부에서 대표적으로 부유한 도시이기 때문이다.

남부 출신의 어느 기업인은 말하길, 제2차 세계대전 이후 남부의 많은 실업자들이 일자리를 찾아 북부로, 그중에서도 상공업이 발달한 도시 밀라노로 올라와 설움을 겪었던 탓도 크다고 한다. 그러고 보면 우리에게 낯익은 영화 〈자전거 도둑〉이나 〈시네마 천국〉, 〈라 스트라다〉 등에서 묘사한 당시 남부의 생활상은 얼마나 궁핍한가. 거기서 벗어나기 위해 남부 사람들 중 대단히 진취적인 부류는 미국으로, 남아메리카로 이민을 떠났고 차마 조국을 떠날 수 없던 이들은 북부 행을 택했다고 한다. 그들이 가장 선호한 도시는 자동차 공장이 있던 토리노와 일찍이 직물 산업이 발달했던 밀라노 근교의 코모, 비엘라 등 롬바르디아 평야에 위치한 공업 도시들이었다. 마치 우리나라에서 한국전쟁 이후 1960~1970년대를 거치며 일자리를 찾아 서울로 인구가 대이동했던 상황과 비슷했다고 하겠다.

천혜의 자연 조건으로 농업이 발달한 남부에 비해 북부는 알프스가 가깝고 평야가 많으며 인접한 강들이 많아서 가을에는 안개가 자주 끼고 비가 많이 온다. 또, 서로마 시대 이후 북방 국가에서 자주 침략을 당했다. 그만큼 북방 민족의 피가 많이 섞여 있다. 특히 밀라노의 경우 나폴레옹 침략 이후 상당 기간 동안 오스트리아의 지배를 받았다. 남부 사람들의 피에

중동과 아프리카의 피가 많이 섞여 있다면, 북부 사람들의 피에는 영국인의 조상이라는 켈트 족의 피와 독일인들의 조상이라는 게르만 족의 피, 그리고 프랑스 인의 조상인 프랑크 족의 피가 섞여 있다.

이런 배경으로 남부 사람은 감성이 발달한 반면 북부 사람은 이성이 더 발달했다고 해석되기도 한다. 사람의 성격은 자신을 둘러싼 자연, 역사, 사회적 환경의 영향을 받게 마련 아닌가. 그렇게 볼 때 어느 정도 수긍이 가는 해석이라 하겠다.

북부 출신의 대표적인 디자이너 조르지오 아르마니가 1974년에 첫 컬렉션을 발표한 뒤 몇 년 동안 이탈리아 내에서 받았던 평가는 "피렌체 이남에선 절대로 팔 수 없는 옷"이었다고 한다. 실제로 남부 지방의 바이어들은 아르마니 하우스의 쇼룸에 전혀 발걸음을 하지 않았다. 작렬하는 태양과 바다, 흐드러지게 핀 화려한 꽃들의 색깔에 익숙한 남부 사람들이 굳이 우중충하고(?) 밋밋한(?) 아르마니 슈트를 선호할 이유가 없지 않겠는가. 지적이고 당당한 여성미가 아니라 육감적이고 감성적인, 그러면서도 모성애 강한 어머니상인 소피아 로렌이나 지나 롤로브리지다에겐 베르사체의 화려한 드레스가 아름다움을 돋보이게 해줄 테니 말이다. 반대로 북부의 중심 도시들밀라노를 비롯하여 자동차 '피아트'로 유명한 토리노, 세계적인 보석 박람회가 열리는 비첸차에선 베르사체를 입은 여성을 만나기 힘들다. 물론 아르마니는 자주 눈에 띈다.

북부 사람들은 원색을 별로 선호하지 않는다. 또 몸매를 드러내는 옷보다는 은근한 실루엣을 선호한다. 어쩌면 남부 사람들의 비아냥처럼 '지적인 척' 하느라 그런 걸지도 모르지만.

북부 사람들이 남부 사람들을 비하할 때는 메리디오날레가 아닌 '테로네*'라는 말을 쓰는 것처럼 남부 사람들이 북부 사람들을 비하할 때 쓰는 말 중에 '폴렌토네*'가 있다. 폴렌토네는 '산악 지방에서 목축이나 하는 야만인'이라는 뜻을 담고 있다.

남부를 대표하는 식재료가 올리브와 파스타라면 북부를 대표하는 식재료는 쌀과 보리, 버터이다. 물론 이탈리아 어디를 가나 올리브와 파스타는 있다. 하지만 지금처럼 물류가 원활히 이동하기 전, 밀라노 사람들은 올리브유보다는 주로 버터를 써서 음식을 장만했다고 한다. 50대 후반의 북부 사람들 중에는 버터를 듬뿍 바르고 그 위에 설탕을 솔솔 뿌린 빵과 따끈한 우유에 에스프레소를 듬뿍 넣은 카페라테로 어린 시절의 아침 식사를 추억한다. 요리의 경우 지금도 올리브유보다 버터를 이용한 메뉴가 더 많다.

30년 전 처음으로 원단업체를 견학하러 비엘라라는 도시를 찾아갔다. 가는 길에 고속도로 양쪽에 논이 펼쳐진 걸 보고는 의문이 들었다. 이탈리아에 웬 논? 빵만 먹는 나라 아닌가? 물론 오래된 이탈리아 영화 중에 실바나 망가노 주연의 〈리소 아마로Riso Amaro, 쓰디쓴 쌀〉를 본 적은 있었지만 실제로 이렇게 넓은 논이 있을 줄이야! 북부는 드넓은 평야와 논이 있는 곡창

지대인 만큼 쌀을 이용한 음식이 많다. 북부 지방의 레스토랑에 가면 여러 종류의 리소토risotto, 쌀을 버터에 볶다가 물을 붓고 끓인 음식가 있다. 버섯 리소토, 리소토 알라 밀라네제, 심지어 커피를 넣은 카페 리소토가 주요 메뉴인 곳도 있다.

이렇게 북부와 남부는 사는 방식이 구석구석 다르다. 그러다 보니 선거철만 되면 '지역감정을 극복해 하나가 되자'고 외치는 우리나라의 정치인들과는 반대로 '이탈리아의 분리 독립'을 외치는 정당이 있다. 바로 움베르토 보시가 이끄는 '북부동맹Lega Nord'이다. 어차피 모든 문화가 다른 남북이 모여 힘들게 살아갈 것이 아니라, 남부는 남부대로, 북부는 북부대로 문화가 같은 민족끼리 살자는 것이 이 정당의 주장이다. 하지만 그 속뜻을 들여다보면, 북부 사람들이 힘들게 일해서 내는 비싼 세금이 남쪽의 실업자들을 먹여 살리는 데 다 들어가고 있으니 부당하다는 주장이다. 남부는 농업이나 관광업 말고는 다른 기간산업이 없는 만큼 실업률이 높다. '캥거루 족'이라는 말이 있다. 대학을 졸업해도 자신의 눈높이에 맞는 일자리가 없어, 부모 곁을 떠나지 못하고 부모의 연금을 쪼개 먹고 사는 젊은이들을 가리킨다.

"남부 캥거루 족을 왜 북부 사람들이 먹여 살려야 하느냐? 파르마Parma 이남과는 얘기하지 않겠다."

북부 사람들의 이런 불평을 대변하는 정당이니 지지도 역시 만만치 않다. 선거 공약에서조차 화합보다는 분리 독립을 외치는 상황이니, 이탈리아 사람들에게 단결된 애국심을 기대하기란 불가능한 것 아닐까.

1980년대 어느 날, 나는 이탈리아 사람들과 서울 신촌에 있었다. 내가 컨설팅을 맡은 회사에서 새 브랜드를 론칭하기 위해 시장조사를 하는 중이었고, 젊은이들이 밀집한 곳을 고르다 보니 대학들이 모여 있는 신촌을 찾았던 것이다. 지나가는 아름다운 아가씨들을 보며 즐거워하는 이탈리아의 디자이너들과 함께 거리를 걷는데 갑자기 재채기가 나면서 눈물, 콧물이 쏟아졌다. 여러 대학이 모여 있는 곳이라 대학생들의 시위가 잦았는데 이날도 시위가 시작된 모양이었다. 눈도 제대로 못 뜨고 괴로워하던 우리는 결국 주차해놓은 차도 버려둔 채 서둘러 신촌을 벗어났다.

나는 우리 현실에 대한 막막한 심정으로 그들에게 한국의 정치 상황과 학생운동에 대해 두서없이 설명하기 시작했다. 그런데 그중 한 친구의 반응이 뜻밖이었다. 그 친구는 전 세계를 다니며 젊은이들의 브랜드를 론칭하는 일에 자문을 맡고 있어 누구보다 젊은이들의 문화를 잘 알고 있었다.

"너는 지금 저 친구들을 자랑스러워해야 돼. 이탈리아 같으면 조국의 민주화를 위해 이렇게 많은 젊은이들이 한마음으로 뭉쳐서 거리로 나오지 않아. 1968년이라면 모를까……. 그때도 북부에서만 학생운동이 격렬했지. 이탈리아 젊은이들은 대개 이런 애국심이 없어. 애향심은 있어도."

그의 말이 진심이란 걸 알기에 적잖은 위로를 받은 기억이 난다.

애국심보다는 애향심, 조국보다는 고장에 더 애착을 갖는 이탈리아 사람들. 가족이나 친구 등 나에게 가까운 존재에 목숨 거는 민족성. 무엇이든 가족끼리, 사업도 가족 단위로 하는 일이 많아 남이 비집고 들어갈 틈을 잘 내주지 않는다. 그런 전통이 이탈리아의 장인 정신을 낳은 것은 아닐지.

그 유명한 베네치아 무라노 섬의 유리 제품, 밀라노 근교 비엘라나 피렌체 근처 프라토의 질 좋은 섬유 제품들, 이제는 종주국이었던 중국에 자리를 비켜주었지만 그 옛날 명성을 자랑하던 코모의 실크, 나폴리 근교 카포디몬테의 도자기, 모데나의 타일, 비첸차의 보석, 몬차 지방의 가구, 전 세계로 팔려 나가는 안경테, 가죽 제품, 의류 등등……. 각 도시의 특산품들은 일일이 나열하기조차 어렵다. 특히 밀라노를 중심으로 방사선처럼 뻗어 있는 북부 도시들에서 나오는 제품은 그들의 말마따나 남부까지 먹여 살리는 국가의 재원이 된다. 결국 대대손손 전해 내려온 지방색이 이들의 값진 자산인 셈이다.

그러고 보면 남부 사람들은 '일밖에 모르는' 북부 사람들의 성향을 얄미워할 것이 아니라 고마워해야 할 것 같다. 북부 사람들마저 놀기를 좋아하고 파스타 소스 맛 타령만 하고 있었다면 지금의 이탈리아는 없었을지도 모르니까.

각 도시 사람을 가리키는 말

일반적으로 어느 도시의 남자를 가리킬 때는 도시 이름 끝에 '노'를 붙이고 여성은 '나'를 붙인다. 나폴리의 남자는 '나폴리타노', 여자는 '나폴리타나' 하는 식이다. 단, 밀라노나 베로나처럼 도시 이름이 '노'나 '나'로 끝날 때는 남녀 구분 없이 끝 음절을 '네'로 바꾸고 '제'를 붙인다. '밀라네제', '베로네제' 식으로. 이탈리아 어는 모든 단어에 남성과 여성의 구분이 있다. 도시의 경우, 로마는 모음 '아'로 끝나므로 여성형이고 밀라노는 모음 '오'로 끝나므로 남성형이다.

테로네terrone

땅을 뜻하는 'terra'에 사람을 뜻하는 'one'를 붙인 합성어로 '땅을 경작하는 사람'이라는 뜻이지만 그 속엔 '촌놈'이라는 비아냥이 담겨 있다.

폴렌토네polentone

북부 산악 지대에서 주로 추운 계절에 즐겨 먹는 '폴렌타(polenta, 옥수수 가루를 우유에 넣어서 되직하게 끓인 죽)'에 사람을 나타내는 'one'를 붙인 합성어로, 북부 사람들의 차갑고 무미건조한 성향을 꼬집는 말이다.

내 꿈의 씨앗이 된
어느 칸초네

1966년 가을이었던 것으로 기억한다. 지금의 광화문 세종문화회관 자리에 시민회관이라는 극장이 있었다. 당시 중학생이던 내가 어떻게 이탈리아 가수의 콘서트에 갔는지는 기억나지 않는다. 아마도 맏딸을 요조숙녀로 키우고 싶었던 아버지의 교양 수업(?) 중 하나가 아니었을까 싶다.

시민회관의 객석 앞쪽 줄에 앉은 나는 뜻도 모르는 이탈리아의 칸초네에 홀린 듯 빠져들었다. 가수의 이름은 '클라우디오 빌라*'. 외국 가수들의 공연이 흔하지 않던 시절, 더구나 칸초네는 라디오 심야 프로에서나 들을 수 있던 때이니 얼마나 넋을 놓고 들었는지 모른다. 공연이 절정에 이르자, 이 잘생긴 가수가 갑자기 마이크를 한 손으로 막더니 노래를 부르는 게 아닌가. 그 노래가 바로 내 삶의 방향타가 된 〈Nel Blu Dipinto di Blu 푸른 속에서 파랗게 칠하기〉*였다. 자신의 성량을 자랑하듯 마이크를 막고 부르는 노래가 시민회관을 쩌렁쩌렁 울려, 가슴이 다 뻥 뚫리는 것 같았다. 무슨 의미인지 노랫말은 전혀 알아들을 수 없었지만 내 머릿속은 어느새 하나의 생각으로 꽉 찼다.

'그래, 언젠가 저 나라 말을 배워야지. 그래서 저 노래가 무슨 내용인지 꼭 알아내야지!'

외할머니 품에 안겨 "엄마 빠이빠이, 초커트초콜릿 많이 사와"라고 인사하는 3살배기 아들을 뒤로하고 유학길에 올랐던 게 벌써 30년 전의 일이다. 어떤 사람들은 "에이, 모진 년"이라 욕할 테고 성취욕이 강한 젊은이라면 "어머, 용감해라"라고 하겠지만, 사실은 그렇게 용감한 편도 아니고 모진 사람은 더욱 못 된다. 단지 법에 따르다 보니 그렇게 된 것이다. 무슨 그런 법이 있느냐고? 궁금해 하시겠지만 30년 전에는 그랬다.

우리 부부가 이탈리아로 출국한 1978년은, 국가에서 처음으로 유학생 부부가 함께 출국하는 것을 허가한 해였다. 우리는 결혼 후 3년 반 만에 뜻을 이룰 수 있었다. 단, 유학생 부부는 아기를 데리고 갈 수가 없었다. 지금 생각해도 어이가 없지만, (나라의 경제 사정상 달러가 부족해 만들어졌다는) 법을 따르다 보니 어린 자식의 마음에 그늘을 만들어준 꼴이 되고 말았다. 그리고 1년 뒤, 보고 싶은 마음을 도저히 참을 수 없어 외무부에 탄원을 한 결과, 이탈리아 현지인의 재정보증서가 있으면 아이를 데려갈 수 있다는 유권 해석을 받았다. 그래서 이탈리아 친구에게서 재정보증서를 받아 아들을 데리고 갈 수 있었다. 대한민국 어린이의 양육을 왜 이탈리아 사람이 책임져야 하는지 알 수 없었지만, 아무튼 그랬다.

　　그때는 유학을 가려면 통상적으로 국가고시인 유학 시험^{해당 국가의 언}어와 한국사을 통과해야 했다. 아무 학교에나 갈 수 있는 것도 아니고, 문교부지금의 교육과학기술부에 등록된 국립 학교의 입학허가서를 받아야 유학 여권을 발급해줬다. 거기다 남산에 있는 통일안보연구원에 가서 무시무시한 반공 교육을 받은 뒤에라야 비로소 여권을 손에 쥘 수 있었다. 이탈리아 정부에서 비자는 왜 그리 늦게 주는지…….

　　서울을 떠나 밀라노에 도착하기까지 치러야 했던 이 모든 과정이 아니더라도 이탈리아는 물리적으로 머나먼 나라였다. 소련의 상공을 지난다는 건 상상도 할 수 없던 시절이었다. 인도차이나 항로를 이용하는 비행 스케줄로 서울에서 타이완, 타이완에서 방콕, 다시 방콕에서 이라크, 이라크에서 로마…… 무려 30시간이 걸리는 대장정이었다. 기종도 지금 같은 편안한 점보기가 아닌 DC-10 기종을 이용한 여행이었으니 그 피곤함이란 이루 말할 수 없을 정도였다. 드디어 로마 '레오나르도 다 빈치 공항'에 도착한 순간, 양쪽 콧구멍에서 피가 주르륵 흘렀다. 말 그대로 '쌍코피'였다.

로마에 도착해 며칠 동안 여독을 풀고는 최종 목적지인 밀라노로 향했다. 밀라노로 가는 기차에서 내다보던 풍경이 아직도 생생하다. 학창 시절 이탈리아 영화에서나 보던, 혹은 외국계 제약회사의 달력에서나 보던 풍경이었다. 얼마나 아름답고 멋지던지! 남북으로 갈라져 섬처럼 고립된 상황에서 자라온 한국인이었으니, 우물 안 개구리란 바로 우리를 두고 하는 말이었다.

지금도 가끔 떠올리면 웃음이 나는 추억이 있다. 차창 밖으로 작은 마을이 스쳐 지나가는데, 조그만 공원 같은 곳에 가지각색의 십자가들이 죽 늘어서 있었다.

'와, 참 예쁘다. 그런데 저 십자가들은 뭘까? 아, 가톨릭 국가니까, 십자가를 파는 공장인가 보구나.'

세상에, 이렇게 무식할 수가! 그곳이 마을 인근마다 자리한 공동묘지란 사실을 나중에야 알았다. 그 시절 내 상식으론 공동묘지라고 하면 망우리나 떠올릴 정도였다. 그러니 아름다운 십자가가 즐비하고 꽃까지 놓인, 더구나 마을과 붙어 있는 곳을 공동묘지라고 상상조차 할 수 있었으랴.

그 기차에서 난 그야말로 만감이 교차하는 걸 느꼈다. 이제 막 말을 배우기 시작한 아들 생각에 가슴 깊은 곳이 쓰라렸고, 한편으로는 이탈리아 말을 하루빨리 내 것으로 만들어 새로운 문화를 속속들이 느껴보고 싶다는 조급한 마음이 들었다. 그리고 오랫동안 간직해온 꿈이 눈앞에 펼쳐진다는 생각에 들뜨고 설레었다. 당시 우리나라에서는 서양의 패션 잡지 한 권 구하기도 어려웠다. 귀한 잡지에서나 보던 의상들을 로마 거리의 쇼윈도에서 실제로 보니 얼마나 가슴이 뛰던지……. 어른들한테 야단 맞아가며 인형 옷만 그리던 국민학교지금의 초등학교 시절, 그때부터 막연히 품은 디자이너의 꿈을 드디어 이루는구나!

나는 가사과당시 어른들은 가정관리학과를 이렇게 불렀다를 나와 현모양처가 되라고 하시던 아버지의 말씀을 거역하고 미술대학에 진학해 의상디자인을 전공했다. 졸업하던 해에 결혼, 첫아들을 낳고 대학원을 다니다 부부 동시 출국이 허가되기를 기다려 한국을 떠나올 수 있었던 것이다. 이탈리아 말을 배울 곳도 없어 외국어대학에서 이탈리아 어를 전공하는 학생을 모셔다가 개인 지도를 받았다. 오로지 의상 디자이너가 되겠다는 꿈을 이루려는 욕심에 유학 준비를 하는 데 온 힘을 쏟았다.

밀라노에 도착해 정신을 차리고 보니, 현실은 그야말로 냉혹했다. 이탈리아 어를 2년 이상 배우고 왔지만 전혀 알아들을 수도, 말을 할 수도 없는 상황. 그중에서도 우리를 가장 기운 빠지게 했던 건, 이탈리아 사람들 중 어느 누구도 한국이라는 나라에 대해 기본 상식조차 알지 못한다는 점이었다. 흔치 않은 동양인을 보고는 호기심에 말은 거는데, 항상 일본인이냐고 먼저 묻고 그 다음으로는 중국인이냐고 물었다. 그 뒤로 스무고개 하 듯 질문이 이어져도 한국인이냐고 묻는 이는 단 한 사람도 없었다. 심지어 필리핀 사람, 베트남 사람인지는 물어볼지언정 한국이라는 나라는 그들의 머릿속에 없었다.

나중에는 상대방이 스무고개 놀이(?)를 시작하기 전 우리가 먼저 한 국인이라고 대답을 했다. 그러면 이번엔 어김없이 총 쏘는 시늉을 하면서 아직도 전쟁 중이냐고 무식한 질문을 한다. 게다가 "남한이냐, 북한이냐?" 라고 또 물어본다. 한국이란 나라에 대해 아는 건 여기까지가 전부였다. 사 실 이탈리아 사람의 잘못은 아니었다. 세계 속에 초라하게 자리 잡은 조국 의 현실에 우리는 슬그머니 부아가 치밀곤 했다.

이렇게 시작된 유학 생활은 산 너머 산이었다. 공부 욕심은 끝이 없 고, 욕심만큼 이탈리아 어 실력이 느는 건 아니고……. 우물 안 개구리가 드넓은 바다로 나가 파도와 싸우는 기분이라고나 할까?

안개가 유난히 자주 내려앉는 밀라노에서 좁은 골목을 거닐며 수도 없이 자신에게 물었다. 내가 어디쯤 와 있는 건가? 지금 무슨 짓을 하고 있 나? 더구나 공부 마치고 돌아가 더 많이 사랑해주면 된다는 생각으로 떼어 놓고 온 자식만 생각하면 마치 살점을 떨어뜨리고 온 것처럼 아팠다. 이렇 게 나락으로 빠져드는 기분이 들 때나 스스로 능력에 의문을 품고 흔들릴 때, 꼭 흥얼거리는 노래가 있었다. 이탈리아의 국민 가수였던 도메니코 모두뇨*의 세계적인 히트곡 〈Nel Blu Dipinto di Blu〉! 바로 중학생 시절 시민회관에서 들은 노래였다.

몇 해 전, 이탈리아 정부에서는 한국과 이탈리아의 교류에 기여했다며 내게 명예기사 작위를 주었다. 대사관에서는 나를 위한 축하 리셉션을 열었고, 그 자리에서 나는 이탈리아 사람을 비롯한 수많은 축하객에게서 질문을 받았다.

"어떻게 30년 전에 이탈리아로 유학을 가겠다는 결정을 할 수 있었나요?"

30년 동안 들어온 질문에 대한 나의 답은 이것이었다.

"이탈리아의 칸초네 때문입니다."

'뜻이 있는 곳에 길이 있다'는 것은 가장 평범한 진리이다. 하지만 가장 중요한 것은 '누가 그 뜻을 세우느냐' 하는 것이다. 요조숙녀 교육을 받고 현모양처가 되길 원하시는 부모의 뜻을 거슬러 내가 뜻을 세웠으니, 어떻게 해서든지 헤쳐나가야 했다. 그런 절대적인 강박에 나를 묶어놓고는 누구도 가라고 시키지 않은 길을 걸어왔다. 남편을 비롯한 주변 사람들이 "뭐 하러 사서 고생을 하냐?"라며 은근히 가해오던 방해 공작(?)을 둔한 척 무시하고, 때론 힘에 겨워 헉헉거리면서 말이다. 나 혼자서 키워온 꿈을 가족이 함께 이루어줄 순 없는 노릇. 더구나 마누라, 주부, 엄마, 며느리, 딸 등등 많은 역할도 당연히 내 몫이었다.

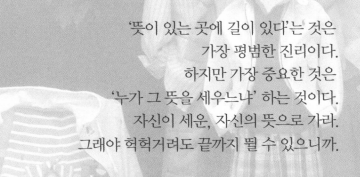

'뜻이 있는 곳에 길이 있다'는 것은
가장 평범한 진리이다.
하지만 가장 중요한 것은
'누가 그 뜻을 세우느냐' 하는 것이다.
자신이 세운, 자신의 뜻으로 가라.
그래야 헉헉거려도 끝까지 뛸 수 있으니까.

하지만 후회해본 적은 없다. 오히려 항상 나의 모험심에 감사하며 달려왔다. 두려움을 억누르고 도전해서 또 다른 세계를 얻었고, 그 세계에서 풍요로운 삶을 얻었다. 인생을 두 가지 방법으로 사는 듯한 충만감은 물론이요, 내면에 차곡차곡 쌓인 나만의 정신적인 자산이 있다.

이제는 누구나 쉽게 여권을 만들어 원하는 곳이면 어디든 갈 수 있다.

"떠나라, 낯선 곳으로!"

어디선가 읽은 말이고, 내가 후배와 제자들에게 늘 해주는 말이기도 하다. 여기에 한마디를 꼭 덧붙이고 싶다. 자신이 세운, 자신의 뜻으로 가라. 그래야 헉헉거려도 끝까지 뛸 수 있으니까.

클라우디오 빌라 Claudio Villa, 1926~1987

로마에서 태어난 테너 출신의 가수. 도메니코 모두뇨와 같은 시대에 경쟁자이자 동료로 활동하였다. 산레모 가요제를 비롯한 많은 가요제에서 여러 차례 수상했다. 3,000여 곡의 노래를 불렀고 4,500만 장의 음반이 팔렸으며 25편의 뮤지컬에 출연했다. 히트곡으로 〈Non ti Scordar di Me〉, 〈Addio, Addio〉 등이 있다.

〈Nel Blu Dipinti di Blu〉

이탈리아의 대중가요의 영웅 도메니코 모두뇨가 1958년 산레모 가요제에서 불러 대상을 차지한 곡. 1959년 미국의 그래미 상을 석권해 일약 전 세계적으로 알려지며 이탈리아 국민가요의 반열에 올랐다. 이후 이탈리아의 모든 가수들이 애창하는 명곡이 되었다. 가사 내용은 '꿈에 나는 손과 얼굴을 푸른색으로 칠하고 바람에 실려 하늘로 올라가 세상을 내려다보며 즐거웠다. 밤이 지나고 아침이 오면 꿈은 사라지지만, 당신의 푸른 눈동자를 보며 당신의 감미로운 목소리를 들으면 꿈에 하늘에 있었던 것보다 더 행복하다'는 것으로 낭만적인 사랑과 꿈을 담았다. 우리나라에서는 〈Volare〉로도 알려져 있다.

도메니코 모두뇨 Domenico Modugno, 1928~1994

이탈리아 남부 풀리아 출신의 가수. 1958년 산레모 가요제에서 대상을 받으며 데뷔, 전 세계적인 스타가 되었다. 훗날 정계에 입문하여 국회의원을 지냈다. 1994년 심장마비로 사망할 때까지 이탈리아를 대표하는 칸초네 가수로 불렸다.

남성복 매출과 이혼율의
상관관계

　　　　"넥타이를 풀면 한 달에 ○○원 절약"

　재　작년 여름, 이런 제목과 함께 사무실의 냉방 전력을 아껴 에너지를
　　　절약하는 방법을 다룬 기사를 보았다. 기사는 이어 넥타이 없이 멋
내는 방법을 여러 가지로 제시해놓았다. 세상 참 많이 변했다. 1960년대 이
후 나라 경제가 어려울 때면 어김없이 '넥타이 매지 않기 운동'을 펼쳤지
만, 요즘처럼 대안까지 내놓는 기사들은 본 적이 없다. 1960~1970년대 남
성들의 생활 방식과 21세기 남성들의 생활 방식이 그만큼 달라진 것이다.

예전엔 넥타이를 매지 말자고 하면 그저 안 매는 것으로 간단하게 정리가 됐다. 하지만 이제는 넥타이를 매지 않는 옷차림에는 어떻게 맵시를 내야 하는지 알려준다. 즉 맵시는 포기할 수 없는 시대인 것이다.

남자가 꾸미고 멋 내는 걸 부정적으로 보던 시절이 있었다. 남자는 털 털해야 남자답다는 등식이 통하던 때엔 외모에 신경을 쓴 듯한 말끔한 남 자를 '기생오라비' 같다는 말로 폄하했다. 사회가 변하고 생활 방식도 변한 만큼, 기생오라비란 말도 조만간 사라지지 않을까? 그 시절의 시선으로 보 면 영국의 축구 선수 데이비드 베컴으로 대변되는 요즈음의 '매트로 섹슈 얼 족'이 바로 '기생오라비'와 같은 과가 아닐까 싶다. '음지가 양지 된다' 는 속담이 이럴 때에도 해당하는 것 같다. 과거엔 옷차림에 전혀 신경을 쓰 지 않은 듯해야 더 진실(?)해 보였다면 이젠 옷차림에 무심한 남자는 둔하 고 센스 없어 보이는 세상이 됐다. 자기 관리에 관심이 있는 남자라면 좋은 세상을 만난 것이고, 그렇지 않을 경우 그만큼 불편한 세상을 사는 것이다. 살기가 좋아진 건지, 더 힘들어진 건지 모르겠다.

10년 전쯤 백화점에서 근무할 때 나라별 특별 상품 기획전을 준비한 적이 있다. 이탈리아 상품 기획전을 끝내고 성과가 좋아 다음 해의 기획전 을 위해 스페인으로 향했다. 스페인은 피카소와 달리의 나라이니 혹시 한 국에 소개할 예술성 짙은 브랜드가 있지 않을까 해서 마드리드 여기저기를 다니며 상담을 했다. 그런데 원단의 질이 생각보다 좋지 않았다. 천연 섬유보다 폴리에스터가 들어간 원단이 많았다. 이유를 묻자, 재미있는 대답이 돌아왔다.

"남자들에게 힘든 세상이 돼서 그래요. 프랑코 총통이 사망한 뒤 이혼이 허용되는 바람에 다들 살기가 힘들어졌죠."

설명인즉, 남편은 부인 눈치를 보느라 와이셔츠를 다림질해달라고 당당히 요구하지 못하고, 부인은 남편에게 애인이 생겨 이혼하자고 할까 봐 헬스클럽에 다니거나 마사지를 하는 등 자기 관리를 하느라 다림질할 시간도 없이 바쁘단다. 물론 약간의 과장이 담긴 얘기겠지만, 결론은 다림질이 필요 없는 폴리에스터 성분이 많이 포함된 와이셔츠가 잘 팔린다는 말이었다. 안식처를 찾았다고 푹 퍼져 살기엔 만만치 않은 세상이 된 게다.

하지만 긴장하고 자신을 가꾸는 사회 분위기 덕분에 그후 '자라ZARA' 같은 브랜드가 탄생한 것인지도 모른다. 자라는 스페인이 자랑하는 세계적인 브랜드로, 2주일에 한 번씩 새 상품이 진열되는 것으로 유명하다.

힘든 세상과 좋은 세상이라는 양면성은 이탈리아 사회 분위기에도 그대로 적용된다. 이탈리아에 '이혼'이라는 단어가 처음 등장한 때가 1970년 초였다. 가톨릭 국가인 관계로 그 이전엔 이혼이라는 말 자체가 허용되지 않았다.

지금은 연예인의 이혼이나 혼전 동거가 별 얘깃거리가 되지 않는 시대이지만 이혼 제도가 없던 시절에는 스타들의 혼외 사랑이 사회적으로 지탄을 받았다.

대표적인 예가 소피아 로렌과 영화 제작자 카를로 폰티 커플, 그리고 거장 영화감독 로베르토 로셀리니와 잉그리드 버그먼 커플이다. 이혼이란 개념이 없던 때, 소피아 로렌과 사랑에 빠진 카를로 폰티가 부인을 버리고 소피아와 동거에 들어갔다. 카를로 폰티의 부인은 그를 중혼죄로 고소했다. 나폴리의 빈민가 출신인 소피아 로렌에게는 특히 보수적인 남부 사람들로부터 비난이 쏟아졌다. 그녀는 한참 동안 고향에 돌아가지 못했다. 로베르토 로셀리니와 잉그리드 버그먼도 둘 다 기혼자였기에 비난을 받았다. 두 사람 사이에서 쌍둥이로 태어난 이사벨라 로셀리니와 이소타 로셀리니는 자연히 사생아 처지였다.

흥미로운 얘기가 있다. 이혼이 허락되지 않던 시대에 '해혼解婚'이라는 제도가 있었다. 쉽게 말하면 결혼 관계를 취소하는 것으로, 아예 결혼 자체를 없던 일로 치는 것이다. 나와 가까운 친구의 사례를 들어보겠다. 그녀는 자신에게 열정적으로 청혼한 남자와 백년가약을 맺었다. 그런데 결혼을 하고 보니, 남자는 자신이 동성애자라는 것을 감추기 위해 일부러 결혼을 강행한 것이었다. 이럴 때 여자 쪽에서 취할 수 있는 행동이 바로 해혼이다.

이런 보수적인 이탈리아 사회에서 이혼을 거론하기 시작한 것이 1970

년, 마침내 1973년부터 이혼이 허락되었다. 단, 조건이 있었다. 가톨릭 교회에서 결혼을 한 사람은 반드시 바티칸의 교황청에서 이혼 허락을 받아야 했다. 정당한 사유를 들어 별거에 들어간 후 5년을 기다려야 허락을 받을 수 있었다. 지금은 별거 기간이 3년으로 단축되었다.

이후 가히 폭발적이라 할 움직임이 일었다. 그때까지 참고 참았던 커플들이 일제히 소송을 내기 시작한 것이다. 유행에 살고 유행에 죽는 이탈리아 사람들 아니던가. 마치 결혼 후의 통과의례처럼 이혼 열풍이 불었고, 이 틈에 재미를 보는 직종이 있었으니 바로 변호사와 의류업계 사람들이었다. 이들뿐이랴. 헬스클럽, 성형외과, 요식업종이 호황을 누리기 시작했는데, 가장 고공 행진을 하기 시작한 분야가 남성복 분야였다고 한다. 때마침 이탈리아 패션이 1970년대 초 세계적으로 각광을 받기 시작하면서 남성복 패션 사업은 비약적인 성장세를 보였다. 1972년에 시작한 남성복 박람회 '피티 우오모*'는 전 세계 바이어들과 패션 관계자들로 발 디딜 틈이 없었다. 수출만이 아니었다. 이탈리아 내수 시장의 남성복 시장 성장세가 상상을 초월할 정도였다.

그전까지는 배우자와의 사랑이 식어도, 또 몰래 다른 사람과 사랑에 빠져도 이혼을 할 수가 없으니 참거나 포기하며 살던 남녀가 이젠 그럴 필요가 없어진 것이다. 몰래 만났기에 '내연 관계'로 지냈던 커플들이 커밍아웃을 하는가 하면, 아내에게 버림받은 남자, 참고 살았던 마누라를 걷어차

버린 남자 등등이 모두 새 파트너를 찾느라 바빠졌다. 더 멋진 상태로 새 파트너를 찾으려면 잘 차려입고 좋은 곳엘 가야 하는 법. 더구나 이탈리아 남자, 그들이 누구인가? 로마 제국 이전부터 이탈리아 반도에 존재했던 에트루리아* 인들은 건장한 체격과 구레나룻을 자랑하던 남자들로 유명했다. 바로 그들의 후예 아닌가.

아무리 남녀평등과 여성상위를 외쳐도 남녀 관계의 시작은 대개 남자가 먼저 신호(?)를 보내게 마련이다. 그러니 새 파트너를 만나기 위해서는 남자가 더 바빠질 수밖에 없는 것 같다. 자신의 가장 좋은 면을 상대에게 보이려고 항상 잘 차려입고 매너를 잃지 않는 이탈리아 신사들. 달리 말하면 자신을 남에게 내보이기를 즐긴다고도 할 수 있다. 얘기가 다른 데로 새어버린 것 같지만, 동물의 세계를 봐도 일반적으로 수컷이 더 아름답다. 자신의 종을 보존해줄 암컷을 찾으려면 암컷에게 매력적으로 보여야 하기 때문이다. 인간 사회도 비슷하지 않을까?

이탈리아 신사의 차림새를 보자. 재단 기술이 발달한 나라답게 몸에 자연스럽게 맞는 재킷과 거기에 어울리는 와이셔츠, 넥타이, 벨트에서부터 양말, 구두, 거기다 재킷 윗주머니의 행커치프까지, 완벽하게 차려입고 나선 그들을 보면 감탄사가 절로 나온다. 세상에, 부지런하기도 하지.

이따금 이탈리아 여행을 하고 돌아온 친지들이 꼭 하는 말이 있다.

"이탈리아 남자들은 어쩜 그렇게 하나같이 잘생기고 멋있어요?"

하지만 그 속내를 들여다보면 이탈리아 사회의 비애가 자리하고 있다. 워낙 성향이 그렇기에 잘 차려입는 것이 즐겁긴 하겠지만 이제는 항상 긴장을 하고 살아야 한다. 미혼남은 여자들에게 잘 보이기 위해서, 기혼남은 사랑이 식었다고 언제 폭탄선언을 할지 모를 부인에게 잘 보이기 위해서, 또 이혼남은 언제 어디서나 새 파트너를 찾아야 하므로 늘 자신을 가꾸어야 한다. 결국 불안한 결혼의 현주소 때문에 남자들은 더욱 피곤해지고 남성복 산업은 호황을 누리는 것이다.

2년 전쯤으로 기억한다. 우리나라의 이혼율이 OECD 국가 중 2, 3위권이라는 기사를 읽었다. 재혼율에 대한 기사는 읽은 적이 없지만, 일본의 전 총리 고이즈미처럼 "이혼하기가 너무 힘들어서 다시는 결혼하지 않겠어요"라고 맹세하지 않은 다음에야 새 파트너를 찾아 나서는 순서가 남아 있을 것이다. 그래도 남성복의 매출이 폭발적으로 올랐다는 얘기가 들려오지 않는 것을 보면, 아직 우리나라 남성들은 여자들에게 잘 보이기 위해 고군분투하는 것 같지는 않다. 아직도 털털해야 남자답다는 고정관념에 갇혀 사는 것일까? 아니면 여성들이 털털한 남자에게 아직도 매력을 느끼는 것일까?

어쨌든 남에게 보이기 위해서가 아니라 자신에게 충실하기 위해 옷차림을 깔끔하게 관리하는 사람은 남녀를 불문하고 타인에게도 즐거움을 준다. 여기, 외모 때문에 힘든(?) 세상을 두려워하는 이에게 거장 조르지오 아르마니의 의상 철학을 들려주고 싶다.

"자신의 내면과 외면을 부지런히 돌보는 사람은 안팎이 건강하기 때문에 타인이 돌봐줄 필요가 없습니다. 하지만 자신의 내면과 외면을 돌보는 데 소홀한 사람은 안팎의 건강을 잃어 결국 타인의 손길을 필요로 하게 됩니다."

그나저나 나는 가끔 우스꽝스러운 생각을 한다. 찌는 더위에 넥타이를 열심히 매는 나라는 사실 우리나라밖에 없다. 그런데 왜 남자들이 단합해서 '넥타이의 고통에서 해방시켜달라' 며 촛불시위라도 하지 않는지 모르겠다. 에너지 파동 때만 잠깐 할 것이 아니라 아예 '여름에는 넥타이 매지 않기' 를 법으로 정해놓으면 어떨까? 그러면 에너지도 절약되고 시원하고, 일석이조일 텐데……

피티 우오모 Pitti Uomo

1972년 피렌체 피티 궁에서 시작한 패션쇼인 피티 필라티에 속한 남성복 박람회를 일컫는다. 지금은 피렌체의 중앙역 부근에 위치한 '포르테차 다 바소(Fortezza da Basso)' 에서 열린다. 1년에 두 번, 1월(가을· 겨울 컬렉션)과 6월(다음 해 봄· 여름 컬렉션)에 열리며 전 세계 남성복의 유행을 선도한다.

에트루리아Etruria

로마 제국이 형성되기 전, 지금의 토스카나 주를 중심으로 한 이탈리아 중부에 해당한다. 로마 제국에 병합되기 이전 9세기 동안 이탈리아 중부 지방을 중심으로 문명이 발달하였다. 에트루리아 인들은 역삼각형의 체형, 짙은 구레나룻을 남성미의 상징으로 여길 만큼 발달한 미의식을 지녔다. 피렌체 근교 도시 피에솔레(Fiesloe)에 당시의 유물들을 진열한 박물관이 있다.

이탈리아 남자들은
모두 바람둥이?

2007년 초 이탈리아의 일간지에 흥미로운 기사가 났다. 실비오 베를루스코니 총리의 두 번째 부인인 영화배우 출신의 베로니카 라리오에 대한 것이었다. 그녀가 남편인 베를루스코니에게 공개 서한을 보냈다. 편지의 내용은 이러했다.

"내가 느끼기에 당신은 공개석상에서 다른 여성들에게 지나치게, 상대방이 오해할 정도로 친절하게 구는 것 같아요. 그런 당신의 행동을 보거나 듣는 나의 기분이 몹시 언짢다는 걸 아시나요? 공개적으로 나에게 사과

하고, 나에 대한 당신의 사랑이 변함없다는 것을 느끼게 해주세요."

글쎄…… 정치권이란 데가 워낙 오리무중인 곳이고 이탈리아의 정치권은 더욱 미로 같을 테니 그 속을 알 수는 없다. 속된 말로 둘이서 짜고 인기 전술로 한번 해보는 행동인지, 아니면 부인의 말대로 총리가 지나친 행동을 했는지, 귀추가 궁금했다. 총리는 어떤 방식으로 대응을 할까? 며칠후 그는 갖은 미사여구를 동원해서 부인에게 정중히 사과하는 편지를 썼다. 변함없는 사랑을 다짐한다는 메시지를 담아서 말이다.

1년 뒤, 이번에는 베를루스코니 총리에 대한 기사를 서울에 앉아서 접했다. 영국 언론의 기사를 인용한 것이었는데, 총리가 의회의사당에서 젊은 여성 국회의원 두 사람에게 야릇한 내용의 쪽지를 건네서 구설수에 올랐다는 내용이었다.

"두 분이 앉아 있는 모습이 보기 좋군요. 멋진 신사가 점심 식사에 초대를 했다면 가는 것을 허락하겠어요. 두 분에게 수많은 키스를, 당신의 총리로부터."

쪽지에는 이렇게 적혀 있었다는데, 특히 "수많은 키스를"이란 문구가 문제가 됐을 거라는 내용이었다. 나는 부인인 베로니카가 이번엔 어떻게 반응했을지 궁금해서 인터넷을 뒤져보았다. 하지만 별다른 내용이 없는 것을 보면 조용히 지나간 모양이다. 사실 이탈리아에서 "수많은 키스를"이라는 말은 워낙 흔히 쓰이기 때문에 별 문제가 되지는 않았을 것이다. 그들은 친한 친구나 가까운 형제, 부모에게 편지를 쓰거나 전화를 할 때 "탄티 바치Tanti baci, 수많은 키스를"라고 끝인사를 한다. 그렇다고 해도 대체 세계 어느 나라 총리가 이런 문제로 구설수에 오를까 싶어 슬며시 웃음이 났다.

나라를 대표하는 총리의 언행이 이러하니, 보통 이탈리아 남자들은 어떨까? 왜 이렇게 때와 장소를 가리지 않고 돌출 행동을 하는 걸까? 한마디로 답하기는 쉽지 않지만 흔한 말로 '끼'가 많다고 한다면…… 그 양반들에게 실례가 될까. 나쁘게 말하면 '껄렁껄렁하다'고 할 만한 바람기이고, 좋게 보자면 '다정다감하고 호기심 많은 소년' 같다고 할 수 있겠다.

몇 해 전 작은아들과 함께 이탈리아에 머무른 적이 있다. 지하철을 타든 버스를 타든, 공공장소 어디를 가나 나를 뚫어지게 쳐다보는 이탈리아 사람들을 보던 아들이 신기한 듯 물었다.

"왜 이렇게 모두들 엄마를 빤히 쳐다봐요?"

"동양 여자들이 별로 없으니까 그러는 거야."

"아니, 그래도 관광 국가라 외국인이 낯설지 않을 텐데……."

"관광객하고 옷차림이 다르니까 더 호기심이 나는 거지. 봐라, 이탈리아 여자들이 동양 여자를 쳐다보는 눈빛이랑 남자들이 동양 여자를 쳐다보는 눈빛이 다르고, 아이들이 쳐다보는 눈빛은 또 달라."

그때부터 아들은 나를 쳐다보는 이탈리아 사람들의 눈빛을 검사하느라 더 바빠졌다.

　가볍게 말하자면, 동양 여자가 제일 우대받는 나라가 이탈리아다. 나도 20~30대 때는 참 재미있는 경험을 많이 했다. 번화한 거리를 걷다 보면 한쪽 팔로는 애인의 허리를 감싸 안고 가면서 마주 오는 여자에게 윙크를 해대는 뻔뻔한 남자들을 무수히 만날 수 있었다. 지나가는 여자가 마음에 들면 아예 목을 길게 빼고 뒤를 돌아보느라 바쁘다. '저의 유혹을 받아주시겠어요?' 하는 눈빛으로, 게다가 그 짧은 순간에 얼굴에서 다리까지 꼭 두 번 반을 훑어본다. 물론 어느 나라 사람이든 외국 여자가 지나가면 호기심에 쳐다볼 수는 있겠지만, 이탈리아 남자들처럼 노골적으로 표현하지는 않는다.

　그런 점에서 동양 여자, 특히 젊고 아름다운 여자가 돌아다니기에 편한 나라가 이탈리아다. 모든 이탈리아 남자들이 신사도를 발휘할 만반의 준비를 한 채 대기하고 있으니까. 기차에서 무거운 짐을 선반에 올리기 위해 끙끙댈 필요도 없고, 바에서 자리를 못 잡을까 봐 전전긍긍할 필요도 없다.

　동양 여자에 대한 관심은 남부 지방으로 갈수록 커진다. 15년 전쯤 시칠리아 섬을 방문했을 때 겪은 일이다. 나는 동부의 카타니아에서 시작해 서부의 주도인 팔레르모까지 열흘 남짓 걸리는 횡단 여행을 감행했다. 밀라노 친구들은 동양 여자 혼자서는 위험하다며 만류했다. 시칠리아 사람들은 동양 여자를 직접 볼 기회가 드물기 때문에 혹시나 불상사가 일어날까

동양 여자, 특히 젊고 아름다운 여자가
돌아다니기에 편한 나라가 이탈리아다.
모든 이탈리아 남자들이
신사도를 발휘할 만반의 준비를 한 채
대기하고 있으니까.
기차에서 무거운 짐을 선반에
올리기 위해 끙끙댈 필요도 없고,
바에서 자리를 못 잡을까 봐 전전긍긍할 필요도 없다.

봐 염려했던 것이다. 하지만 나는 그들을 뒤로하고 길을 떠났다.

회교 사원이 아름답기로 유명한 아그리젠토에 도착해, 시내 중심에서 점심을 먹고는 사원을 찾기 위해 두리번거리며 걷고 있었다. 그곳은 5~6세기에 번성했던 오래된 도시라 좁은 일방통행 길이 많았다. 지도를 보며 한참 걷다가 이상한 기분이 들어 고개를 들고 주위를 둘러보았다. 순간, 하마터면 "어머나!" 하고 소리를 지를 뻔했다. 자동차들이 꼬리에 꼬리를 물고 나를 따라오는 게 아닌가. 지나가던 모든 차의 운전자들이 창문을 내린 채 나를 보면서 천천히 줄지어 오고 있었다. 그 모습이 우습기도 하고 약간 무섭기도 했다.

경험담 하나 더. 칼라브리아를 방문했을 때의 일이다. 박물관을 관람한 뒤 아름다운 지중해의 햇살을 받으며 바닷가를 걷고 있었다. 그런데 갑자기 어디서 나타났는지 서너 명의 중년 남자들이 내 앞을 가로막았다. 그들 가운데 중절모를 쓰고 한껏 차려입은 남자가 서툰 영어로 말을 걸었다. 자기 친구가 나에게 커피를 대접하고 싶어한다는 얘기였다. 그 말을 듣자, 대학 시절 떼 지어 다니며 여학생 꽁무니를 쫓아다니던 녀석들이 문득 생각났다.

나는 장난기가 발동해 생글생글 웃으며 이탈리아 어로 말해주었다.

"당신들, 부인에게 허락은 받았나요? 그렇게 시간이 남아돌고 한가하면 집에 가서 파스타 만드는 부인을 도와주든가, 더럽게 방치된 당신네 도시나 청소하는 게 어때요?"

그러자 이 늙은 악동들, 일제히 멍한 표정이 되어 나를 쳐다보더니 자기들끼리 힐끔힐끔 눈을 맞추었다. 그도 그럴 것이, 그 지방에 흔하지 않은 동양 여자가 뜻밖에 자기네 말로 또박또박 대답을 했으니 말이다.

난 한편으로 그들이 밉살스러워 부아가 났다. 칼라브리아는 여자들이 집에서 만드는 파스타가 맛있기로 유명하다. 부인들은 집에서 저녁 파스타를 만드느라 바쁜 시간에 자기들은 한껏 멋을 내고는 흥밋거리나 찾아 어슬렁거리다니……. 그들을 보고 있자니 오래전 산레모 가요제에서 입상해서 유명해진 칸초네의 한 구절이 떠올랐다.

"남자들은 겁쟁이라 혼자서는 아무것도 할 줄 모르고 여럿이 있을 때만 용감해지는 어린애들이라네. 여자의 몸에서 나왔는데도 어쩌면 그리도 여자와 다른지……."

세월이 한참 흐른 지금도 그때 일을 생각할 때마다 웃음이 나온다. 귀엽다고 하기엔 너무 늙어서 흉하고, 바람둥이라고 하기엔 나중에 보인 순진한(?) 반응에 어처구니가 없고…….

이탈리아 남자들의 못 말리는 치기는 나 같은 동양 여자만 느끼는 감정은 아닌 것 같다. 이탈리아에서 발간하는 여성지 창간호에서 자국 남자들의 넘치는 호기심과 과잉 친절에 대한 심리 현상을 분석했다. 기사의 요지는 엄마들이 자식들을 잘못 키운 탓에 이탈리아 남자들이 응석받이가 되었다는 것. 또 다른 여성 주간지의 특집 제목은 "맘마 키오치아*가 키운 치기 어린 맘모네*"였다. 그 내용은 대략 다음과 같다.

실제로 유럽 다른 나라에서 "이탈리아 엄마 같다"고 말하면 거기엔 여러 가지 속뜻이 담겨 있다. 아들이라면 무엇이든 베풀어주고, 받아주고, 참아주고, 희생하고, 거기다 자기 기준에 못 미치는 배우자를 만났을 때 아들에 집착하는 경향까지 포함한다. 이탈리아 남자들은 성장기에 주눅 들지 않고 자기 존중감을 만끽하며 자랐기에 욕구를 절제하지 않고 표현하지만, 그것이 지나친 나머지 어른이 돼서도 유치하다. 장난감도 계속 새것을 가져야 직성이 풀리는데, 이런 심리가 걸러지지 않고 몸만 성장한 결과 자기 여자를 두고도 다른 여자를 탐낸다. 요컨대 무슨 요구든 받아들여졌기에 주눅 들지 않는 것은 좋지만, 뭐든지 덥석덥석 만지던 버릇으로 아무런 여과 없이 호기심을 내보이는 치기는 문제다. 또한 남자들이 갈수록 여자들의 외모에 치중하는 경향은 진정한 동반자를 찾기 위해서가 아니라, 남에게 자랑하고 싶어하는 유아적인 심리의 발로이다.

이 신랄한 분석을 읽다가 생각하니 정말 이탈리아 남자는 대다수가 '팔불출'이다. 자기 여자 자랑을 천연덕스럽게 하는 그들을 보며 나도 처음엔 적응이 안 됐다. 하지만 뒤집어보면 나의 여자가 아름답다는 것은 그만큼 자신이 능력 있다는 얘기, 곧 초점은 남자인 자신에게 맞춰져 있는 것이다. 결국 이 특집 기사는 이 시대에 이상적인 남자, 즉 따뜻한 가슴이 있기에 울 줄도 알고 사랑의 참된 의미를 알기에 여자를 울리지 않는 남자를 만나기란 참으로 힘들다는 말로 끝을 맺었다.

우리나라에서도 아들에 대한 엄마의 사랑은 각별하지만 이탈리아의 모자 관계 역시 그에 못지않다. 결혼을 해도 어머니와 가까이 살고 싶어하는 아들들을 보면 우리보다 한 수 위(?)인 것 같다. 하지만 가까이 살아도 고부간의 갈등은 우리보다 덜하다. 아들이 결혼을 하면 아들과 며느리를 손님처럼 대하기 때문에 며느리에게 군림하는 일은 있을 수 없다. 참 신기하게도 이탈리아의 시어머니는 며느리에게 요구하는 것이 없다.

"내 존재 때문에 자식들의 사랑에 금이 간다면 그건 제대로 된 사랑이 아니죠."

결혼 후 옆집에 살고 있는 외동아들과 직장 다니는 며느리를 위해 매일 저녁밥을 지어놓고 오는 어느 어머니의 말이었다. 며느리도 시집에 가면 그냥 손님일 뿐이니 명절 증후군 따위는 생길 리가 없다. 내가 키운 자식을 빼앗아갔다는 개념이 아니라 내가 공들여 키운 자식이 사랑하는 여자니까 똑같이 귀하게 대한다는 분위기다.

그래서 이탈리아 남자들이 철이 안 드는 걸까? 우리나라 남자들은 결혼을 하면 고부간의 갈등 속에서 양쪽 눈치 보느라 그나마 철이 들지만, 그들은 결혼 이후에도 어머니에게는 아들로 여전히 대우받고 부인하고는 달콤한 사랑만 하면 되니까!

그러나 사랑을 받아봐야 줄 줄도 안다고, 그들이 한없이 친절한건 사실이니 뭐가 맞는지 모르겠다. 가장 이상적인 건 친절하되 절도 있게 감정 조절을 할 줄 아는 성숙된 인격체일 게다. 하지만 그 기사의 결론처럼 '가슴은 따뜻하고 머리는 차가운 진짜 남자'를 만나기란…… 이탈리아에서나 한국에서나 쉽지 않은 것 같다.

맘모네mammone
모든 것을 엄마에게 의지하고 엄마 뜻대로 움직이는 남자를 일컫는 이탈리아 말. 즉 '마마보이'와 같은 뜻이다.
맘마 키오치아mamma chioccia
'키오치아'는 병아리를 품은 암탉이라는 뜻으로, 자식 사랑이 지극한 극성스런 엄마를 뜻한다.

간단한 아침,
건너뛰는 점심, 푸짐한 저녁

인터넷에서 우연히 재미있는 기사를 발견했다. 우리나라의 단체 관광객들이 외국의 호텔에서 잘못 먹은 아침 식사 때문에 여행사와 자주 충돌하고 언성이 높아진다는 내용이었다. 그 사연은 이러했다.

　　단체 관광객들은 호텔에서 간단한 대륙식콘티넨탈 스타일 식사를 하게 되어 있다. 그런데 호텔 식당에 푸짐하게 차려놓은 미국식아메리칸 스타일 뷔페를 자신들의 아침 식사로 착각하고 먹기 일쑤라는 것. 호텔에서는 당연히 추가 요금을 요구하게 되고 그 결과 여행사와 다툼이 생긴다는 것이다.

자신들을 위해 성대하게 차려놓은 줄 알고 맛있게 먹었는데 추가 요금을 내라고 하면 여행객 입장에서는 황당할 터. 모든 여행객의 상식이 똑같은 것은 아니니 여행사에서 미리 알려줬어야 할 사항이다.

여기서 '대륙식'과 '미국식'은 어디서 비롯한 말일까? 주범(?)은 영국이다. 그들은 과거 모든 대륙에 식민지를 둔 제국이었던 만큼 모든 것을 자신들을 기준으로 판단하는 습성이 있다. 자신들을 중심에 놓고 보면 프랑스나 이탈리아, 독일 등 바다 건너 땅은 대륙이다. 그래서 프랑스나 이탈리아, 독일이 하는 식사법을 대륙식 식사라고 부른 것이다.

미국은 여행만 몇 번 해보았을 뿐, 그 사회에서 살아본 경험이 없어서 뭐라 할 수가 없지만 이탈리아 사람들의 삼 시 세 끼에 대해서는 비교적 잘 아는 편이니 한번 설명해보기로 하겠다.

우리나라에 다이어트와 건강 열풍이 불기 시작하면서, 건강에 좋은 것으로 통용되는 식사법이 있었다. 그것은 바로 '아침은 적당히, 점심은 왕처럼, 저녁은 거지처럼 먹는다'는 것. 하루를 시작하는 아침은 열량이 부족하지 않게 적당히 먹고, 점심은 왕성한 활동을 위해 황제처럼 성찬으로 먹어야 하며, 저녁은 자는 동안 열량이 축적되는 것을 줄이기 위해 아주 간단하게 먹으라는 얘기다. 이런 논리로 본다면 이탈리아 사람들이 그나마 지금 정도로 건강을 유지하는 게 신기하다. 그들은 대부분 아침은 간단하게, 점심은 거지처럼, 저녁은 황제처럼 먹기 때문이다. 나이 드신 분들은 점심을 제대로 갖춰서 먹는 편이지만, 젊은이들은 점심이라는 개념 자체가 희미한 편이다. 특히 밀라노를 중심으로 한 북부 지방일수록 그렇다.

이탈리아 사람들의 아침 메뉴는 매우 간단하다. 우선 우유를 끓여서 커다란 머그나 사기 대접에 따른 다음, 카페 에스프레소를 우유에다 부어 카페라테를 만든다. 여기에 비스킷이나 전날 남겨두어 딱딱해진 빵을 적셔서 먹으면 끝. 이렇게 먹는 까닭은 전날 저녁을 푸짐하게 먹은 탓이다. 저녁을 가볍게 먹었을 경우엔 과일이나 요구르트를 첨가하기도 하지만 대개 카페라테와 비스킷이면 해결된다.

젊은 직장인들의 경우, 출근 준비를 끝내자마자 자신의 단골 바로 가서, 바리스타 바에서 커피를 뽑아주거나 칵테일을 만들어주는 사람가 뽑아주는 카푸치노를 브리오시briosi, 크루아상 모양으로 생긴 부드러운 빵에 곁들여 마신 다음 곧바로 일터로 향한다. 바쁜 출근길에 들르기 때문에 카운터에 선 채로 먹는 것이 보통이다. 아침 일찍 양복을 말끔히 차려입고 브리핑 케이스를 든 신사가 바에 서서 냅킨에 싼 브리오시를 먹는 광경을 흔히 볼 수 있다(이것은 밀라노 같은 북부 지방의 경우로, 하루를 바쁘게 시작하는 이탈리아 사람들의 식사법이다. 아열대 기후인 시칠리아의 경우, 카타니아라는 도시에서는 아침을 바에서 해결하는 것은 마찬가지이지만 메뉴는 '그라니타'라는 굵은 알갱이의 셔벗을 주로 먹는다).

이렇게 간단히 아침 식사를 해결한 후 직장에 도착해 업무를 보다가

11시쯤 되면 진한 카페 에스프레소를 한 잔씩 마신다. 카페 에스프레소는 거의 모든 이탈리아 사람들이 즐기지만 거기에도 미묘한 유행이 있다. 카페 마키아토, 카페 마로키니*에 이어 최근 유행하는 카페 진생인삼 커피까지. 카페 마키아토는 카페 에스프레소 위에다 우유 거품을 얹어주는 것이다. 카페 마로키니는 밀라노를 중심으로 유행하는 커피로, 다른 도시에는 없는 독특한 커피다. 주로 젊은이들이 즐겨 마신다. 카페 진생은 장년층을 중심으로 인기를 끌고 있는데, 이 역시 유행이라 50센트에서 1유로 정도가 더 비싸도 즐겨 마신다. 물론 여기서 인삼은 중국산이다.

점심 식사는 도시마다 다르고 마을마다, 가정마다 다르며 세대 간 차이도 크다. 남쪽으로 갈수록 식사 시간이 길고 메뉴도 파스타 위주로 푸짐하다. 안티파스토antipasto, 전채 요리부터 푸짐하며, 대개 점심에도 와인을 곁들인다.

내가 지난 30년 동안 이탈리아에서 피부로 느낀 가장 큰 변화는 바로 점심 식사를 하는 방식이다. 예전에는 북부 지방에서도 점심시간이 꽤 길었다. 보통 12시 30분부터 2시간 정도 식사를 했다. 번화가의 상점들조차 점심시간엔 문을 닫았으나, 이제는 문 닫는 가게들을 거의 찾아볼 수가 없다. 그러니 3시간 가까이 점심시간을 갖는 남부 사람들이 볼 때는 일밖에 모른다고 흉볼 만도 하다. 북부에서는 일단 점심시간이 짧다. 정오나 오후 1시부터 1시간 동안이며, 점심시간이 따로 없는 공무원들도 많다. 관공서의 특수한 부서는 오전 8시에 업무를 시작해 점심시간 없이 오후 2시까지 근무하고 곧바로 퇴근한다.

이렇게 짧은 점심시간을 이용해야 하는 직장인들은 가까운 바에 가서 가벼운 파니니panini, 샌드위치와 카페 에스프레소로 식사를 한다. 아니면 바에 서서 피자 한 조각에 맥주를 작은 잔으로 한 잔 정도 마시는 것이 고작이다. 요즘 젊은이들이 가장 선호하는 점심 식사법은 바에서 커다란 유리 그릇에 나오는 샐러드, 거기에 곁들여 나오는 빵과 미네랄 생수 한 병 혹은 콜라 한 잔이다. 아니면 카푸치노 한 잔만 마시고 건너뛰는 경우도 많다.

유학 시절 초기, 밀라노 친구들이 하나 둘 늘어나며 그들과 점심을 같이하기 시작했을 때 나는 무척 어리둥절했다. 무척이나 체격이 좋은 친구들이 어떻게 이렇게 조금씩 먹고 버티나? 시간이 지나면서 그들의 푸짐한 저녁 식사 광경을 본 후에야 점심과 저녁을 건너뛰다시피 하는 이유를 이해하게 되었다.

그런데 꼭 하루, 점심을 성대하게 차려놓고 온 가족이 함께 먹는 날이 있다. 바로 성탄절이다. 이탈리아에는 이런 불문율이 있다.

"성탄절은 가족과 함께, 부활절은 같이 즐기고 싶은 사람과 함께."

정말이지 이들의 성탄절, 특히 성탄절의 오찬은 유난스럽다. 이탈리아뿐 아니라 유럽의 성탄절은 어디나 유난스럽다. 멀리 있던 가족, 소원했던 가족도 이날만큼은 모두 한데 모인다. 지방마다, 가풍마다 다른 성탄절 음식을 장만해서 식사를 즐긴다. 그릇도 가장 아름다운 것을 꺼내놓는다. 아마도 1년에 한 번 상다리가 부러지도록 차려 먹으려고 나머지 점심은 간단히 먹나 싶을 정도다. 그래서 성탄절 휴가가 끝나면 모든 매체에서 다이어트 특집을 꾸민다. 마치 우리나라의 추석이나 설날 연휴 때처럼 말이다.

오후 5시경. 간단히 먹은 점심 때문에 출출해지는 이 시간이 되면 간식을 먹는다. 주로 차와 간단한 비스킷 혹은 케이크를 먹는다.

이제 마지막 한 끼, 이탈리아 사람들이 제일 중요시하는 저녁이 남았다. 저녁 식사는 대체로 어느 나라나 제일 푸짐하겠지만 이탈리아를 따라갈 순 없을 것이다. 게다가 너무 늦게 먹는다. 남쪽으로 갈수록 식사시간은 더욱 늦어진다. 저녁 8시, 9시가 보통이다. 북부 지방도 보통 7시 30분 아니면 8시에 저녁 식사를 한다. 8시 30분에 저녁 초대를 받는 일도 종종 있다.

그들이 저녁 식사를 늦게 먹는 이유를 나름대로 분석해본 적이 있다. 일단 이탈리아 사람들은 예전부터 가족 공동체를 중히 여기기로 정평이 나 있다. 그러니 가장이 들어오는 시간을 기다리느라 그런 것 아닐까 하는 추측 하나. 또 워낙 음식이 기름지니까 소화가 더디 돼서 그런 것 아닐까 하는 추측. 친구들에게 물어보니, 별걸 다 궁금해 한다는 표정을 짓는다.

아침에 바빠 집을 나갔던 식구들이 모두 모이면 보통 8시. 그때부터 단란하고 푸짐한 저녁 식사를 한다. 대부분 맞벌이 부부인 이탈리아의 젊은 사람들은 집에 돌아오면 부부가 함께 부엌에 들어가 저녁을 준비하는 것이 일반적이다.

우선 간단한 안티파스토를 먹고, 다음으로 파스타나 스프 종류의 '프리모primo, 처음', 그 다음엔 육류나 생선 등 동물성으로 준비하는 '세콘도 secondo, 두 번째, 주 요리', 후식으로 과일과 치즈, 마지막으로 커피와 초콜릿 등 단 음식을 먹은 뒤에 소화 촉진 차원에서 술을 마시고는 대단원(?)의 막을 내린다.

물론 모든 집에서 날마다 이렇게 먹지는 않는다. 하지만 이것이 정석이고 세 끼 중에서 제일 푸짐한 건 어느 집이나 같다. 보통은 앞에 열거한 과정 중에 한두 가지가 빠진다. 어떤 때는 안티파스토가 빠지고 어떤 때는 프리모나 세콘도가 빠진다. 이렇게 잘 차려 먹는 저녁을 한번 보고 나면, 아니 먹고 나면 아침을 그렇게 간단하게 먹을 수밖에 없는 이유가 백 번 이해가 간다. 이탈리아 친구들이 주는 대로 다 먹다가는, 아침에 일어나도 배가 고프기는커녕 든든하고 심지어 더부룩하다.

이렇게 가족들과 함께하는 가정파와 저녁이 쓸쓸한 싱글들의 저녁 식사 풍경은 서로 다르지만 푸짐한 건 마찬가지다. 모든 관공서가 제일 먼저 퇴근을 하고 거리의 상점들마저 모두 문을 닫아버리는 오후 7시 30분, 도시는 어둠과 적막에 잠긴다. 단, 바bar는 문전성시를 이룬다. 식전술을 즐기려는 고객들이 찾아들기 때문이다. 바에서 술을 한 잔씩 걸친 뒤 레스토랑이나 보금자리로 돌아가, 연인 혹은 가족과 단란한 시간을 보낸다. 저녁 식사의 경우 기혼자는 가족이 함께, 싱글은 자신의 파트너와 함께하는 것을 원칙으로 삼는다. 아무리 불황이라고 해도 웬만한 레스토랑은 항상 호황인 까닭은 이런 문화 때문일 것이다.

이런 문화를 잘 모를 때는 실수도 많이 했다. 밀라노에 도착한 해 겨울, 같은 동네에 사는 이탈리아 친구들이 12월 마지막 날에 하는 송년회에 우리 부부를 초대했다.

"내일 9시 이후에 우리 집에 와서 같이 놀자."

이렇게 말로만 받은 초대였다. 그런데 9시 이후라는 시간이 참으로 애매했다. 저녁을 먹자는 얘기도 없고…….

'아, 마지막 날이니 일찍 저녁을 먹고 모여서 놀자는 얘긴가 보구나.'

그냥 그렇게 짐작했다.

다음 날 부지런히 이른 저녁을 해서 먹고는 친구네 집으로 갔다. 하나둘 도착하는 커플들을 보니 손에는 각자 준비한 음식이 들려 있고(나중에 들으니 우리 부부는 학생이고 외국인이라 음식 준비해오는 것에서 예외로 해주었단다) 집주인은 그제야 식탁을 차리기 시작하는 것이었다. 저녁을 먹기 시작한 시간은 저녁 9시 하고도 30분이 넘어 있었다. 이른 저녁을 먹지 않았다면 허기져서 어쩔 뻔했던가!

이탈리아 친구들과 함께한 송년회는 정말 특별했다. 해를 넘기는 마지막 날, 밤새워 춤추고 노래하고 먹고 마셨다. 집에 돌아온 시간은 동이

틀 무렵. 이때부터 도시 전체가 잠든다. '설날 아침'이라는 말이 없는 민족이니 거의 정오까지 자는 것 같다. 이래저래 올빼미 같은 사람들이다.

아무튼 푸짐한 저녁을 배경으로 탄생한, 커피와 빵 한 조각뿐인 대륙식 아침 식사. 저녁을 대륙식으로 거하게 챙겨 드신 분은 괜찮겠지만 그게 아니라면 추가 비용이 좀 들어도 배불리 먹을 수 있는 미국식을 권한다. 쓴 커피 한 잔과 딱딱한 빵 한 조각으로는 금방 허기가 져서 관광하시기 힘들 테니까. 더구나 우리나라의 중년 아저씨들이라면 말이다.

카페 마로키니
이탈리아 북부의 중심 도시인 밀라노에서 탄생한 카페 마로키니는 1990년대 유행하기 시작해, 이제는 피렌체 근교에서까지 즐기는 커피이다. 보통 사기잔에 따라주는 커피와 달리 갸름한 유리잔에 카카오 가루를 붓고 그 위에 우유 거품을 따른 후 마지막에 커피를 부어 제공된다. '모로코 사람'을 뜻하는 마로키니란 이름이 붙은 이유는, 투명한 유리잔을 통해 보이는 까만 커피색에서 피부색이 검은 모로코 사람을 연상했기 때문이라고 한다.

내 인생의 멘토

내가 이탈리아 밀라노에서 졸업한 학교는 '마란고니 복장예술학교 Istituto Artistico del Abbigliamento Marangoni Milano Italia'이다. 지금은 이탈리아에도 디자인학과를 개설한 대학이 여러 군데 있다. 그러나 30년 전에는 아카데미라 불리는 미술학교가 있었을 뿐, 디자인을 공부하려면 사립학교istituto에 가야 했다.

'아니, 한국에서 대학원까지 다닌 내가 학원에 들어가야 해?'

이런 생각에 처음엔 조금 망설였으나 교육 체계가 우리와 다르다는데 어쩌겠는가? 인터넷도 유학상담소도 없던 시대, 갖은 우여곡절을 겪으며 찾아간 마란고니 복장예술학교는 밀라노의 중심가에 자리한 6층짜리 건물의 3층에 있었다. 남편과 함께 기웃거리며 들어가 낡은 엘리베이터를 타고 올라갔다. 복도에 나란히 있는 3개의 문 가운데 학교 이름이 적힌 문을 발견하고는 조심스레 노크를 하였다.

잠시 후 갈색 머릿결이 아름다운 소년이 문을 열며 우리를 맞아주었다. 유창하지는 않으나 우리의 회화 수준보다는 훨씬 자연스러운 영어로 입학 상담을 해준 그의 이름은 파비오 마란고니. 나중에 알고 보니 그는 이 학교의 창립자이자 밀라노의 전설과도 같은 재단사 줄리오 마란고니의 손자였다. 1935년 줄리오 마란고니가 세운 이 학교는 내가 들어갈 당시에는 파비오 마란고니의 아버지인 조르지오 마란고니가 학장으로 있었고, 파비오 마란고니는 아버지를 도와 이제 막 국제적으로 발돋움한 학교의 업무를 보고 있었다.

1970년대 초 대학에서 의상디자인을 공부한 내가 알던 유럽 디자이너의 이름이란, 크리스찬 디올, 샤넬, 이브 생 로랑, 피에르 가르뎅, 지방시 …… 대부분 프랑스 디자이너들이었다. 이탈리아라면 발렌티노, 란체티, 사를리 정도가 그나마 어렵게 구해서 본 이탈리아 패션 잡지에서 익힌 이름이었다. 그때만 해도 '구찌' 라는 브랜드는 모조품으로만 익숙했지, 정품을 들고 다니는 사람은 본 적도 없었다. 해외여행도 금지였고 명품 수입은 상상도 할 수 없던 시절이었다. 그런 상황에서도 우리가 굳이 이탈리아 유학을 고집한 이유는 제품디자인을 전공한 남편과 의상디자인을 전공한 나 사이에 공통분모가 있었기 때문이다.

특히 자동차 디자인에 관심이 많은 남편과, 의상디자인을 전공했지만 국내에서는 불모지나 다름없는 무대의상디자인을 깊이 공부하고 싶었던 나에게 이탈리아는 가장 적합한 유학지였다. 당시 이탈리아는 피아트, 페라리, 마세라티 등 뛰어난 디자인의 자동차를 생산해내면서 제품디자인 분야에서는 타의추종을 불허했다. 또한 무대의상디자인에 관심이 많은 나에게 스칼라 극장이탈리아의 오페라 극장. 파리 오페라 극장, 빈 오페라 극장과 함께 유럽의 3대 오페라 극장으로 꼽힌다은 꿈의 장소였고, 가뭄에 콩 나듯 국내 무대에 오르던 외국 오페라단은 모두 이탈리아에서 온 이들이었다. 더구나 베르디, 도니체티, 푸치니의 나라 아닌가! 결국 '모든 길은 로마로 통한다'는 서양 문화의 종주국에서, 문화를 바탕으로 한 디자인을 공부하겠다는 뜻을 함께했던 것이다.

르네상스의 발상지, 레오나르도 다 빈치와 미켈란젤로의 나라, 오페라와 발레의 원조 국가. 하지만 제2차 세계대전의 패전국으로 프랑스의 그늘에 오래 가려져 있던 나라. 그러다 이제 막 피자와 칸초네를 세계에 알리고 감각적인 가죽 제품으로 로마 제국의 자존심을 회복하기 시작한 나라.

그런 생각과 기대를 품고 찾아왔는데……. 학교, 아니 학원의 외관에

난 살짝 실망하지 않을 수 없었다. 논리적으로 생각하면 의상디자인과 재단과 복식 문화를 배우는 데 그리 대단한 캠퍼스가 필요할 이유도 없건만, 그 당시엔 허영심이 고개를 들었던 것이다.

이렇게 처음 만난 마란고니 복장예술학교가 이제는 우리나라 유학생이 가장 많이 찾는 학교가 되었다. 내가 얕잡아 보았던 학교 건물도 본부는 몬테나폴레오네 거리 옆 단독 건물로 옮겼고, 학교의 명성에 걸맞은 첨단 인테리어로 학생들의 욕구를 채워주고 있다. 런던과 파리에 분교를 개설했으며, 나에게 입학 상담을 해주던 파비오 마란고니는 학교의 이사장이 되었다.

한국에서 공부한 커리큘럼과 학적부를 보여주니 3년 과정의 마지막 과정에 등록을 해도 된단다. 단, 언어를 알아들을 수 있어야 한다는 조건이 있었다. 당연한 얘기였다. 이때부터 내 머리는 그야말로 '쥐가 났다'. 이탈리아 어는 한국을 떠나오기 전 2년간 일주일에 몇 번 받은 개인 지도가 고작이었으니 말이다. 당장 단테 알레기에레외국인을 위한 언어학교에 등록을 하고는 밤낮없이 이탈리아 어와 씨름을 하기 시작했다.

그 당시 마란고니 복장예술학교의 교육 체제는 이른바 도제식이어서, 이론 과목을 제외하고는 한번 담당 선생님을 정하면 졸업할 때까지 항상 같은 선생님과 학교 생활을 해야 한다. 선생님 한 사람당 15명 정도가 배치되어 모든 과정을 배운다. 여성복 컬렉션, 남성복 컬렉션, 아동복 컬렉션, 구두와 백 같은 액세서리 디자인 컬렉션 등 그야말로 토털 패션 디자인을 다 배운 후 자신의 적성에 가장 잘 맞는 아이템을 선택해 취업을 위한 포트폴리오를 준비한다. 이 모든 아이템을 한 선생님과 진행하는 방식이다.

이런 방식의 단점은 선생님과 합이 맞으면 다행이지만 아닐 경우는 서로가 고역이기 십상이란 것이다. 내 경우, 평생의 스승이자 멘토가 된 잔나 브라가 선생님을 만났다.

나보다 16살이 많은 브라가 선생님을 처음 뵙던 날, 나는 눈이 번쩍 뜨였다. 전형적인 밀라노 사람이라서 마치 혀에 모터를 단 듯 말이 빠른 데다, 날씬한 몸매와 꼿꼿한 자세에서 특유의 멋이 풍겨 나왔다. 브라가 선생님은 역시 마란고니 복장예술학교를 졸업한 뒤 강의를 시작한, 당시 가장 오래 근무한 교수 가운데 한 분이었다. 또한 여러 패션 회사에서 컨설턴트로 활동하는 분이었으니, 당연히 멋지지 않았겠는가.

드디어 수업 시작. 첫인상처럼 맺고 끊음이 분명한 선생님과의 첫 수업은 내가 받아왔던 디자인 교육과 이탈리아의 디자인 교육이 어떻게 다른지를 온몸으로 느끼게 해주었다. 선생님이 가장 강조하던 것은 바로 '자기만의 색을 찾으라'는 것. "너만의 라인, 너만의 형태, 너만의 문화가 너에게서 나와야 한다"고 늘 말씀하셨다. 선생님은 학생 한 사람 한 사람이 지닌 잠재력을 끄집어내려 열의를 다했고, 디자이너에게 가장 중요한 개성을 찾아주기 위해 고심했다. 졸업 후의 진로에 대해 조언하는 것도 잊지 않았다.

패션은 예술이 아니며 실용적인 비즈니스라는 것, 그러니 현실적으로 접근해야 한다는 말씀 등, 그야말로 살아 있는 교육을 몸소 보여주었다.

브라가 선생님은 첫 한국인 제자인 내게 조용한 관심과 배려를 보내주셨다. 내가 아무리 열심히 한다고 해도 언어 능력이 향상되려면 어느 정도 시간이 필요했다. 그런 내 상황을 잘 알고 계셨기에 나의 디자인을 평가할 때는 가능한 한 쉬운 이탈리아 어로 또박또박 말씀하셨다. 혹시 내가 주눅이 들어 능력을 충분히 발휘하지 못할까 봐 평가는 항상 칭찬으로 시작하셨다. 물론 뼈 있는 비판도 빼놓지 않았지만, 어느 학생에게나 상처를 주지 않고 분발할 수 있는 말씀만을 골라서 해주시는 교육법에 절로 존경심이 우러나왔다.

선생님을 추억할 때면 어김없이 떠오르는 장면이 있다. 아동복 디자인 수업 시간이었다. 계절은 초겨울이었고 창밖엔 밀라노에서 보기 드문 눈이 내리고 있었다. 우리는 교실에서 아동복 디자인의 콘셉트를 정하기 위해 유아 심리와 구매자의 심리에 대해 토론하고 있었다. 그러다 나는 한국에 두고 온 아들 생각에 갑자기 가슴이 답답하면서 말을 할 수가 없었다. 내 처지를 이미 알고 계셨던 선생님은 내 어깨에 살짝 손을 올려놓으며 말씀하셨다.

"계속 할까? 아니면 다음 시간으로 미룰까? 하지만 어차피 떼어놓고 온 자식인데, 어떻게 하는 게 현명할지 생각해봐. 마음 무장을 단단히 해야

지. 너희 모자의 미래를 위해서."

당신은 슬하에 자식이 없지만 엄마의 마음까지 헤아려주시는 분이었다. 나는 그 시간 이후 '우리 모자의 미래를 위해서'라는 말을 좌우명처럼 가슴에 새겼다. 1년 뒤 한국에서 아들을 데리고 밀라노로 갔을 때, 아들과 함께 천진난만하게 놀아주시던 선생님의 모습을 잊을 수가 없다.

패션 디자이너 과정을 마친 뒤 무대의상디자인 과정에 등록하기 위해 선생님께 의논을 드렸다. 그때 보여주신 따뜻한 인간미는 내 마음에 빛이 된 동시에 평생 갚아야 할 빚이 되었다. 선생님은 나의 공부 욕심과 처지를 배려해, 학장님에게 특별히 부탁해서 학비의 절반을 장학금으로 대체하게 해주셨다. 고마워 어쩔 줄 모르는 나에게 선생님은 말씀하셨다.

"너 아기 데리고 고생하는 거 다 알고 있어. 용기 잃지 말고 지금처럼 열심히 해라."

도제식 교육의 장점 중 하나는 내가 부지런히 열심히 하기만 하면 자유롭게 학점을 딸 수 있다는 것이다. 선생님이 내주신 과제를 잘 해가면 학생 각자의 진도에 따라 졸업 시기를 정할 수도 있었다. 나는 집에서 많은 과제를 한 결과 조기졸업을 할 수 있었고, 덕분에 사립학교에서 흔치 않은 장학금도 받을 수 있었다. 하지만 선생님은 그 뒤 단 한 번도 생색을 내거나 공치사를 하지 않으셨다. 그리고 무대의상디자인 과정을 맡으셨던 알도 벨트라미 선생님께 나를 직접 데리고 가서 소개해주기도 하셨다.

공부를 마치고 돌아올 준비를 할 무렵, 한국에 관한 소식은 거의 다루지 않는 이탈리아 언론에서 광주민주화운동을 날마다 보도하였다. 한국에 큰일이 났구나 싶어 불안하고 뒤숭숭한 나날을 보내던 어느 날, 선생님이 다가와 말씀하셨다. 졸업한 뒤에 만일 이탈리아에 남아서 일하고 싶으면 학교에서 조교로 일하며 조금씩 강의를 맡게 해주겠고, 아니면 동양인의 감각을 필요로 하는 브랜드에 취직을 알선해줄 수도 있다고 하셨다.

　"한국 상황이 불안하니, 네가 돌아가지 않았으면 좋겠다."

　선생님의 제안에 귀가 번쩍 띄었다. 하지만 난 대학에 휴직계를 내고 온 남편을 따라 귀국해야만 했다. 그 뒤 1년에 한두 번 밀라노로 출장을 갈 때마다 선생님을 찾아뵈었다. 한결같이 진심 어린 마음으로 반겨주시는 선생님을 보면 학창 시절로 돌아간 듯 정겹다.

　선생님은 매번 똑같은 말씀을 하신다.

　"네가 그때 돌아가지 않고 밀라노에서 일했으면 어땠을까? 하지만 두 아들의 엄마인 지금의 너도 보기 좋다."

　지난해 밀라노에서 몇 달 동안 머무를 때는 선생님 부부와 자주 만나 즐거운 시간을 보냈다. 골동품 시계와 작은 소품을 수집하는 취미를 지닌 두 분을 따라 골동품 시장을 헤집고 다니기도 했다.

　제자에 대한 선생님의 따뜻한 정은 시간이 흐를수록 깊어간다. 벌써 오래전부터 선생님은 같이 늙어가는 친구가 됐으니 서로 반말*을 하자고 보채셨다. 아니, 존댓말에 엄격한 한국 사회에서 자란 나한테 스승에게 반말을 하라니⋯⋯. 처음엔 입이 떨어지지 않았지만 몇 해 전부터는 '친구 같은 막역한 사이'란 걸 입증(?)하기 위해 말을 놓았다. 그렇게 반말을 하기 시작한 뒤로 더욱 친밀해졌다.

누구에게나, 어떤 상황에서나 항상 칭찬을 해주시는 선생님. 염색을 하지 않아 하얗게 센 나의 머리가 더 '시크chic, 우아하다는 뜻' 하다고 칭찬해주신다. 늘 잊지 않고 나의 남편과 두 아들에 대한 안부를 물으시며, 내 일과 생활에 대해 끊임없이 조언해주신다. 헤어질 때 뺨에 입을 맞추고 꼭 안아주시며 하시던 말씀,

"널 보면 꼭 옛날로 돌아간 것 같아. 나도 늘 지금처럼 있었으면, 너도 지금처럼 있었으면 좋겠다."

"네. 저도 그러고 싶어요. 언제까지나⋯⋯."

30년 전에는 '브라가 선생님'이었지만 이젠 '잔나'라고 이름만 불러드려야 좋아하시는 내 인생의 멘토, 오래오래 건강하시길!

이탈리아 어의 존칭과 비존칭

    이탈리아 어에서는 3인칭을 쓰면 존칭이 되고 2인칭을 쓰면 비존칭이 된다. 대개 가족이나 친구 사이에서는 2인칭을 쓰고, 처음 만난 사람이거나 격식을 차려야 할 관계에서는 3인칭을 쓴다. 남녀 관계에서는 여자가, 노소 관계에서는 연장자가 먼저 2인칭을 쓰자고 제안을 한다. 곧 '친구로 지내자'는 의미로 받아들이면 된다. 2인칭을 쓰면 성을 빼고 이름만 부르는데, 이것 역시 친구 사이라는 뜻이다.

식탁보 없인 먹을 수 없어!

2002년 월드컵 열기가 한창일 때 우리 집에는 귀한 손님이 묵고 있었다. 내가 밀라노 생활을 시작할 때 같은 아파트 위층에 살던 친구가 난생처음 동양으로 발걸음을 한 것이다. 이 친구는 이탈리아 사람이지만 로마도 한번 못 가보았다. 태어나서 밀라노 밖으로 나가본 곳이라고는 여름 휴가 때마다 가는 바닷가가 고작이었다. 이런 성향이다 보니 동양 문화는 더욱 낯설었고, 새로운 문화에 도전하려면 엄청난 용기를 내야 했다.

나는 기나긴 비행기 여행을 한 친구의 여독이 풀리길 기다려, 음식 맛이 깔끔하기로 소문난 한정식 집으로 향했다. 친구는 우선 서양식과 너무도 다른 상차림에 눈이 휘둥그레졌다. "이렇게 여러 종류의 반찬을 끼니마다 차려 먹으려면 여자들이 하루 종일 부엌에만 있어야 되겠다"라며 한국 여자들에게 경의(?)를 표하였다. 게다가 이탈리아에서는 식탁에서 칼질을 하는데 한국에서는 부엌에서 칼질을 해야 하니 너무 힘들겠다며 동정심까지 내비쳤다.

문제는 그 다음이었다. 처음 해보는 젓가락질이 쉬울 리 없었다. 가는 놋젓가락으로 나물이나 잡채를 집는 건 그 친구 입장에선 묘기나 다름없었다. 결국 음식점 직원에게 포크를 가져다달라고 부탁했다.

그 친구를 보고 있으려니 여고 시절에 텔레비전에서 본 교양 강좌가 떠올랐다. 양식 먹는 법에 관한 내용이었다. 그 강좌에 따르면, 식사를 마치기 전에는 포크와 나이프를 나란히 놓지 말고 X자로 겹쳐놓아야 한다. 그러지 않고 포크와 나이프를 나란히 놓으면 식사가 끝난 줄 알고 웨이터가 와서 가져가버린다는 것이었다. 또 빵을 먹을 때는 손으로 조금씩 뜯어 전용 나이프로 버터를 바른 뒤 잼을 바르라고 설명했다. 강사로 나온 사람이 포크와 나이프 쓰는 법을 하도 강조하는 바람에 나는 '양식'에 살짝 겁을 먹었던 것 같다. 지금과 달리 해외여행도 자유롭지 않았던 데다, 양식이라고는 학교에서 실습할 때나 접하던 시절이었기에 더욱 그랬다.

그런 시절에 서양 한복판으로 유학을 갔으니, 거기서 받은 문화적 충격이란 말할 수 없이 컸다. 또 그동안 보고 들어온 서양식 식사 예절이란 미국식으로 편향된 식사 예절이라는 것을 절절히 느꼈다.

우선 유럽, 특히 이탈리아엔 빵은 있어도 잼이나 버터를 발라 먹는 법은 없었다(그때만 해도 이탈리아엔 콜라나 햄버거도 없었다). 예전에 이탈리아 사람들은 빵에다 칼을 대지 않았고 잼이나 버터를 바르지도 않았다. 가톨릭 교리에서 빵은 곧 예수님의 몸이기 때문이다. 지금도 이탈리아 사람들은 빵은 꼭 손으로 떼어 먹고 잼이나 버터도 거의 바르지 않는다.

우리가 간을 하지 않은 밥을 먹으며 간이 들어간 반찬을 곁들여 먹는다면, 이탈리아 사람들은 간이 되어 있는 고기나 생선, 혹은 야채나 치즈를 먹으며 간이 되어 있지 않은 빵을 곁들인다고 보면 된다. 우리는 식사를 준비할 때 밥을 먼저 짓지만 이탈리아 사람들은 고기나 생선, 치즈 등을 주식으로 준비하고 빵은 슈퍼마켓이나 동네 파네테리아*에서 사온다. 물론 커다란 빵은 구입할 때 칼로 잘라주지만 식탁에서는 주로 손으로 떼어 먹는다.

식탁을 차릴 때는 그날의 분위기나 행사 종류에 어울리는 면 식탁보를 깔고 사람별로 냅킨을 놓아준다. 그리고 식탁보 위에 빵을 놓는다. 예쁜 바구니에 빵을 담는 집도 있지만 평소 식구끼리 먹는 식사에는 굳이 바구니에다 담지 않아도 된다. 식탁보 위에 놓는 것이 더 자연스럽다. 젊은이들이 가는 캐주얼한 식당에서도 마찬가지다.

이탈리아에서 우리 부부를 처음으로 식사에 초대한 사람은 바로 집

주인이었다. 집주인은 식당을 경영하는 요리사였다. 우리는 말도 서툰 데다 혹시 실수라도 할까 봐 조심조심 식사를 했다. 그런데 그는 식사 도중 팔꿈치를 식탁에 올려놓고는 제스처를 써가며 한껏 수다를 떨었다. 그 모습을 보고서야 비로소 긴장이 풀렸다. 우리가 배운 교양으로는 팔꿈치를 식탁에 올려놓지 말아야 했는데, 막상 현장(?)에서는 그렇지 않았던 거다.

그렇게 시간이 흐르고 현지인들과 교류하는 일이 잦아지면서 처음에 나를 긴장시켰던 문화의 벽은 서서히 낮아졌다.

첫 번째 유학 생활이 끝나고 귀국을 며칠 앞둔 어느 날이었다. 밀라노 생활 초기에 같은 동네에 살아 친해진 남부 출신 부부가 우리를 특별히 초대했다. 송별회를 겸한 자리였다. 부인의 음식 솜씨는 정말 훌륭했다. 그날은 뒤뜰에서 손수 키운 닭을 잡아 우리나라의 닭볶음탕과 비슷한 요리를 준비해놓고 우리를 기다리고 있었다. 닭 뼈를 포크와 나이프로 조심스레 발라내려니 속으로 진땀이 났다. 2년여 동안 보아와 허물없는 사이였지만 어쩔 수 없이 긴장이 됐다. 그러자 눈치 빠른 친구가 나에게 말했다.

"안젤라Angela, 나의 세례명, **날 봐**. 닭은 이렇게 손으로 먹는 거야. 원래 닭고기는 공주도 손으로 먹었대."

평소 모르는 게 없어 만물박사로 통하는 이 친구가 말하길, 르네상스 이전까지 이탈리아엔 식탁에 테이블웨어가 없이 나이프만 있었단다. 그래서 식탁에서 손을 씻는 핑거 볼finger bowl, 손 씻는 물을 담은 그릇. 레몬 한 조각이나 꽃잎 등을 띄운다이 등장했고, 피자나 닭은 손으로 먹어도 아무 문제가 없다는 얘기였다. 그러면서 긴장하지 말고 자연스럽게 먹으라고, 먹는 게 중요하지 방법이 뭐 그리 중요하냐고 말했다. 이날 친구가 들려준 강의(?) 이후 나의 양식 강박은 깨끗이 사라졌다.

이탈리아 사람들은 저녁 식사 뒤에 설거지를 마치고는 곧바로 다음 날 아침 식탁을 준비한다. 새것이나 예쁜 것을 좋아하는 주부라면 아침 분위기에 맞는 식탁보를 깔고, 사람별로 정해진 접시를 놓고 그 위에 커다란 머그나 대접을 엎어놓는다. 그들은 식탁보가 깔리지 않은 식탁에서 식사하는 일을 용납하지 못한다. 어느 날, 집 꾸미는 걸 좋아하는 이탈리아 친구가 당시 한창 유행하던 일본풍 일인용 식탁 매트를 사왔다. 그러고는 식탁보 없이 달랑 매트만을 올려놓자 어머니가 말했다.

"아니, 어떻게 이렇게 좁은 매트에서 식사를 하니? 자칫하다간 내 살이 나무에 닿을 텐데, 그건 90 평생을 살아온 내 방식과 맞지 않는다."

식사할 때 항상 빳빳하게 다린 면이나 리넨으로 된 식탁보를 덮어야 한다는 것. 이 원칙만큼은 남북의 차이도, 빈부의 차이도 없다. 일반 가정집이 이러하니 식당에서는 말할 것도 없다. 어느 식당이든 깔끔한 식탁보로 단장해 손님을 맞이하고, 아무리 바빠도 다른 손님이 어지럽힌 식탁보를 새것으로 갈아놓고 나서야 테이블로 안내를 해준다. 바 역시 천이 깔리지 않은 테이블은 상상할 수 없다.

밀라노에 첫발을 디딘 지 얼마 되지 않았을 때의 일이다. 오랜만에 해가 나서 화창한 가을날, 가까운 공원으로 산책을 나갔다. 공원 한가운데 벤치와 탁자가 놓여 있었고, 벤치 위에 노숙자인 듯 행색이 남루한 남자가 누워서 자고 있었다. 나는 조금 무서운 마음에 다른 곳으로 발길을 돌렸다. 그러다가 무심코 그쪽을 돌아보았는데, 그 남자의 행동에 눈길이 멎었다. 그는 조용히 몸을 일으키더니 구석에서 뭔가를 주섬주섬 풀어 내놓았다.

역시나 못 말리는 내 호기심에 발동이 걸렸다. 나는 큰 나무 뒤에 몸을 숨기고는 노숙자 양반의 일거수일투족을 관찰하기 시작했다. 그는 우선 앞에 있는 탁자 한쪽에 흰 천을 깔더니 봉지에서 빵을 꺼내 그 위에 올려놓았다. 그 다음엔 생수병과 와인병을 꺼내 나란히 올려놓았다. 이탈리아 사람들이 상을 차릴 때 가장 신경 쓰는 와인과 물의 위치와인은 오른쪽, 물은 왼쪽를 정확히 지켜서. 이날 본 노숙자의 우아한 오찬이 아직도 인상 깊게 기억에 남아 있다.

지금 이탈리아는 날로 늘어나는 노숙자 문제로 골머리를 앓는다. 그들은 대부분 이탈리아 사람이 아닌 밀입국자들이다. 그래서인지 30년 전과 같은 '우아한' 노숙자는 이제 찾아볼 수 없다.

이탈리아의 식사 문화에서 하나 더 짚어볼 것이 있다면 바로 '스카르페타scarpetta'이다. 스카르페타란 무엇인가? 파스타나 주 요리세콘도를 먹은 뒤 접시에 남은 소스를 빵 조각으로 싹싹 훑어 먹는 것을 말한다. 마치 우리나라 불교 사찰에서 발우 공양을 할 때 밥알 한 톨도 버리지 않는 것처럼 말이다. 물론 스카르페타는 과히 우아해 보이지 않기에 고급 음식점에서는 자주 볼 수 없다. 하지만 가족이나 허물없는 사이에서는 아무렇지도 않게 하는 행동이다. 같이 식사를 하던 사람이 "미안, 나 스카르페타 좀 할게"라고 한다면 그건 대단한 친근감의 표현이라고 받아들이면 된다.

우리와 다른 그들의 식사 문화에서 식탁보 문화는 굳이 받아들이고 싶지 않다. 매번 세탁하고 다리는 일이 무척 번거로운 데다 우리는 빵을 먹는 문화도 아니니까. 삶의 방식은 항상 편안한 쪽으로 자연스레 변하게 마련이다. 이탈리아의 식탁보 문화도 젊은 세대를 중심으로 간편한 방식으로 바뀌고 있다. 바쁘게 사는 젊은이들일수록 자주 세탁할 필요가 없는 작은 일인용 매트를 선호하기 시작했다.

하지만 스카르페타 문화는 배울 만하다. 음식물 쓰레기를 줄일뿐더러 설거지하기도 편하니까! 우린 빵이 없으니 밥으로라도 하면 어떨까?

마지막으로, 유럽의 레스토랑에서 식사할 때 긴장하는 분들이 있다면 하고 싶은 말이 있다. 나이프와 포크를 어떻게 놔두든, 먹던 내 밥을 가져갈 사람은 아무도 없다. 그저 자연스럽게, 맛있게만 드시면 된다. 젓가락질 못하는 서양인에게 우리가 관대하듯, 포크와 나이프를 마구 휘두르지만 않는다면 그들도 우리에게 관대하다.

파네테리아panetteria

　빵을 뜻하는 'pane'에 장소를 뜻하는 'ria'를 붙인 합성어. 예를 들어 피자를 파는 곳은 피제리아, 식당은 카페테리아, 살라미(일종의 소시지)를 파는 곳은 살루메리아 등, 식품에 관련된 상점은 대개 '리아'가 붙는다.

박사 출신 택시기사와
환경미화원

1970년대였을 것이다. 유럽에 대한 신문 기사가 드물었던 그때, 이탈리아에 대한 기사 한 구절이 내 눈길을 잡았다. 내가 동경하던 나라였기에 관심이 갔고 지금까지도 기억에 남아 있는 것 같다.

　이탈리아의 구직난에 관한 내용이었는데, 직업 구하기가 얼마나 힘들면 나폴리에서는 박사가 택시기사를 한다는 것이었다. 세계 3대 미항 가운데 하나로 꼽힌다고 배웠던 나폴리. 언젠간 가보리라 마음먹은 곳인데, 박사가 택시기사를 한다고? 당시엔 도저히 이해할 수 없었다. 하지만 이탈리아의 현실을 오래 접한 지금은 그 기사가 약간은 오해에서 비롯한 것이란 걸 안다.

한국의 박사와 이탈리아의 박사는 시스템 자체가 다르다. 잘 알다시피 우리나라에서는 대학을 졸업하고 대학원을 마친 다음 적어도 2~3년에 걸친 박사 과정을 이수한 뒤 박사 논문이 통과되어야만 이른바 박사가 된다. 반면 이탈리아는 대학만 졸업하면 곧바로 '도토레dottore, 학자, 박사, 의사'가 된다.

우리나라의 대학과는 달리 이탈리아의 대학 문은 좁지 않다. 고등학교를 졸업하고 적당한 요건만 갖추면 쉽게 입학할 수 있다. 게다가 국립대학은 등록금도 거의 없어 학생 보험료 정도만 내면 된다. 이렇게 입학은 쉽지만 졸업은 입학과 비교할 수 없이 까다롭다. 졸업 논문이 있기 때문이다. 하지만 아무리 까다롭다 한들 우리나라의 입시 지옥에 비할까?

졸업 논문이 통과되면 명함에다 '도토레'라고 새겨 들고 다닐 만큼 자랑스러워한다. 아마 예전에 내가 읽은 기사는 이런 자세한 설명 없이 도토레를 곧장 '박사'로 번역한 것 아닌가 싶다.

요즈음 이탈리아에서는 고등학교를 졸업한 인구의 60퍼센트 정도가 대학 문을 두드린다. 그러나 그 가운데 약 20퍼센트만이 졸업을 해서 자랑스러운 박사가 된다. 입학 정원의 20퍼센트만이 사각모를 쓰는 것이다. 입학도 쉽고 등록금도 거의 없고 졸업만 하면 도토레라는 명예로운 이름으로 불리건만, 박사가 왜 그리 인기가 없을까?

정확히 말하자면, 인기가 없는 것이 아니라 실리를 택하는 것이다. 학력이 필요한 직업과 능력이 필요한 직업, 타고난 재능이 필요한 직업이 따로 있고 각자 처한 현실이 다른데 무엇 때문에 모두 대학엘 가야 하는지 그들은 이해하지 못한다. 실제로 살면서 보니 대학 교수의 월급보다 택시기사의 수입이 훨씬 많고 생활면에서도 자유로웠다.

특히 머리로 살아갈 사람과 체력으로 살아갈 사람도 다 따로 있다고 얘기하는 그들을 보면 분수 파악을 잘하는 것인지 운명론자인지 헷갈리곤 한다. 대학에 들어갔다고 해서 모두 졸업을 하는 것도 아니다. 자신의 적성과 맞지 않거나 공부 체질이 아닌 것을 파악하면 주저 없이 진로를 바꾼다. 집안 형편 때문에 중도에 그만두는 경우도 있다. 이탈리아 대학생들은 대부분 스스로 학비와 생활비를 벌어가며 공부한다. 그만큼 독립적이지만 생활비를 버느라 학업을 계속하지 못할 경우 직업 전선에 뛰어드는 경우를 종종 보았다. 이런 이유로, 입학한 학생들 중 20퍼센트만이 졸업을 하는 것이다.

이탈리아 사람들이 종종 인용하는 속담이 있다.

"죽은 박사보다 살아 있는 당나귀가 낫다."

실리 없는 명예보다 당장의 호구지책이 중요하다는 것이다. 그렇기 때문에 학교 시스템도 우리와 전혀 다르다. 초등학교 5학년 과정을 마치면 이탈리아 사람들이 종종 인용하는 속담이 있다.
"죽은 박사보다 살아 있는 당나귀가 낫다."
실리 없는 명예보다 당장의 호구지책이 중요하다는 것이다.
머리로 살아갈 사람과 체력으로 살아갈 사람도
다 따로 있다고 얘기하는 그들을 보면
분수 파악을 잘하는 것인지
운명론자인지 헷갈리곤 한다.

우리처럼 중학교에 간다. 몇 년 전까지는 만 14세까지 의무교육이었는데 이젠 법이 바뀌어 만 16세까지는 공교육을 받아야 한다. 의무교육 이후에 자발적으로 가는 고등학교부터 신중하게 선택을 한다. 고등학교는 크게 인문계와 이공계로 나뉜다. 인문계에서도 어학 학교, 예체능계 학교 등으로 세분화되며, 주로 5년제인데 분야마다 학제도 다르다. 예를 들어 상업학교는 4년, 직업학교는 3년 하는 식인데, 이렇게 고등학교 과정을 마치면 각자 적성과 장래 희망에 따라 대학을 선택한다. 고등학교 과정에서 직접 사회로 진출할 수 있도록 교육받은 학생들은 진로를 정해 곧바로 직업 전선으로 뛰어든다. 그 밖에 계속 공부하려는 학생들은 자발적으로, 혹은 부모의 간청으로 대학에 진학한다.

취업이냐, 진학이냐. 이 문제로 이탈리아의 많은 부모들이 자녀들과 줄다리기를 한다. 부모들은 대부분 자기가 일군 가업을 자녀가 물려받기를 바란다. 이탈리아에서는 식당이건, 조그만 아이스크림 집이건, 하다못해 구두 수선 하는 집이라도 거의 대를 이어 운영한다. 그렇기에 갈등 구조도 우리와 좀 다르다. 어차피 부모 것을 물려받을 텐데 굳이 시간 들여가며 이론을 공부할 필요가 있느냐고 주장하는 자녀와, 자식만은 이론을 다져서 좀 더 번듯한 가업으로 키워주기를 바라는 부모 사이의 갈등이 있다. 혹은 반대로, 대학 가지 말고 하루빨리 가업에 뛰어들어 인건비도 줄이고 기술을 배우라는 부모와, 부모보다는 더 나은 기업체로 가꾸기 위해 이론을 공부하겠다는 자녀도 서로 마찰을 빚는다.

　물론 이탈리아에서도 법조인, 의사, 고위 공무원 등은 부와 명예를 함께 누릴 수 있다. 당연히 부모는 자녀가 부와 명예가 보장된 삶을 살기를 바라기에 그런 쪽으로 유도하기도 한다.

　아무튼 이탈리아에서도 부모 노릇 하기 힘든 건 마찬가지다. 우리나라와 같은 입시 지옥은 없지만 청소년들에게 수많은 선택권과 자유가 주어지다 보니 어른이 어디까지 관여해야 좋을지가 늘 고민거리다. 초등학교 때까지는 부모가 동행하지 않으면 등하교를 할 수 없게 되어 있다. 어린이 유괴 사건이 잦아 법으로 정해놓은 것이다.

　하지만 중고등학교에 진학하면 이때부터 부모들은 고민에 빠진다. 이탈리아에서는 한 학급에 많으면 20명, 적으면 15명가량이 함께 공부한다. 그 가운데 부모가 이혼을 했거나 별거한 비율이 약 40퍼센트라고 한다. 처음부터 미혼모나 미혼부 아래 자란 경우도 있다. 어머니 혹은 아버지하고만 살거나 새아버지, 새어머니와 사는 비율이 많으니 그만큼 정신적으로 일찍 성숙하기도 하지만 심리적인 갈등도 많게 마련이다. 그렇지 않아도 사춘기에는 외로움이나 반항심, 호기심 때문에 충동적인 행동약물이나 성 문제 등에 빠지기 쉽다. 그래서 부모는 자녀들을 전방위(?)로 관리해야 한다. 담배 피우는 것도 개인의 문제, 이성 친구도 개인의 문제라며 학교에서는 손을 놓고 있으니 보수적인 부모들은 더욱 불안하다. 사춘기 자녀를 둔 우리나라 부모들이 대개 성적이나 진학 문제에 집중적으로 열을 올리는 것과 달리, 이탈리아의 경우 자녀의 친구, 취향, 이성 문제 등등 신경 써야 할 것이 한두 가지가 아니다.

이런 까닭에 이탈리아 사람들은 우리나라의 치열한 입시 경쟁을 죽어도 이해하지 못한다. 우리 작은아들이 입시생일 때 우리 집에 묵었던 이탈리아 친구가 있다. 그 친구는 우리 아들이 새벽 5시에 일어나 학교에 갔다가 자정이 다 되어서 돌아와 다시 숙제하는 모습을 물끄러미 지켜보더니 이런 말을 했다.

"너희 나라의 유전자와 우리 유전자는 아무래도 다른가 보다. 우리나라 청소년들을 이렇게 키운다면 모두 정신병자가 될 거야. 이게 너희가 생각하는 부모의 사랑이라면 분명히 잘못된 거다. 네가 저 애처럼 살아봐. 부모가 어쩌면 그렇게 잔인하니? 부모는 일찍 자면서 자식은 못 자게 하는 게 말이 돼? 한창 자라나는 아이들이 다양한 경험을 해야 창의성도 생기고 자립심도 형성되지. 모두 다 미쳤구나. 이렇게 해서 모두 대학을 나오면 사회가 어떻게 될 건데?"

대학 교수의 월급과 학교 수위의 월급이 크게 다르지 않은 사회, 공부를 계속 하고 싶으면 대학에 가고 아니면 각자 적성에 따라 일찍 진로를 결정하는 사회에서 온 이방인의 눈에는 도저히 이해가 되질 않았을 것이다. 나는 나름대로 변명을 하려고 "그래도 조기 유학이나 기러기 아빠보다는 낫지 않느냐'라며 설명을 했더니 친구는 나를 잡아먹기라도 할 듯이 따지고 들었다. 더욱이 '기러기 아빠'에 대해선 기가 차서 말을 잇지 못했다.

"영어만 잘해서 뭐 할 건데? 따뜻한 가정의 맛을 모르고 자란 아이들이, 부모 역할을 못 보고 자란 아이들이 과연 제대로 된 사회인으로 살아갈까? 심리학자들이 18살까지는 부모와 함께 살아야 한다고 말하는 이유가 뭔데……. 죄다 미쳤군, 미쳤어."

다혈질인 이 친구, 잠시 뒤 흥분을 가라앉히더니 이탈리아 사회의 변천사를 차근차근 설명해주었다.

잘 알려져 있다시피 이탈리아는 세계 최초로 대학 교육을 시작한 나라이다. 하지만 젊은이들이 모두 대학에 목매는 건 아니다. 여기에는 다 이유가 있다. 제2차 세계대전 직후에는 이탈리아에서도 남부를 중심으로 대학 선호 바람이 불었다. 하지만 대학을 나와봐야 일자리는 쉽게 구해지지 않았고, 높아진 자존심 때문에 구직이 더욱 힘들어졌다. 그 뒤로는 부모도 자식에게 더 이상 자신의 이상을 강요하지 않는다는 것이 친구의 설명이었다. 열심히 뛰면 택시기사의 월급이 교수보다 훨씬 낫고 자유로운데 무엇 때문에 너나없이 대학에 가서 허송세월을 하느냐고, 부모가 헛된 꿈에서 깨어나야 자식이 행복해진다고, 친구는 내게 거듭 강조했다.

하긴 우리나라에서도 환경미화원 한 명 뽑는 데 400명의 젊은이가 몰려들었고 그중에는 학사 출신뿐 아니라 석사 출신도 많았다는 기사를 읽은 적이 있다. 이탈리아 식으로 표현하면 400명이나 되는 '박사' 들이 환경미화원에 지원했다는 얘기다. 심각한 경제 불황에 학사, 석사, 심지어 박사 학위 소지자들까지 구직난에 허덕인다는 요즘이다. 젊은이들의 안타까운 사연이 보도될 때마다, 우리나라 부모들이 자녀의 학력에 매달리지 않는 날이 과연 올지 궁금하다.

몇 달 전 신문에 안타까운 사연이 또 실렸다.

"영어를 원어민처럼 하는 노숙자."

이탈리아 친구의 흥분한 목소리가 귓가에 쟁쟁하다.

"영어만 잘해서 뭐 할 건데? 다들 미쳤군, 미쳤어."

그 기사가 부디 잘못된 것이기를 바란다. 아니면 정말 우리 모두 미쳐 가는 것일지도 모르니까.

미국 대통령도 로마에선
로마법을 따른다

2008년 7월 초, 일간지 정치면에 미국 부시 대통령을 꼬집는 기사가 났
다. 내용인즉, 대통령 임기 중 어쩌면 마지막 유럽 순방인 이탈리아 방
문 일정을 지나치게 느슨하게 잡았다는 것이다. 어떤 날은 오전에 교황청
을 방문하는 일정뿐, 오후에는 특별한 계획 없이 로마 관광에 시간을 할애
하는 등 모든 일정이 마치 〈로마의 휴일〉 같다고 평했다.

　　이 기사를 읽으니 영국의 토니 블레어 전 총리 부부가 떠올랐다. 토니
블레어 부부가 임기 중 이탈리아의 토스카나를 방문해 느긋한 휴가를 즐겼

는데, 이 기간에 총리 부인이 임신을 했다. 덕분에 총리 재임 중에 늦둥이를 보는 이례적인 일이 생겼다. 출산 후 아기를 안고 활짝 웃는 총리 부부의 사진을 이탈리아의 일간지에서 본 기억이 났다. 설마, 부시 부부야 연세가 있으니 늦둥이를 갖지는 않겠지? 이런 생각에 피식 웃음이 나왔다.

이탈리아, 특히 남부 이탈리아 사람들의 느긋함이 혹시 미국 대통령에게도 전염된 것이 아니었을까? 10년 전쯤 빌 클린턴 대통령의 부인 힐러리 클린턴과 딸 첼시가 시칠리아 섬의 팔레르모를 방문한 적이 있다. 그때 수많은 파파라치들이 시칠리아에 모여들어 두 사람의 모습을 카메라에 담으려고 열띤 경쟁을 벌였던 기억이 난다.

새삼스럽게 강조할 필요도 없지만, 이탈리아가 국가 원수나 그 측근만 선호하는 여행지는 아니다. 아주 오래전부터, 특히 기독교 탄생 이후로 이탈리아 반도는 수도자들의 주요 순례지였다. 알프스 너머의 추운 지방 민족들은 이탈리아의 햇살과 풍요로운 자연이 부러워서, 혹은 정치적인 이유로 이곳을 침범했다. 르네상스 시대 이후에는 감수성 예민한 예술가들이 이탈리아 반도로 향했다.

1786년 독일의 괴테는 이탈리아로 가기 위해 새벽 3시에 역마차에 몸을 싣고 남쪽으로 달렸다. 그는 로마에 도착한 날을 자신의 제2의 탄생일로 삼고 진정한 삶이 시작된 날이라고 썼다. 괴테뿐이랴, 영국의 셰익스피어와 바이런도 이탈리아에 매료된 작가였다. 셰익스피어의 유명한 희곡들,

〈로미오와 줄리엣〉, 〈베로나의 두 신사〉, 〈템페스트〉, 〈베니스의 상인〉 등이 모두 이탈리아 북부를 여행하고 쓴 것이라고 배웠다. 실제로 베로나에는 줄리엣의 생가가 기념관으로 보존되어 있고 로미오와 줄리엣의 무덤도 있다(정말 그들의 무덤인지 아닌지 확인한 것은 아니지만).

서양 음악사에 커다란 획을 그은 음악가들은 창작 에너지가 고갈되면 어김없이 이탈리아로 향했다. 오스트리아의 음악 신동 모차르트는 이탈리아를 3번이나 여행했고, 그가 작곡한 오페라의 기법은 이탈리아에서 배워 온 것이다. 발레의 고향은 피렌체로, 피렌체의 왕족을 위해 만든 공연 형태가 이후 유럽의 다른 나라로 수출된 것이다. 바그너나 브람스 등도 이탈리아를 여행한 뒤 더욱 좋은 작품들을 남긴 것으로 전해진다. 〈헝가리 광시곡〉을 작곡한 리스트는 동거하던 여인(유부녀)과 결혼하기 위해 교황청에 가서 유부녀의 이혼을 탄원하였으나, 뜻을 이루지 못하자 애인과 결별하고 각자 로마의 다른 수도원에 들어가 애인은 수도 생활에, 리스트는 종교 음악에 몰두한 것으로 알려져 있다.

이렇듯 교통수단이라곤 마차나 말, 아니면 두 다리밖에 없던 시절에도 모든 길은 로마로 통했으니 지금처럼 교통수단이 발달한 시대에야 더 이상 설명이 필요 없을 것이다.

2006년 가을, 이탈리아 북부 호반 도시 코모에서 있었던 일이다. 5성급 호텔인 '빌라 데스테'의 직원들은 누군지 알지 못하는 VIP의 결혼식을 비밀리에 준비하고 있었다. 결국 비밀이 새어나가는 바람에 결혼식은 취소되고 말았는데, 그 결혼식의 주인공이 영화배우 안젤리나 졸리와 브래드 피트로 밝혀져 호텔 직원들이 두고두고 아쉬워했다는 후문이 있다.

그런데 왜 하필 코모에 있는 호텔이었을까? 그 배후에는 미국 영화배우 조지 클루니가 있었다. 그 일이 있기 몇 해 전, 조지 클루니는 알프스의 산기슭에 자리한 호수와 그 주변 마을이 아름답기로 유명한 코모에 별장을 마련했다. 그 뒤로 톰 크루즈를 비롯한 할리우드의 톱스타들이 이곳에 초대되어 며칠씩 묵다 가곤 해, 코모는 더욱 유명세를 탔다.

사실 코모는 실크로 유명한 도시였다. 이탈리아뿐 아니라 프랑스의 명품 스카프와 넥타이를 OEM Original Equipment Manufacturer, 주문자에 의한 상표 부착 방식으로 생산하던 이탈리아 최대의 실크 회사인 만테로가 있어 전 세계 바이어들이 줄지어 몰려들던 곳이다. 해마다 열렸던 실크 박람회 '이데아 코모Idea Como'로도 유명했다. 하지만 의생활의 변화에 따른 실크 수요의 감소와, 생산 기지가 중국으로 대거 이동하면서 실크 도시로서의 명성은 퇴색했다. 대신 잔니 베르사체나 이브 생 로랑 같은 유명 디자이너를 비롯한 유럽 부호들의 별장이 있는 도시로 명성을 날렸는데, 이제 서서히 소유주들이 바뀌고 있다. 조지 클루니 같은 새로운 소유주들이 둥지를 틀고 땅값을 부추기고 있는 것이다.

이탈리아의 땅값 상승에는 북유럽이나 독일의 부호들도 한몫을 한다.

한여름이면 이탈리아의 주요 도시는 현지 주민들이 휴가를 떠나고 없는 대신 다른 나라 사람들로 속속 들어찬다. 베네치아를 비롯해 라벤나, 리치오니, 리미니 등 해안 도시의 한복판에선 뜨거운 햇살 아래 웃통을 벗고 유유히 활보하는 거구들을 쉽게 만날 수 있다. 그들은 거의 북유럽 인들 아니면 독일인들이다.

특히 베네치아는 옛날 실크로드의 종점 역할을 하던 도시답게 부자들이 많았다고 한다. 그런 까닭에 도둑이 들끓었고, 도둑을 퇴치하기 위해 물 속에다 썩지 않는 나무 말뚝을 박고 그 위에 건축물을 축조했다고 알려져 있다. 베네치아는 사순절 전의 카르네발레carnevale, 카니발가 성대하기로 유명하다. 2월의 카르네발레 외에도 크고 작은 페스타festa, 축제가 많다. 7월의 불꽃놀이 축제인 '레덴토레*'도 빼놓을 수 없다. 이때 베네치아의 모든 호텔은 관광객들로 성황을 이룬다. 불꽃놀이가 시작되면 베네치아에 있는 건물의 창문이란 창문은 모두 몸살을 앓는다.

이탈리아 사람들이 '연인의 도시'라고 부르는 신비한 도시, 베네치아. 여행을 좋아하는 어떤 친구가 베네치아를 안 가보았다고 하기에 이유를 물었더니 진짜 사랑하는 사람과 가고 싶어서 아껴놓았단다.

베네치아의 매력에 빠진 예술가들 역시 많다. 그중에서도 미국의 대문호 어니스트 헤밍웨이는 새콤달콤한 맛이 일품인 칵테일 '벨리니*'가 탄생하는 데 기여했다고 알려져 있다. 베네치아의 산마르코 광장과 가까이 위치한 해리스 바*에서 어니스트 헤밍웨이를 비롯한 주요 고객들을 위해 개발한 벨리니는 이제 이탈리아의 어느 바에서나 마실 수 있는 칵테일이 되었다.

전 세계 유명 인사들이 이탈리아를 방문하여 탄생한 유행은 비단 칵테일만이 아니다. 뭐니 뭐니 해도 가장 강한 인상을 남긴 유행은 오드리 헵번의 카프리 팬츠가 아닐까?

카프리는 내게 "행복의 푸른 섬 카프리"라는 노랫말로 익숙했던 섬이다. 실제로 가보니 정말이지 아름다운 풍경에 질투심이 날 지경이었다. 재클린 케네디 오나시스, 엘리자베스 테일러, 찰리 채플린, 커크 더글러스, 리타 헤이워드 등 카프리와 인연을 맺은 유명 인사도 수없이 많다. 한때는 할리우드 스타들이 50회 생일 파티를 이곳의 호텔에서 성대하게 벌이는 것이 유행이었다. 그중에 카프리를 가장 빛낸 여인은 바로 '카프리 팬츠'라는 용어를 탄생시킨 오드리 헵번일 것이다. 날렵한 자태에 복사뼈 바로 위까지 오는 바지를 입은 오드리 헵번이 첫 남편인 멜 페레와 더불어 카프리에서 한때를 보내는 사진, 그것이 유행의 시작이었다. 그 뒤로 복사뼈 바로 위에 닿는 꼭 맞는 7부 바지를 카프리 팬츠라 부른다.

세계에 아름다운 곳은 많고 많은데, 유독 이탈리아가 전 세계의 권력자와 예술가와 스타들을 비롯한 수많은 관광객을 불러들이는 까닭은 무엇일까? 몇 년 전 이탈리아 일간지에 난 기사 몇 줄에서 답을 짐작할 수도 있

자기 나라에서는 질서를 잘 지키는
독일인들이 이탈리아에만 들어오면
흐트러지는 이유가 무엇일까?
이탈리아의 태양과 이탈리아 사람의 관대함에 반하고,
거기다 감자와 맥주만 먹던 사람들이 맛있는
파스타와 피자, 와인에 매료된 나머지
이성을 잃어버린 탓 아닐까?

을 것 같다.

　"이탈리아는 더럽고 무질서하다고 혹평이 나 있다. 하지만 그것이 과연 이탈리아 사람들만의 잘못일까? 이탈리아에 와서 공중도덕을 가장 안 지키는 관광객을 예로 들어보자. 대표적인 사람들이 독일인이다. 자기 나라에서는 그렇게 질서를 잘 지키면서 이탈리아에만 오면 흐트러지는 이유가 무엇일까? 우선 이탈리아의 태양과 이탈리아 사람의 관대함에 반하고, 거기다 감자와 맥주만 먹던 사람들이 맛있는 파스타와 피자, 와인에 매료된 나머지 이성을 잃어버린 탓 아닐까?"

레덴토레Redentore

　1576년, 유럽을 공포에 몰아넣은 페스트(흑사병)로 베네치아에서만 5만여 명이 목숨을 잃었다. 그 해 9월 4일, 베네치아의 총독은 흑사병 퇴치를 기원하며 베네치아 중심가에서 조금 떨어진 곳에 레덴토레(구원자, 곧 예수를 뜻함) 성당을 지어 주님께 봉헌하였다. 그래서였을까, 이듬해 7월 13일 페스트가 소멸되었고, 1578년부터 이를 기념하기 위해 매년 7월 셋째 주에 레덴토레 성당을 중심으로 축제를 열어왔다. 토요일 오후 해질 무렵 불꽃놀이가 축제의 시작을 알리며 다음 날 오후까지 베네치아 전체에서 각종 축제가 열린다.

벨리니Bellini

베네치아 산마르코 광장에 있는 해리스 바에서 주인이자 바텐더 장을 맡았던 주세페 치프리아니가 발명한 칵테일. 하얀 복숭아 즙과 과육, 이탈리아 식 샴페인인 프로세코에 산딸기 액과 체리 액을 약간 섞어 만든다. 칵테일의 이름은 화가 지오반니 벨리니가 그린, 붉은 옷을 입은 성인을 연상해 '벨리니'라 붙였다고 한다.

해리스 바 Harry's Bar

1931년 주세페 치프리아니가 개업한 레스토랑이자 바. 전 세계의 유명 인사들이 애호하는 곳으로 유명하다. 지금은 아들인 아리고 치프리아니가 경영한다. 어니스트 헤밍웨이, 오손 웰스, 찰리 채플린을 비롯한 예술가와 지식인들이 즐겨 드나들었다. 현재 뉴욕, 런던, 로마, 피렌체 등에 분점이 있다.

전설적인 메뉴를 개발하기로도 유명한데, 카르파치오(Carpaccio)도 그중 하나다. 1950년 화가 비토레 카르파치오의 전시회 때 화가의 성을 따서 개발한 요리로, 전 세계 이탈리아 레스토랑으로 퍼져나갔다. 우리나라의 육회와 흡사한 요리인 카르파치오는 신선하고 부드러운 송아지고기를 얇게 저며 차가운 접시에 펴서 담은 다음, 마요네즈와 우스터소스(Worcester sauce)를 섞어서 고기 위에 추상화를 그린다. 이제는 카르파치오라고 하면 모든 날생선이나 고기를 지칭하며, 우리나라의 이탈리안 레스토랑에서도 쉽게 맛볼 수 있다.

어느 누구도 두 가지 길을
동시에 걸을 수는 없다

한국 사람들이 가장 중요시하는 인연은 혈연이고 그 다음으로 지연, 학연 순이라는 기사를 읽은 적이 있다. 아니, 지연보다 학연이 먼저라고 했던가? 실제로 우리나라 사람들은 이런 인맥을 공고히 하기 위해 각종 모임이나 회합에 열심이다. 연말이 되면 초등학교부터 대학에 이르는 동창회의 송년 모임에 참석하느라 바쁘다. 안 가자니 소외될까 싶어 찜찜하고 모두 참석하자니 회비가 만만치 않고 시간도 없고…….

그런데 이탈리아 사람들은 지방색이 강하고 자기 고장 사람을 잘 챙기며 가족이라면 벌벌 떨면서도, 의외로 학연에는 큰 관심을 보이지 않는다. 정확한 이유를 알고 싶어 여러 사람에게 물어보았지만 시원한 답을 얻지 못했다.

　다만 내가 마란고니 복장예술학교에 다니던 시절에 만난 친구들을 떠올려보면 그 까닭을 짐작할 만하다. 당시 우리 반 학생들은 다양한 국적과 출신지와 인종으로 구성되어 있었다. 국적으로는 이탈리아 사람이 가장 많았지만 출신 지역은 동서남북으로 다양했다. 연령대 역시 고등학교를 막 졸업한 소녀에서부터 뒤늦게 꿈을 이루고 싶어 등록한 중년 여성까지 폭넓었다.

　옆모습이 너무 잘생겨서 내가 유부녀라는 사실도 잊고 가슴 설레었던 베네치아 청년이 있었는가 하면, 머나먼 남쪽 지방인 칼라브리아에서 올라와 밀라노 사람들이 촌스럽다고 흉볼까 봐 남쪽 억양을 억누르던 친구, 그보다 더 먼 시칠리아 섬에서 올라온, 머리를 삭발하고 다니던 조용한 친구, 항상 똑같은 밀리터리 룩에 머리와 수염을 길게 길러서 마치 예수처럼 보이던 밀라노 억양의 히피까지, 이탈리아 사람들도 국적 말고는 공통분모가 없었다. 그뿐인가, 덧니박이 일본인, 온몸에 보석을 주렁주렁 달고 다니던 태국 귀족, 이탈리아 말을 프랑스 식으로 발음하던 캐나다 사람, 거기다 피부가 가무잡잡하고 몸매가 아름다워 이탈리아 남자들의 시선을 한 몸에 받던 중국계 싱가포르 인도 있었다.

교실에 들어오신 브라가 선생님이 "부온 조르노Buon giorno, 좋은 아침!" 혹은 "차오Ciao, 안녕!" 하고 특유의 경쾌한 억양으로 인사를 하면 학생들도 같은 말로 인사를 나누었다. 그러고는 각자 해온 과제를 펴놓고 선생님의 평가를 받기 시작했다.

복식사나 재료학 같은 이론 수업은 선생님의 설명을 다 같이 듣지만 실기 수업은 선생님이 일대일로 지도하며 개성과 창의성을 개발해가는 방식이었다. 따라서 스스로 준비를 많이 해온 학생과 그러지 않은 학생들의 진도가 달랐다. 또한 특정한 컬렉션만 단기간에 배우길 원하는 단기 과정 학생과 토털 디자이너가 되는 과정을 밟는 정규 과정 학생이 함께 공부했다. 이런 수업 체제가 선생님은 신경이 많이 쓰이고 힘들었겠지만 학생의 입장에서는 많은 도움이 되었다. 다른 학생의 과제물을 평가하는 선생님의 견해를 들을 기회였기 때문이다. 그래서 평가 시간이 되면 교실의 모든 눈과 귀가 온통 브라가 선생님에게 집중되었다.

학생들은 출신지와 개성, 각자의 처지와 목적이 다른 만큼 학업 성취도 달랐고 수업 태도 역시 제각각이었다. 칼라브리아에서 올라온 소녀는 부모를 일찍 여읜 고아로, 수녀님들의 도움을 받아 공부하는 처지라 수업이 끝나기가 무섭게 아르바이트를 하러 급히 학교를 빠져나갔다. 옆모습이 잘생긴 베네치아 청년은 인물값을 하느라 그런지 학교에 열심히 나오는 편이 아니라서 궁금증을 자아냈다. 처녀 시절의 꿈을 이루려는 중년 여성은 아줌마답게(?) 주로 남의 일을 참견하는 데 많은 시간을 할애했는데, 나는 그녀와 친해진 덕분에 이탈리아 어 실력이 크게 향상되었다. 일본 아가씨들도 이탈리아 남자들과의 청춘사업에 분주한 듯 보였고, 너무 많이 달고 다니는 보석 때문에 납치되지는 않을까 은근히 걱정되던 태국 귀족 아가씨는 몇 번 마주치질 못했다.

마란고니 복장예술학교의 학제는 기간에 상관없이 정해진 커리큘럼을 다 마치면 자격증을 획득하는 시스템이었으므로 실기 시간만큼은 출석도 자유, 조퇴도 자유였다. 열심히 하면 조기졸업이 가능했지만 그렇지 않으면 몇 년이 걸릴 수도 있었다. 처음엔 이런 시스템이 의아했다. 선생님은 오전 9시 30분부터 12시 30분까지, 오후 1시 30분부터 오후 4시 30분까지 당신의 강의실에 상주하셨다. 학생들은 하루 종일 학교에 머물며 작업하는 경우도 있고, 오전이나 오후에만 선생님께 과제물 확인을 받고 돌아가는 경우도 있었다. 대개는 아르바이트와 학업을 병행하기에 띄엄띄엄 나오는 경우가 더 많았다. 나처럼 정해진 기간에 자격증을 받아 본국으로 돌아가야 하는 학생을 제외하곤 말이다.

머나먼 동양에서 자식까지 떼어놓고 온 절박한 상황의 나보다도 숙제를 더 많이 해와 나를 놀라게 하던 친구는 시칠리아 출신 남학생이었다. 아버지가 운영하시는 의류 생산 공장을 이어받기 위해 학교에 들어왔다던, 눈빛이 유난히 날카롭게 빛나던 키 작은 학생. 금발이었는데 거의 삭발에 가깝게 짧게 밀어서, 장발이 유행하던 그 시절에 유난히 눈에 띄었다. 수줍은 성격 때문이었는지 아니면 개인주의자여서 그랬는지, 교실에 들어서면 급우들과 인사도 나누지 않은 채 구석 자리에 앉아 스케치에 몰두하곤 했다. 하지만 선생님의 평가에는 누구보다 열정적으로 디자인 의도와 콘셉트를 설명하고 선생님을 설득하려고 장광설을 늘어놓던 친구였다. 그런데 이 친구가 몇 해 뒤 내게 놀라운 소식을 전할 줄이야……

나는 마란고니 복장예술학교를 마친 뒤 패션 디자이너 과정의 디플롬과 무대의상 디자이너 과정의 디플롬, 이렇게 두 장을 큰 재산인 양 들고 남편과 함께 한국으로 돌아왔다. 실무를 익힐 수 있고 이탈리아 패션계로 뛰어들 수 있는 기회를 코앞에 두고 아쉬움을 접어둔 채 돌아선 것이다.

한국으로 돌아오자마자 이탈리아에서 작업한 작품들로 전시회를 열고 곧바로 활동을 시작했다. 대학에 출강했고, 여러 극단에서 무대의상디자인을 의뢰받아 신나게 작업을 해나갔다.

그러던 어느 날, 정기구독하던 이탈리아 패션지의 최신호가 도착했기에 포장을 풀고 책장을 넘기기 시작했다. 새로 론칭한 브랜드를 다룬 특집 기사를 읽어가다가 커다란 흑백 사진에 시선이 꽂혔다. "시칠리아 출신의 커플, 도메니코 돌체와 스테파노 가바나가 탄생시킨 브랜드, 돌체앤가바나"라는 문구와 함께 아주 낯익은 남자의 얼굴이 실려 있었다.

"어머, 그 애잖아!"

인생은 한 번뿐,
어느 누구도 두 가지 길을 동시에 걸을 수는 없다.
억울해 하지도, 후회하지도 말자.

나도 모르게 탄성이 나왔다. 그는 바로 과묵하면서도 열정적이던 시칠리아 청년, 도메니코 돌체였다. 파트너인 스테파노 가바나와 함께 찍은 그 얼굴은 싸늘해 보이는 눈빛과 삭발한 머리, 몇 해 전 모습 그대로였다. 단숨에 기사를 읽어 내려갔다. 자세히 언급하지는 않았지만 동성애 커플이라는 암시와 함께 그 둘의 성공을 예견하는 내용이었다.

　도메니코 돌체는 선생님 외에는 누구와도 말을 건네지 않고 작업만 했기에 가깝게 지낼 기회는 없었다. 어느 수업 시간엔가 브라가 선생님이 나에게 "'장'의 디자인은 매우 독창적이고 젓가락을 쓰는 문화라 누구보다 스케치가 섬세하다"라는 평가를 해주셨다. 그 다음부터 도메니코는 선생님이 내 과제물을 평가하는 순서가 되면 슬그머니 내 옆으로 다가와 열심히 귀를 기울이곤 했다.

　나는 같은 반 동창의 성공이 대견했다. 그리고 솔직히 부러웠다. 브라가 선생님이 한국에 가지 말라고 붙드셨을 때 미친 척하고 주저앉았다면 어땠을까 하는 말도 안 되는 가정을 해보기도 했다.

　돌체앤가바나는 세계적인 브랜드로 성장해 한국에까지 상륙했다. 서울 한복판에서도 입간판이 눈에 띈다. 그럴 때면 잠시 옛 생각에 잠기곤 한다. 지난해, 유명 인사들의 근황과 뒷얘기를 다루는 잡지에서 "도메니코 돌체와 스테파노 가바나가 연인 관계는 청산했지만 사업은 계속 같이하기로 했다"라는 글을 읽었다. 거기엔 도메니코가 아이를 입양하고 싶어한다는 인터뷰 기사도 실려 있었다.

문득 피에르 가르뎅의 전성기 때 인터뷰 기사가 떠올랐다. 세계적으로 성공을 해 큰 기업을 이루었어도 자식이 없으므로 모든 것이 공허하다는 그의 말. 도메니코는 공허한 삶을 미연에 방지하기 위해 아이를 입양하려는 것일까?

어쨌거나 인생은 한 번뿐, 어느 누구도 두 가지 길을 동시에 걸을 수는 없다. 억울해 하지도, 후회하지도 말자.

깨끗한 집 vs. 지저분한 거리

"처가와 뒷간은 멀수록 좋다."

젊은 분들은 잘 모를 수도 있는 우리 속담이다. 처가와 뒷간화장실을 동일시하다니, 여자로서 영 마음에 걸리는 말이다. 재래식 화장실인 뒷간은 악취가 풍기고 비위생적이었으니 당연히 멀어야 좋은 것이다. 그리고 남의 집 귀한 딸 데려다가 문서 없는 종처럼 부리던 시절을 생각해 보면, 처가가 가까이 있어봐야 부인이 친정으로 쪼르르 달려가 시집살이의 설움을 하소연했을 테니 멀어야 좋다고 여긴 것 아니었을까 싶다.

하지만 이런 이야기는 다 옛말일 뿐, 이젠 처가와 뒷간이 가장 가까이 있어야 편하고 좋은 존재가 되지 않았는가. 이런 면에서 보면 서구화는 우리 삶의 방식을 송두리째 바꾸어놓은 것 같다. 좌식 생활이 입식 생활로 바뀌고 이불과 요에서 침대로, 밥상에서 식탁으로……

그런데 우리가 서구화되었다는 이유로 당연히 서양과 똑같을 거라고 믿고 있지만 알고 보면 다른 점은 없을까? 물론 있다. 그것도 아주 많다. 이런 '상식의 사각지대'가 많으면 많을수록 예기치 못한 실수도 많이 벌어진다. 내 경우도 예외는 아니다.

지금 생각해도 낯이 붉어지는 일이 있다. 로마에 처음 도착해 밀라노로 가기 전, 지인의 집에서 사나흘 머무르게 되었다. 장시간 여행한 탓에 파김치가 된 나, 주인이 권하는 대로 욕실에 들어가 샤워를 한 것까지는 좋았다. 그런데 평소 습관대로 샤워기를 세게 트는 바람에 욕실 바닥이 그만 한강이 되고 말았다. 샤워 커튼이 없는 걸 미처 생각지 못한 탓도 있지만, 욕실 바닥에 배수구가 없다는 걸 알아차리지 못한 것이다. 아무리 둘러봐도 걸레는 없고, 지인이라 해도 문을 열고 말을 하기도 곤란하고, '이럴 줄 알았으면 허름한 호텔이라도 잡을걸' 하는 후회가 밀려왔다. 어쩔 수 없었다. 벗어놓았던 속옷을 걸레 삼아 바닥의 물기를 닦아내기 시작했다. 속옷이 흥건해지면 욕조 안에다 짜고, 또 짜고……. 덕분에 타일까지 반짝반짝, 그 집 욕실 청소까지 해드린 셈이 됐다.

한국에서는 아파트든 주택이든 욕실 바닥에 배수구가 있다. 그리고 물이 쉽게 빠지라고 바닥이 경사져 있다. 반대로 이탈리아의 욕실 바닥은 배수구가 없이 평평하다. 그래서 우리가 거실을 청소하듯이 욕실도 걸레로 닦는다.

이날 이후로 버릇이 하나 생겼다. 언제 어디서든 한국과 이탈리아를 비교해보는 버릇. 특히 주거 생활에 대해서는 돌다리도 두드려보는 게 습관이 됐다. 욕실에 대해 덧붙이자면, 이탈리아의 아파트에서는 난방은 중앙난방을 해도(최근에 지은 것은 개별 난방이 많다) 물은 순간온수기로 데운다. 순간온수기에 저장된 온수로 목욕을 하기 때문에 여러 사람이 한꺼번에 샤워를 하면 마지막 사람은 씻다가 찬물 세례를 받기 십상이다. 저장된 온수의 양이 적을수록 찬물 세례는 더 일찍 받는다.

물 이야기가 나왔으니 말인데, 유럽에서는 어느 나라든 물에 석회석이 많이 들어 있어, 끓여놓으면 하얗게 침전물이 생긴다. 이런 까닭에 이탈리아에서는 설거지를 끝내면 그릇에 남은 물기를 마른 행주로 박박 닦아야 한다. 그러지 않으면 그릇마다 허옇게 자국이 남는다. 설거지만이 아니다. 싱크대도, 세면대도 쓰고 나면 꼭 마른 걸레로 닦아서 석회석이 하얗게 말라붙는 것을 방지한다. 그래서일까, 이탈리아 여자들은 대체로 부지런하다. 특히 주방과 욕실은 언제 어느 집을 가봐도 모델하우스처럼 깨끗이 정돈되어 있다. 두 곳 외에도 집 안이 깔끔한 편이다. 그중에서도 창문은 파리가 미끄러질 만큼 말끔히 닦아놓는다.

이렇게 자기가 사는 집은 거울처럼 가꾸는 사람들이 밖에만 나오면 태도가 확 달라진다. 담배꽁초도, 휴지도 아무 데나 쉽게 버리기 때문에 이탈리아의 길거리는 대체로 지저분하다. 그래서 가까운 친구들에게 물어본 적도 있다.

"집 안은 깨끗한데 바깥은 왜 이렇게 지저분하고 더러워? 북유럽이나 독일이나 오스트리아에 가보면 집 안은 좀 흐트러져 있어도 거리는 깨끗하던데……."

"글쎄, 집 바깥은 '내 것'이라는 개념이 없어서겠지."

이러더니 어깨를 한번 으쓱 하고 만다.

실제로 노르웨이 친구의 초청을 받아 노르웨이에서 한두 달 동안 머무른 적이 있다. 수도인 오슬로에서부터 노르웨이 서부의 해안 도시인 크림스타드까지 여러 도시를 다녔다. 그 친구의 친척이나 친구들 집에 초대를 받아 여러 가정을 구경했는데, 노르웨이 사람들은 이탈리아 사람들과 달랐다. 집 안은 적당히 정돈되어 있는 정도지, 이탈리아 집처럼 반질반질하게 윤이 나지는 않았다. 하지만 집 바깥은 달랐다. 휴지 하나 떨어진 걸 못 봤다면 거짓말 같겠지만 사실이 그랬다. 왜 그럴까? 항상 해가 일찍 지니까 집에 있는 시간이 많고 유동 인구가 적어서일까? 물론 이탈리아는 상주 인구보다 객들이 더 많은 어수선한 나라이긴 하다. 하지만 그 점을 감안

해도 이탈리아의 거리는 아주 지저분하고 더럽다.

아직도 해결되지 않은 채 세계 뉴스에 오르내리는 나폴리의 쓰레기 문제는 정치적인 문제와도 결부되어 있다. 시에서 쓰레기 매립장으로 지정한 부지를 주변 시민들이 반대하는 데다 쓰레기 수거 회사는 마피아가 뒤에서 조정하고 있어 쓰레기를 함부로 건드릴 수가 없단다. 쌓여만 가는 쓰레기에 대해 언론도, 정부도, 어떤 이탈리아 친구들도 속 시원히 설명을 해주지는 못했다. 스위스와 맞닿은 지역에 가면 국경선이 없어도 어디가 스위스고 어디가 이탈리아인지 한눈에 구분이 될 정도다. 그리고 남부는 북부보다 더 지저분하다. 남부를 여행할 때마다 나는 그들의 편에 서서 생각을 해본다. 햇살이 너무 강해서일까? 아니면 어차피 관광객들로 항상 들끓으니까 아예 포기한 것일까?

우리나라에서는 동쪽 대문에 남향집을 이상적인 조건으로 치지만 이탈리아에서는 동향집을 선호한다. 폭염으로 악명 높았던 2003년의 여름을 이탈리아에서 보내며 그들이 왜 동향집을 선호하는지, 또 왜 천장을 높게 짓고 창문에 꼭 덧문을 다는지 실감했다. 아침 6시부터 저녁 9시까지, 말 그대로 불타는 태양에 집이 용광로같이 변하니 말해 무엇 하랴. 알프스와 가까운 북부로 갈수록 보온을 위해 천장은 낮아지고 햇빛을 받아들이기 위해 커튼은 얇은 것을 치며 그것도 대체로 걷어놓는다. 창문가에는 아기자기한 장식물을 놓거나 초를 늘어놓는다. 환경에 적응하다 보니 절로 낭만이 피어나는 셈이다.

그렇다. 환경에 적응해, 아니 환경을 이용해 건축 양식과 삶의 방식도 개발해온 나라가 이탈리아다. 지천으로 널린 대리석을 이용해 도시마다 기기묘묘한 성당을 짓고, 시칠리아의 경우 용암이 굳은 돌로 도로 바닥을 깔아놓는다. 도시를 계획할 때 성당과 어울리는지를 기본적으로 고려한다. 도시 한복판에 성당을 세우고 그 앞에 광장을 마련한 다음, 그곳을 중심으로 방사선 모양으로 건물을 지어나가는 것이다.

기차를 타고 이탈리아를 여행할 때마다 궁금한 것이 있었다. 집들을 왜 이렇게 비슷비슷하게 지었을까? 지붕도, 창들도 모두 닮았다. 이탈리아에서는 우리나라에서처럼 건물을 따로따로 짓지 않고, 기존 건물에 딱 붙여서 짓는다. 일렬로 나란히 붙은 건물들을 보면 꼭 형제들 같다.

이 문제에 해답을 준 친구가 있었다. 서해안 바닷가에 사는 그 친구 집으로 여름휴가를 갔다. 부유한 이 친구는 아파트를 여러 채 소유하고 있었는데 세입자를 찾기 위해 그 가운데 한 채를 수리 중이었다. 난 궁금증도 풀 겸 해서 친구 뒤를 졸졸 따라다녔다. 이탈리아에서는 하나하나 시청에 허가를 받아야 공사에 착수할 수가 있었다. 흥미로운 점은, 외장재는 가능한 한 건축한 연도에 사용한 재료와 같아야 하고 창틀 역시 다른 집과 같은 색을 써야 한다는 것. 이 항목에서 우리나라 아파트의 섀시 색깔이 떠올랐다. 아래층은 흰색이고 옆집은 갈색, 윗집은 초록 등등 제각각인 경우가 많지 않은가.

관계 기관의 지시를 받아야 하는 항목은 한두 가지가 아니었다. 심지어 내 집이라도 어떤 세입자가 들어올지 모르므로, 화장실 문을 새로 달 경우 휠체어가 드나들 수 있는 크기여야 한다는 항목도 있었다.

"와, 엄청나게 복잡하다."

"뭐가 복잡해? 이건 아무것도 아냐. 새로 짓는 것도 아닌데 뭘. 새로 지으려면 창문의 크기와 방향, 집의 외장 색과 재질, 계단 위치 등등 모든 것을 심의위원회에서 허가받아야 돼. 그렇게 하지 않으면 도시의 균형이 깨지니까."

공공의 시각적 즐거움을 위해 개인의 자유를 절제하게끔 유도하는 정책을 말하고 있었다. 내 머릿속에는 서울 근교 어느 강변 유원지와 새로 개발되는 신시가지의 풍경이 떠올랐다. 초가 모양의 갈비집 옆에 이글루 모양의 와인 바가 있고, 네덜란드 풍의 전원주택 옆에 포스트모던의 위용을 자랑하는 갤러리가 있는…… 마치 전 세계의 건축 양식을 한데 모아놓은 것 같은 현란한 분위기 말이다.

이탈리아 문화를 세계에 홍보하는 직업을 가진 이 친구의 설명은 이어졌다.

"만약 로마나 바로크 시대에 지어진 건물이라고 생각해봐. 그 시대의 건축 양식대로 손봐야 하니 보통 힘든 일이 아니지. 엘리베이터 하나 설치하려면 얼마나 복잡한지 알아? 몇 년씩 걸려서 겨우 허가를 받으면 다행이지만 거절당하기 일쑤야. 기존 건물의 형태를 망칠까 봐 그러는 거지. 하지만 제대로 보존해놓아야 다음 세대가 역사 속에서 무언가를 얻지 않겠어?"

약이 오르지만 들을수록 지당한 얘기였다.

"그런데 길거리는 왜 이렇게 지저분해? 그런 건 심의하는 데 없어?"

내 나라도 아닌데 또 괜한 트집을 잡고 있었다. 로마 시대부터 현대에 이르는 건물들을 한눈에 감상할 수 있고, 청명한 날씨와 맛있는 음식, 예술품들까지…… 부러운 것이 헤아릴 수 없이 많은데 흉볼 것 하나쯤은 있어야 위안이 되지 않을까 싶기도 했다.

사실 남의 나라 흉볼 것이 아니다. 우리나라에도 건축심의위원회가 있다고 알고 있다. 그런데 우리 도시의 외관은 어떤가? 이젠 우리도 당당히 요구해야 하지 않을까? 국적 불명의 외관에서 벗어나자고, 과거를 존중하며 미래를 설계할 수 있는 정책을 펴자고, 또 외관에만 치중하지 말고 기능적인 것도 강화하자고 1인 시위라도 벌여야 하는 건 아닌지 모르겠다. 전통을 보존하고 더욱 아름다운 도시를 만들기 위해서 말이다.

톱모델과
엘리베이터 같이 타기

한창 일하는 재미에 빠져 치열하게 살던 시절, 백화점의 고문으로 활동하던 1990년대 중반에는 1년에 서너 번씩 유럽으로 출장을 다녔다. 봄, 여름, 가을, 겨울 컬렉션을 준비하기 위해서였다.

출장을 가면 숙소가 제일 중요한 문제이다. '그까짓 잠자리, 회사 가까운 곳에 있는 깨끗한 호텔에 묵으면 되지'라고 생각할 수도 있겠지만 패션 산업계의 속내를 들여다보면 그렇게 간단한 문제가 아니다.

당시만 해도 유럽의 눈으로 본 한국이란 '이제 막 전쟁이 끝난, 아시아 끝에 있는 분단국가'라는 이미지에서 겨우 벗어나 있었다. 어디를 가나 일본인이냐, 중국인이냐 하는 물음을 받던 시절이었기에, 쪼그만(?) 변방의 나라에서 온 바이어 티를 내지 않으려 안간힘을 썼다. 그런 까닭에 일본 바이어가 어디에 묵는지도 공연히 신경이 쓰였다.

더욱이 패션 산업은 계절마다 유행을 선도하고 대중에게 새 옷을 구입하도록 부추기는 일이다. 좋게 말하면 창의적인 일이지만, 다르게 보면 늘 변덕스럽고 화려해질 것을 요구하는 일이라 할 수 있다. 따라서 패션업계에 종사하는 사람들, 특히 최고급 브랜드를 관리하는 사람들은 남보다 더 고급의 것, 더 새로운 것을 추구하는 임무를 띤다. 자연히 그들 개개인의 취향도 대체로 최고급을 선망하게 마련이다.

그래서인지, 새 컬렉션을 준비하러 오는 각국의 바이어들이 묵는 곳에 따라 접대의 '격'이 달라지기도 한다. 다시 말해 별이 몇 개짜리 호텔에 묵느냐 하는 것이 은근한 관심사가 되고 심지어 대하는 태도도 달라진다. 그뿐인가, 바이어의 옷차림, 외국어 실력과 교양 정도 등을 자기들의 기준에 따라 평가하고 대우한다.

예를 들어 등급이 낮은 호텔을 예약할 경우, 반드시 그런 건 아니지만 '신경을 덜 써도 되는 사람'이라고 인식하기 때문에 공항에서부터 맞이하는 태도가 달라진다. 정해진 시간에 수주할 장소로 찾아오라고 연락이 오는 정도라 하겠다. 반대로 고급 호텔에 묵을수록 중요한 바이어라고 여겨

공항에는 고급 세단이 마중 나와 기다리고 있거나 담당 매니저가 직접 차를 몰고 오기도 한다. 이어 호텔 방에 도착해보면 본사 대표의 환영 메시지가 들어 있는 꽃다발과 얼음 통에 담가 시원하게 해놓은 샴페인에다 자기 전에 먹을 초콜릿까지……. 그야말로 여왕 대접이다. 물론 아침부터 저녁까지 정신없이 바빠 그런 호사를 즐길 여유가 없지만 말이다.

이탈리아 패션계에서 일하는 사람들을 보면, 대부분 지독히 외향적이고 에너지와 끼가 넘친다. 게다가 나름대로 최상의 탐미주의자들이다. 이탈리아 사람들은 대체로 자신이 미식가라는 것을 자랑하고 심미안에 대해 대단한 자부심을 갖고 있다. 그러니 감각을 자본 삼아 살아가는 패션계 종사자들이야 더 말할 나위가 없다.

이런 '속물 근성(?)'을 견디지 못해 패션계를 떠나는 이들도 적지 않다. 패션계의 화려함에 이끌려 입문하는 인구와 맞먹을 정도이다. 5~6년 전, 정상의 위치까지 올라간 모델이 활동을 접고 수녀가 되기 위해 수도회에 입회한 일이 두고두고 화제가 되기도 했다.

이탈리아의 패션계 종사자는 크게 두 부류로 나눌 수 있다. 첫 번째 부류는 머리끝에서 발끝까지 스타 디자이너처럼 차려입고 세련된 매너로 서너 가지 외국어를 구사하며, 식사할 때는 정통 맛집만 고집하는 사람들이다. 집도 인테리어 잡지에 나오는 집처럼 꾸며놓고 싱글로 화려하게 사는 경우가 많다. 두 번째는 "정말 패션계에서 일하세요?"라고 묻고 싶을 만큼 유행과는 상관없이 수수한 차림새를 하고 다니는 부류. 사생활과 일을 철저히 구분하는 그들은 점심 식사도 집에서 가볍게 준비해 가지고 나온다. 어느 쪽이든 개인의 성향이니 무어라 얘기할 수는 없지만, 재미있는 현상은 후자에 속하는 사람들이 한 직장에 오래 머문다는 사실이다. 변화를 추구하는 외모 중심의 성향과 내면의 평화를 추구하는 성향은 직업의 안정도에도 서로 다른 영향을 미치는 것 같다.

로마에 가면 로마법을 따르라고 했던가? 다른 곳도 그렇겠지만 이탈리아의 패션계에 종사하는 사람들과 함께 일을 하려면 그들의 생리를 파악하고 그에 맞게 대응하는 편이 현명하다. 그것이 스스로 상처받지 않는 방법이기도 하다.

한번은 밀라노에서 가장 번화한 명품 거리인 몬테나폴레오네 거리 한가운데 있는 별 5개짜리 호텔을 덜컥 예약했다. '어차피 장명숙 개인이 묵는 것이 아니라 최고급품을 취급하는 백화점의 고문이자 구매 디렉터가 묵는 것 아닌가' 라고 되뇌며 눈 질끈 감고 저지른(?) 일이었다.

당시 이 호텔은 유서 깊은 수도원을 사들여 개관한 지 얼마 되지 않아 화제에 올라 있었다. "수도원의 절제된 분위기와 최첨단 시설을 조화시켜 아늑하고 쾌적하게 재탄생시켰다"라는 평판이 대표적이다. 유명한 인테리어 잡지에서는 경쟁적으로 취재를 하러 왔고, 새것 좋아하는 패션계의 인사들도 몰려들었다. 이런 상황이라 예약하기도 쉽지 않았다.

이 호텔은 고객에게 꼭 맞는 '맞춤 옷 같은 서비스'로도 유명했다. 이탈리아 사람들의 손님 접대 방식에는 특징이 있다. 그것은 서비스를 받는 쪽에서 전혀 부담을 느끼지 않도록 세심하게 배려하는 것이라 할 수 있다. 그런 문화를 기본으로 한 5성급 호텔의 서비스라니, 그야말로 입에 착착 감긴다는 표현이 맞을 듯하다. 마치 알라딘의 요술 램프에서 튀어나오는 지니처럼, 혹은 어딘가 숨어 있다가 필요할 때면 알아서 나타나는 시종처럼 고객을 왕으로 대우해주는 호텔이었다. 한 가지만 예를 들어보자. 모닝콜을 부탁해놓은 아침이면 감미로운 음악이 아주 작게 울리다가 점점 커진다. 그러다 수화기를 들면 아주 상냥하고 경쾌한 음성으로 그날의 온도를 알려주고, 그날 날씨에 어울릴 만한 의상도 귀띔해준다.

내가 이 호텔에 묵었던 기간은 밀라노 컬렉션이 막 시작했을 때였다. 그랬기에 전 세계에서 내로라하는 톱모델과 디자이너들을 비롯해 패션계의 거물들이 이곳에 묵고 있었다. 아침을 먹으러 식당에 갈 때나 호텔 로비에서 유명 인사들을 쉽게 볼 수 있었다. 나오미 캠벨이나 클라우디아 시퍼 등 이름난 모델들, 요요마 같은 음악가, 할리우드의 영화배우 등이 수시로 오갔다. 하지만 나도 일하러 와 있는 몸, 거기다 대한민국의 거물은 아니더라도 다음 해의 백화점 매출을 책임진 입장이었다. 따라서 그들을 곁눈질할 만큼 마음이 한가하지 않았고, 선망의 눈길을 보내며 스스로를 초라하게 만들 만큼 미숙하지도 않았다. 그런데 이런 자존감이 무색한 상황이 발생했으니…….

어느 날 밤 나는 동남아시아 수주를 담당하던 매니저에게 저녁 초대를 받아 갔다가 자정이 가까운 시각에 호텔로 돌아왔다. 안 그래도 낮에 신경 곤두세우고 일해 피곤한데, 늦게까지 이어지는 저녁 식사에 와인까지 마셨으니 졸음이 몰려왔다. 지칠 대로 지친 몸을 억지로 세우며 엘리베이터 앞에 섰다. 곧이어 엘리베이터 문이 열렸고, 거기에 올라탄 나는 한시라도 빨리 방에 들어가 쉬고 싶은 마음에 닫힘 버튼을 눌렀다. 눈을 감고 엘리베이터 벽에 기댄 채 서 있는데, 문이 다시 열리고 누군가 안으로 들어섰다. 아마 누군가 곧바로 열림 버튼을 누른 모양이었다.

반쯤 감긴 눈으로 옆을 바라보는 순간, 나는 흡사 마네킹 다리가 걸어 들어오는 줄 알았다. 그 사람은 바로 미국의 톱모델 크리스티 털링턴이었다. 그녀는 당시 캘빈클라인 청바지 광고로 한창 주가를 올리고 있었다. 그녀 덕분에 잠이 확 달아난 것까지는 좋은데, 거울로 둘러싸인 좁은 엘리베이터 안에 둘만 있으려니 참으로 민망하기 짝이 없었다.

내 키는 겨우 160센티미터를 넘을까 말까 한 데다 편하게 일하려고 굽이 높지 않은 구두를 신고 있었다. 반면 서양 톱모델인 그녀는 180센티미터 정도의 키에 높은 구두까지 신고 있었으니, 머리가 천장에 닿을 지경이었다. 옷차림이 세련된 것은 말할 필요도 없었다. 조금 과장하자면 그녀의 허리쯤에 내 머리가 있는 것 같고 내 옷차림은 왜 그리 어설퍼 보이는지……. 그래도 내 나라에서는 누구도 부럽지 않은 멋쟁이라고 자부했는데 말이다. 게다가 사면이 거울이니 눈을 감기 전에는 비교를 피할 수 없는 상황이었다. 아무리 내가 패션의 도시에서 기죽지 않으려고 고급 의상으로 차려입었다고 한들, 어찌 세계적인 모델을 따라가겠는가. 평생 그때만큼 내 자신이 초라하고 땅꼬마처럼 느껴진 순간은 없었다.

잠시 후, 그녀는 세련된 미소와 눈인사를 내게 보내고는 고개를 살짝 숙이며 내리려 했다. 그 순간 그녀의 오른쪽 이마에 세로로 깊이 팬 상처가 있는 것이 눈에 띄었다. 잡지 화보에서는 못 보던 상처였다. 하기야 사진에서는 얼마든지 없앨 수 있고 안 보이는 쪽으로 촬영해도 되니까…….

그 상처를 발견하고 나니 기분이 묘했다. 살짝 위로를 받는 느낌이라고 할까?

'옥에도 티가 있다는데, 그럼 그렇지.'

에구, 이런 고약한 심보라니!

모든 길은 친구로 통한다

밀라노 컬렉션 시즌은 한마디로 '스타와 스타 디자이너의 시즌'이다. 이때가 되면 톱모델뿐 아니라 톱스타들도 바빠진다. 디자이너들이 고객 가운데 자신과 가깝게 지내거나 인지도가 높은 연예인들을 패션쇼에 초청하기 때문이다. 이것은 어느 나라의 패션쇼에서나 마찬가지다. 고객을 관리하는 차원에서, 또 홍보에 도움이 되기 때문에 그런 VIP의 자리를 무대 바로 앞에다 마련해놓는다. 때로는 직접 모델로 무대에 세우기도 한다. 톱스타 역시 자신을 홍보할 좋은 기회를 마다할 이유가 없다.

디자이너는 자신의 브랜드를 입은 스타들을 앞자리에 앉히고 이들과 함께 파티를 열며, 패션 잡지들은 이런 행사들을 집중 취재해서 기사화한다. 어떤 스타가 어느 호텔에 누구와 묵었다는 것까지 이슈가 된다. 심지어 톱모델 클라우디아 시퍼가 자신의 애인인 마술사 데이비드 코퍼필드와 호텔에서 대판 싸우고는 방을 따로 썼다는 얘기 따위도 기사가 된다.

1993년 가을 컬렉션을 앞두고 밀라노에 도착한 나는 스칼라 극장*으로 유명한 만조니 거리 한가운데 있는 호텔에 여장을 풀었다. 이 호텔은 1901년 1월 27일, 이탈리아의 음악 영웅인 주세페 베르디가 투숙하고 있다가 뇌출혈을 일으켜 사망한 곳으로 유명하다. 그래서 이따금 중후한 신사의 그림자가 나타났다 사라진다는 둥, 1층 로비의 벽난로 앞에서 악보를 보는 베르디의 모습을 실제로 봤다는 둥 하는 으스스한 이야기까지도 전해진다. 더욱이 스칼라 극장이 가까이 있다 보니 전설에 무게감을 더한다. 패션계 호사가들이 여기 투숙해보고 싶어하는 것도 그러고 보면 당연한 일이다.

내가 이곳을 숙소로 선택한 데에는 나름의 이유가 있었다. 당시 내가 일하던 백화점의 이탈리아 쪽 컨설턴트와 미팅 약속이 잡혀 있었다. 그 사람은 전형적인 밀라노 사람이었으므로, 내 생각엔 밀라노에서 가장 유서 깊은 호텔에서 만나는 것이 제격이었다. 일 때문에 만나는 것이긴 해도 무미건조하게 일 얘기만 할 수는 없는 법. 문화와 교양을 까다롭게 따지는 '밀라네제'에게 한국의 패션 바이어도 음악이나 미술에 문외한은 아니라는 걸 보여주고 싶었다. 1985년부터 1년간 스칼라 극장에서 일한 경험이 있는 나로서는 경력을 과시하려는 얄팍한 속셈도 깔려 있었다.

이탈리아 사람들은 일로 만나더라도 말이 통하기 시작하면 금세 의기 투합하여 친구가 되는 성향이 있다. 거기다 전에 만난 일이 있는 그 컨설턴 트는 '패션계의 마당발'이라 불릴 정도로 인맥이 넓고 소식에 밝아, 이야기 만 잘 이끌어내면 앞으로 일을 하는 데에도 큰 도움이 될 사람이었다. 따라 서 그의 감성에 맞는 여러 가지 이야기를 스스럼없이 나눌 수 있는 장소를 선택한 것이다.

이런 야심찬 계획을 품고 호텔에 도착했다. 프론트 데스크 앞에서 여 권을 내밀며 체크인을 하는데, 바로 옆에 아주 낯익은 중년 여성이 체크아 웃을 하고 있었다. 호텔에서 고참으로 보이는 지배인이 담당하고 있는 걸 보면 VIP가 분명한데, 왜 이렇게 낯이 익지?

그녀는 절제되었지만 세련된 옷차림에 기품 있는 분위기를 풍겼다. 화장기 전혀 없는 맨얼굴에, 액세서리라곤 달랑 시계 하나 착용했을 뿐이 지만 얼핏 보기에도 고가품이었다. 호텔 직원들은 하나같이 깍듯하게 그녀 를 대하고 있는데……. 이 사람이 누구였더라? 혹시 나도 정중하게 인사를 해야 하는 사람은 아닐까? 아무리 머리를 굴려도 생각나지 않았다. 답답해 미칠 지경이었다.

그러는 사이 그녀는 계산을 끝냈고, 내가 만나기로 한 컨설턴트는 벌써 로비에 도착해 나를 알아보고 손을 흔들며 다가오고 있었다. 그와 인사를 하고 커피숍에 앉을 때까지도 내 머릿속은 온통 아까 그 여인에 대한 궁금증으로 가득 차 있었다. 그런데 패션계의 마당발 아저씨의 첫마디를 듣자마자 내 궁금증은 사라졌다.

"에이, 이사벨라 로셀리니가 몸매는 영 별로네. 화장 안 하니까 인물도 볼 게 없고."

난 기가 막혔다. 다음 세 가지 사실 때문에. 첫째, 영화배우 이사벨라 로셀리니를 금방 알아보지 못하고 마치 친분이 있는 사람인 양 착각한 나의 빈약한 기억력. 둘째, 아무 장식도 하지 않은 대배우의 고급스런 평범함. 셋째, 나만 쳐다보며 반갑게 인사한 줄 알았던 이 아저씨가 어느새 그녀를 관찰했는지, 퉁퉁한 외모와는 다른 그의 민첩함. 하긴 이탈리아노인데 말해 무엇 하리오.

이때부터 이 아저씨, 한껏 신이 나서 떠들어댄다. 밀라노 사람들의 속사포 같은 발음과 수다는 기본이요, 요란한 제스처까지 곁들인다. 더구나 패션계에 오래 몸담아왔으니 그녀에 얽힌 뒷얘기가 한도 끝도 없이 쏟아져 나온다. 이사벨라 로셀리니의 이탈리안 아버지인 로베르토 로셀리니와 스웨덴 사람인 어머니 잉그리드 버그먼의 관계로 시작한 수다는 이탈리아 남자들 사이에 떠도는 농담으로 이어진다.

"미인과 하룻밤을 보내고 아침에 화장 지운 얼굴을 보니, 간밤의 미인이 그녀의 딸이었나 싶더라나?"

　그러더니 조금 전 만난 유명한 여배우도 맨얼굴은 그렇게 평범한데 어디로 봐서 화장품 광고 모델감이냐면서 너스레를 떤다.

　연예계와 패션계의 뒷얘기는 꼬리에 꼬리를 물었다. 그는 백화점에 바이어로 있을 때 조르지오 아르마니와 함께 근무한 뒤로 그와 친분이 있어 아르마니 가계의 모든 사연을 알고 있다고 했다. 아르마니가 독신인 이유를 비롯해 후계자 격인 조카딸은 병원에 입원해 있는 형의 딸이라는 얘기, 잔니 베르사체의 형제 간 갈등과 동성 애인인 요리사에 관한 얘기, 알바니아의 마라톤 선수 출신인 오타비오 미소니미소니 브랜드 창시자는 레스토랑에서 만나면 옷을 적어도 세 번은 갈아입는다는 얘기까지…… 귀가 솔깃한 화제가 끝도 없이 쏟아져 나왔다.

　"정말이야? 정말?"

　이렇게 추임새만 넣어주면 계속 들을 수 있는 패션계 야사였다. 너무 황당해서 믿기 힘든 얘기도 있었는데 특히 남자 디자이너와 남자 모델들 간의 애인 계보나 동성애자들의 삼각관계에 얽힌 살인사건 같은 경우가 그랬다. 패션계에 몸담고 있는 나로서도 이탈리아 패션계의 자유분방함에는 기가 질려 슬그머니 거리감이 생길 정도였다. 여자들끼리 모여 수다를 떨면 시간 가는 줄 모르는 법인데 남자와의 수다(정확히 말해 듣기만 하는 거지만)도 이렇게 재미있을 줄은 몰랐다. 애초에 음악과 미술 얘기로 화제를 이끌어가려던 난 베르디의 'ㅂ'도 꺼내보지 못했다.

사실은 이 양반의 수다를 적당한 선에서 자르고 본론으로 들어가자고 은근히 유도해야 했겠지만, 난 단념하기로 했다. 이런 잡다한 이야기 속에서도 알짜 정보를 건질 수 있다는 생각에서였다. 정말 그랬다. 어느 유명 디자이너가 마약을 안 하는지, 요즘 실연당한 아픔으로 밤마다 나이트클럽을 헤매는 디자이너는 누구인지, 또 에이즈 발병설이 나도는 톱디자이너는 누구인지 등등을 듣고는 다음 시즌에 어떤 브랜드가 승승장구할지 미루어 짐작할 수 있었다.

이쯤 되자 이 마당발 양반, 불쑥 "우리, 말 틉시다"라고 한다. 격의 없는 친구로 지내자는 얘기다. 나로선 마다할 이유가 없었다. 업무상 관계를 넘어 친구 사이가 되면 그야말로 만사형통 아닌가. 우리나라 남도 사투리로 "니캉 내캉 남이가너랑 나랑 남이나?" 하는 소리가 있듯이 이탈리아에서도 친구 사이라면 못할 일이 없다. 내 경우, 브랜드 섭외나 관공서 출입처럼 쉽지 않은 일도 친구들에게 부탁을 하면 구렁이 담 넘듯 수월하게 풀리는 경우를 종종 겪었다. 친구 덕을 보니 좋긴 한데 가끔은 '이렇게까지 해줘도 되나?' 싶어 어리둥절하기도 했다. 하지만 도와주던 친구 왈, "친구잖아." 이 한마디로 끝이었다. 친구 사이에선 도와주고 나서 공치사도 없다. 이런 문화의 역효과일까? 이탈리아에서는 공무원들의 부정부패가 연일 뉴스에 오른다.

아무튼 이런 인연으로 친구가 된 마당발 아저씨와 나는 오랜 시간이 지난 지금도 우정을 유지하고 있다. 크리스마스마다 안부 전화를 걸어와, 다 큰 아들들이 어미를 놀릴 정도다.

"친구인데 남자인 거예요, 아님 남자 친구인 거예요?"

이러던 두 아들이 몇 해 전 엄마를 만나러 이탈리아에 왔다가 마당발 아저씨와 함께 저녁 식사를 했다. 그러더니 나에게 슬그머니 유감의 뜻을 표했다.

"아무래도 그냥 친구라는 말이 맞는 것 같네요. 배 나온 아저씨는 엄마 타입 아니잖아요?"

이 녀석들아, 배에서 걸린 게 아니라 수다에서 걸렸다!

스칼라 극장 Teatro alla Scala
　　밀라노 중심가에 자리한 세계적인 오페라 극장으로, 1778년 8월 3일 개관하였다. 제2차 세계대전 때 폭격을 맞아 상당 부분 파괴되었으나 보수 후 1946년 토스카니니가 지휘하는 공연으로 다시 문을 열었다. 2002년 마라오 보타의 설계로 대대적인 보수에 들어가 2004년 재개관하였다. 2001년 부속학교로 스칼라 아카데미(Accademia della Scala)를 설립하였는데, 전공 분야는 음악, 미술, 발레 등이고 정원은 700명이다.

메기 아가리,
매력녀로 거듭나다

이탈리아 출장을 위해 가방을 꾸리는 일은 흥분을 가져다주지만 때로는 번거롭고 귀찮은 일로 전락한다. 단순한 여행이 아니고 항상 무거운 책임이 따르는 일이다 보니 더욱 그렇다. 게다가 나 없을 동안 식구들이 불편하지 않게끔 미리 장을 보고 아이들 숙제를 점검하는 등 집안일을 챙겨놓고는 한밤중이 되어야 짐을 꾸리는 일이 다반사. 그렇게 종종걸음 치며 출장 준비를 하다 보면 은근히 짜증이 나기도 했다.

내공이 약한 나는 체력이 떨어지면 금방 양미간이 좁아진다. 그럴 때

눈치 빠른 남편이 하는 얘기가 있다.

"조금 있으면 예쁘다는 소리 실컷 듣고 올 거잖아. 힘들면 관두든가, 아니면 얼굴 좀 펴고 신나게 다녀오든가."

나름대로 기운 북돋아주려고 하는 말이다.

예쁘다는 소리, 노소를 막론하고 모든 여자들이 듣고 싶어하는 말일 것이다. 사실 난 예쁘다는 소리를 못 듣고 자랐다. 아니 집안에선 오히려 못생겼다는 핀잔(?)을 들은 편이고, 초등학교 땐 마르고 머리통 작다고 친구들한테 놀림을 받기도 했다. 완전히 시대를 잘못 만난 셈이다. 지금은 개성 시대이지만 예전 우리나라 미인의 기준에는 '앵두 같은 입술'이 있었다. 입술이 앵두처럼 작고 도톰하고 발그레해야 미인이라는 얘기인데, 내 입술은 앵두와는 거리가 멀다.

어려서 오빠와 싸운 뒤나 넘어져서 울 때면 어머니가 나를 놀리시며 하는 말씀이 있었다.

"뚝 그쳐. 그렇게 큰 입으로 울면 메기 아가리 된다!"

그래서 어린 시절 나는 외모에 대해 엄청난 콤플렉스를 갖고 있었다. 어쩌면 그런 콤플렉스 때문에 패션디자인과 메이크업을 공부했는지도 모를 일이다.

1985년 겨울, 밀라노로 두 번째 유학을 떠났다. 처음 갔을 땐 패션디자인과 무대의상디자인을 배웠으니 이번에는 의상과 조화를 이루는 메이크업을 배우고 싶었다. 남편과 자식을 두고 혼자 온 유학이니만큼 1분 1초라도 아껴야겠다는 각오였다. 그렇게 5년 만에 찾은 밀라노였다.

두 팔 벌려 반겨주는 친구들과 낯익은 거리를 보는 순간, 가슴이 마구 뛰기 시작했다. 가족에 대한 미안함도, 앞으로 헤쳐나갈 학업에 대한 두려움도 거짓말처럼 사라졌다. 내 안에 방랑기가 있다는 걸 이때 처음 깨달았다.

아침 9시부터 메이크업 과정을 밟고, 오후에는 격일로 공영 텔레비전 방송국에서 의상과 메이크업 연수를 받고, 오후 5시부터는 스칼라 극장으로 가서 공연이 끝날 때까지 무대의상과 메이크업 연수를 받았다. 메이크업 배우러 다니랴, 세계 최고의 오페라 하우스에서 연수받으랴, 그야말로 몸속 세포 하나하나가 살아 움직이는 느낌이었다. 아침부터 저녁까지 어떻게 하면 얼굴에 더 조화롭게 그림을 그릴지에 대해서만 연구하는 생활이었다. 무대 분장을 배우기 위해 분장의 역사와 민족마다 다른 아름다움의 기준을 배웠고, 모델로 나선 학생들의 얼굴에 실습을 했다. 일반 메이크업 시간에는 각자 타고난 아름다움을 포착해서 돋보이게 만드는 방법을 배우면서 나에게 적용해보기도 하였다.

이탈리아 최고의 메이크업 아티스트로 꼽히는 디에고 달라 팔마. 그는 유럽 연예인들이 메이크업을 받고 싶어 안달할 정도로 이름난 실력가였으며, 자신의 이름을 딴 화장품 브랜드도 출시한 사람이었다. 그의 스튜디오에서 메이크업을 배우는 동안 나는 일류 디자이너들의 패션쇼가 완성되는 과정을 직접 보며 참여할 수 있었다. 대학 시절부터 봐왔던 외국 패션 잡지들에 실린 톱모델들, 그들의 환상적인 메이크업이 그의 스튜디오에서 탄생하고 있었다. 패션 디자이너들이 각자 의상디자인 스케치와 콘셉트를 보내오면, 디에고 달라 팔마와 그의 어시스턴트들은 그에 맞는 화장법을 개발해 패션쇼장으로 메이크업 아티스트들을 보내준다. 로코코 풍 의상엔 로코코 식으로, 미니멀리즘 콘셉트엔 거기에 맞게.

지안 프랑코 페레가 중국풍 콘셉트로 컬렉션을 준비할 때였다. 이 스튜디오에서는 중국의 경극 분장을 연구한 뒤 붉은색 아이섀도를 개발해서 모델들의 눈가를 붉게 물들였다. 신기하게도 미인들은 붉은 아이섀도를 해도 운 것 같은 얼굴이 되는 게 아니라 더욱 신비한 분위기가 났다. '미소니'에서 알록달록한 니트 스케치를 보내왔을 때는 그 분위기에 맞는 메이크업을 개발하기 위해 스태프들이 열띤 논쟁을 벌이기 시작했다. 옷 색깔과 같이 알록달록하게 가자는 의견과, 반대로 단순하게 가야 우아하게 완성된다는 주장으로 나뉘었다. 결국은 모델들도 두 그룹으로 나눠서 한쪽은 메이크업을 알록달록하게 해주고 나머지 모델들에게는 마치 색조를 쓰지 않은 듯 메이크업을 해주는 것으로 결정이 났다. 치열한 논쟁 끝에 매우 합리적으로 낸 결론이었고, 패션쇼는 대성공을 거두었다.

이 스튜디오에서는 모델이나 연예인의 메이크업뿐 아니라 일반 고객들의 아름다움도 개발해주었고, 영화계나 패션계로 진출하려는 엔터테이너 지망생들의 스타일도 만들어주었다.

어느 날 사회적으로 저명한 여성이 이곳을 찾았다. 나이가 예순에 가까워 보이는 그녀는 자기 나름의 분위기를 유지하면서 깔끔하게 보이고 싶다고 말했다. 그녀를 어떻게 바꾸어줄지 궁금해진 나는 노련한 메이크업 아티스트의 손길을 숨죽인 채 지켜보았다.

우선 희끗희끗하게 센 머리를 어떻게 하는지 보는데, 디자이너가 그녀에게 이렇게 말했다.

"부인, 자연스러운 멋을 살리기 위해 머리는 이대로 두면 어떨까요?"

흰 머리를 염색하지 않겠다고? 그의 말에 내가 고개를 갸우뚱하자 옆에 있던 어시스턴트가 속삭였다.

"어차피 젊은 사람도 아니고 연륜이 있는 분이잖아. 나이에 맞는 아름다움이 진짜 아름다움이지. 자신만의 자연스러운 멋, 디에고가 매일 강조하는 게 그거 아냐?"

본격적인 메이크업이 시작됐다. 파운데이션을 바르되 마치 바르지 않은 듯 연출했고, 눈썹은 높은 광대뼈의 아름다움을 살리는 라인으로 다듬었다. 이탈리아 사람들이 광대뼈가 나온 얼굴을 아름답다고 하는 것도 이때 알게 되었다. 이어 그녀의 피부 색과 눈동자 색에 어울리는 아이섀도와 립스틱 색깔을 고르고, 그녀의 생활 습관과 즐겨 입는 옷 색깔을 물어보기도 하면서 작업이 진행되었다.

드디어 완성. 거울 앞에 선 그녀의 모습은 이곳에 들어서던 서너 시간 전 모습과는 확연히 달랐다. 한결 더 지적이고 우아한, 거기에 관록 있는 품위까지 겸비한 중년의 여인이 거기에 서 있었다. 오랜 세월 동안 경험을 쌓은 사람에게서만 풍겨나는, 누구도 쉽게 흉내 낼 수 없는 세련미의 정수, 바로 그것이었다. 난 그제야 왜 이탈리아에서는 중년이 넘은 사람들이 염색을 잘 하지 않는지 알았다. 무리하게 젊어 보이려 하다가는 품위도 잃고 오히려 경박해 보일 수 있다. 젊게 사는 건 항상 새로움을 추구하는 열린 사고와 당당히 살아가는 정신의 문제이지, 흰머리를 감추고 주름을 제거하는 차원이 아니라는 것을 새삼 깨달았다.

10대 후반의 생기발랄한 모델 지망생이 찾아왔을 때는 풋풋한 젊음이 최대한 돋보이도록, 하지만 일부러 꾸미지 않은 듯 세심하게 연출하던 요술쟁이 아저씨. 그는 피부를 표현할 때 파운데이션을 발라도 마치 맨얼굴인 듯 보여야 성공한 메이크업이라고 강조했다.

짧은 유학 기간이 끝나갈 즈음, 디에고가 내게 멋진 선물을 예고했다.

"내일은 너를 변신시켜주마."

다음 날 난 두근거리는 마음으로 디에고 앞에 앉았다. 동료들도 들뜬 표정으로 나를 에워싼 채 서 있었다. 디에고의 설명이 시작됐다.

"안젤라는 해부학적으로 동양인의 전형적인 두상이 아니야. 육감적인 입술이 가장 큰 매력이고."

육감적이라는 말에 익숙지 않은 나는 얼굴이 확 달아올랐다. 그런데 여기저기서 "맞아, 맞아, 그게 안젤라의 매력이야" 하며 맞장구를 치는 게 아닌가. 세상에, 나의 콤플렉스가 나의 매력이라니!

"동양인 특유의 투명한 피부와 가늘고 긴 눈*, 안젤라만의 육감적인 입술을 강조하는 것으로 특징을 살려주면 완성이다."

도대체 내 큰 입과 작은 눈을 어떻게 조화시켜주려나? 잠시 후, 다 됐다며 내 어깨를 톡톡 치는 손길에 눈을 뜨고 거울을 바라보았다. 거울 속에는 화장을 전혀 하지 않은 듯 보이지만 눈 꼬리는 더 선명하게 위로 올라가 있고 입술은 더 도톰해진, 이국적인 동양 여자가 있었다. 아, 이런 얼굴이 요술쟁이 아저씨가 생각하는 내 매력이구나! 주위의 동료들이 예쁘다며 양볼에 입을 맞춰주고 난리를 쳤다.

지금과 달리 1970년대 후반에는 이탈리아에서 볼 수 있는 동양인이라고는 일본인 관광객 외에는 거의 없었다. 이탈리아 사람들은 실제로 동양 여자를 본 경험이 흔치 않으니 나이를 잘 가늠하지 못했다. 심지어 내 나이를 17, 18살로 보고 우리 부부를 남매로 착각하는 사람들도 있었다. 이런 이유로 특히 주변 남자들이 대단한 호기심을 보였는데, 만나면 으레 하는 첫마디가 "케 벨라Che bella, 아유 예뻐라!"였다. 이렇게 말하면서 하는 제스처가 있다. 양 손 집게손가락을 눈 꼬리에 대고 위로 올리는 시늉을 하는 것.

이탈리아는 입이 크기로 유명한 배우 소피아 로렌의 나라 아닌가. 나는 전형적인 동양 여자의 눈과 이탈리아 사람들이 좋아하는 큰 입을 갖고 태어난 덕분에, 어렸을 땐 못 듣던 예쁘다는 말을 이탈리아에서 실컷 들었다.

언제부터인가 우리나라에는 성형 열풍이 불고 있다고 한다. 예뻐지려는 욕구야 선사 시대부터 존재했으니 당연한 것이겠지만, 자신의 개성과 나이에 걸맞은 자연스러운 아름다움을 살리는 것이 현명하지 않을까? 동양인에겐 동양인의 멋이 있는 법이니까.

동양인의 가늘고 긴 눈, 오키 아 만돌레 Occhi a Mandorle
이탈리아 사람들은 동양인의 눈이 아몬드 열매처럼 갸름하게 생겼다는 뜻으로 '오키 아 만돌레'라는 말을 쓴다. 찬사의 의미를 담고 있다.

이탈리아의 결혼 풍속도

전화 벨이 울렸다. 늦은 아침, 서너 달간의 밀라노 출장에서 돌아와 쌓인 우편물을 정리하고 있을 때였다. 수화기를 드니, 어떤 여자가 결혼상담소 소장이라고 자신을 소개한다. 다름 아닌 우리 아들의 혼사 문제로 전화를 했다는 것. 요컨대 우리 아들에게 어울리는 '조건 좋은 규수'가 아주 많은데 어떤 며느리를 원하느냐는 얘기였다.

나는 아연실색했다. 우선 내가 알지도 못하는 사람이 우리 집 전화번호를 알고 있다는 사실에 놀랐다. 다음은 나를 설득하려는 그녀의 태도였다. 아니, 설득이 아니라 훈계라고 하는 편이 맞겠다. 그녀는 '며느리에 대한 기준이 없으면 안 된다. 결혼은 인륜지대사이므로 어머니가 중심을 갖고 잘 선택해야 한다. 아들만 좋다고 해서 능사가 아니다. 혹시 사귀는 아가씨가 있다면 조건이 어떤지?' 하는 말을 늘어놓았다.

이날은 종일 머리가 뒤죽박죽인 기분이었다. 그러다 며칠 전 밀라노에 머무르는 동안 참석했던 결혼식이 떠올랐다. 그 결혼식은 30년 전 밀라노의 아파트 옆집에 살던 부부가 초대한 것으로, 그때 8살짜리 꼬마였던 아들 발렌티노가 주인공이었다. 꼬마 발렌티노가 어느새 훌쩍 자라 지금은 레스토랑에서 요리사로 일하고 있단다. 신부는 변호사라고 했다.

발렌티노의 아버지는 우리가 밀라노에 살 당시에는 영주의 성을 개조한 박물관으로 유명한 스포르체스코 성의 수위였다. 지금은 은퇴해서 평생 주부로 살아온 부인과 연금으로 편안한 노후를 즐기고 있다. 신부의 아버지는 엔지니어, 어머니는 초등학교 교사였다. 역시 두 분 다 은퇴해서 복지국가의 혜택을 만끽하고 있다.

만약 우리나라 중매쟁이한테 이런 조건을 내밀면 뭐라고 할까? 아마 여자 쪽에서 손해(?) 보는 결혼이라고 말하지 않을까. 그러나 이들 양가 부모의 반응은 전혀 달랐다. 자녀가 결혼을 한다는 사실만으로도 감격했다. 물론 여느 이탈리아 부부들이 그렇듯, 두 남녀는 긴 약혼 기간을 보냈다(그들에게 약혼 기간이라는 것은 현실적으로 동거를 포함한 말이다). 두 집안의 어느 누구도 당사자들이 좋아서 결정한 결혼에 대해 토를 다는 일은 없었다.

거기다 신부의 어머니가 하는 얘기에 나는 감동까지 받았다.

"우리 딸은 참 다행이에요. 어려서부터 요리 같은 집안일엔 관심이 없고 공부하는 것만 좋아했는데, 사위가 요리를 잘하고 가정적이니 얼마나 좋아요? 우리 딸에게 정말 잘 어울리는 배우자예요. 법원에서 일하다가 피곤한 몸으로 집에 오면, 발렌티노가 출근하기 전에 준비해놓은 파스타를 먹는대요. 그 순간이 제일 행복하다나요?"

내 딸이 좋아하고 내 딸을 행복하게 해주는 배우자가 좋은 배우자인 것이다.

배우자를 이탈리아 말로 '콘소르테consorte'라고 한다. 여기서 'con'은 '함께'라는 말이고 'sorte'는 운명을 뜻한다. 곧 운명을 함께하는 존재가 배우자라는 뜻이다. 이런 정의를 되새기면 결혼의 의미가 묵직하게 다가온다.

그래서인지는 모르지만 "21세기의 결혼"이라는 제목의 특집 기사를 보니 이탈리아에서는 이혼율이 감소하고 있다고 한다. 왜냐하면 애초에 결혼을 하지 않기 때문이란다. 이혼율과 결혼율, 출산율이 감소하는 사회, 뿐만 아니라 경제성장률도 감소하는 사회가 21세기의 이탈리아다. 이 말 속에 이탈리아의 사회상이 담겨 있다고 해도 과언이 아니다.

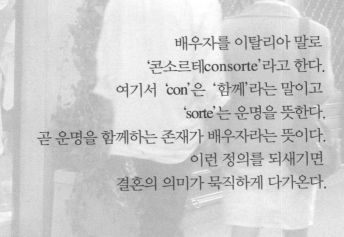

배우자를 이탈리아 말로
'콘소르테consorte'라고 한다.
여기서 'con'은 '함께'라는 말이고
'sorte'는 운명을 뜻한다.
곧 운명을 함께하는 존재가 배우자라는 뜻이다.
이런 정의를 되새기면
결혼의 의미가 묵직하게 다가온다.

한편, 결혼을 할 때도 성당에서의 결혼식은 기피한다. '하느님 앞에서 영원한 약속'을 하는 바람에 나중에 혹시라도 이혼할 때 복잡한 절차교황청에서 허락을 받아야 함를 밟아야 하기 때문이다. 그래서 모든 것이 간소한, 즉 나중에 이혼도 간편하게 할 수 있는 시청에서의 결혼식을 선호한다. 그리고 결혼한 뒤 사랑이 식었다고 해도 대개는 곧바로 이혼하지 않고 별거에 들어간다. 위자료가 남자에게 불리한 쪽으로 법 개정이 되었기 때문이다. 남편은 이혼 후 전처가 재혼하기 전까지는 생활비를 주어야 한다. 물론 자녀 양육권은 엄마 쪽이 우선이다. 이런 상황이기에 이혼 대신 별거만 하는 게 대세다. 위자료가 무서워서 이혼을 못한다, 아니 아예 결혼을 안 한다는 말이 맞다. 그전엔 가끔 해외 토픽을 보면 결혼을 앞둔 연예인들이 미리 이혼 위자료를 정해놓고 결혼한다는 얘기가 나와 재미있어 했는데 이젠 일반적인 일이 된 것이다.

결혼하지 않고 약혼자 사이로만 20년가량 지내다 헤어지는 커플에게 그 이유를 물어보았다. 그들은 속담을 인용하는 것으로 답을 대신했다.

"맞지 않는 동반자와 가느니 혼자 가는 인생길이 편하다."

이탈리아는 남부와 북부 간에 문화 차이가 크다는 얘기를 했는데, 결혼에 대해서도 마찬가지다. 남부에서는 아직도 결혼을 원하는 여성들이 많다. 그것도 공주 같은 옷을 입고 왕자 같은 남자와 성당에서 화려한 결혼식을 올리고 싶어한다. 북부 사람들보다 감성적이어서 그런지 신앙심도 표면적으로는 남부 사람들이 더 깊다.

그런데 실업률이 워낙 높다 보니 남부 역시 결혼율이 높은 편은 아니다. 남자들이 결혼을 하고 싶어도 가족을 부양할 능력이 없어서 못한다. 부모의 연금에 기생해 사는 캥거루 족이 많아 생겨난 사회 현상이다. 그래도 북부보다는 수요가 있는 편이라 남부에서는 웨딩드레스 숍을 쉽게 볼 수 있다. 반면 북부에서는 이제 웨딩드레스 숍조차 거의 찾아보기 어렵다.

결혼 문화가 없어지는 대신 자유로운 독신을 택하거나 장래를 기약하지 않는 동거 형태, 아니면 부모와 함께 살면서 이성과는 연인 관계만 유지하는 경우가 허다하다. 참고로 이탈리아에서도 20~30년 전엔 결혼 전의 동거나 임신을 탐탁지 않게 여겼다. 하지만 이제는 아무도 혼전 동거나 임신에 대해 말하지 않는다. 나아가 얼마 전엔 집 없는 미혼모에게 시市에서 임대 아파트 우선권을 주는 법안이 가결됐다고 들었다.

결혼을 해도 배우자에게 다른 사람이 생겼다고 언제 통보받을지 알 수 없는 21세기 결혼 풍속도. 이렇듯 불확실한 시대를 살아서일까? 요즘 이탈리아 사람들은 유난히 외로움에 시달린다. 그 덕을 보는 업종이 바로 애완동물 가게와 요식업이다. 어스름한 저녁 무렵 어느 골목에나 있는 바bar와 에노테카*에 가보면 알 수 있다. 아무리 불황이 닥쳐도 항상 만원이다. 식전술을 홀짝거리는 남녀 커플들이 곳곳에 앉아 있다. 결혼해서 가정을 이룬 성인이라면 종종걸음으로 집에 돌아갈 시간에, 연인들 혹은 미래가 불확실한 동거를 하는 커플들이 주를 이룬다. 이런 커플들의 대화에 귀를 기울여 보면 서로는 '아모레amore, 사랑'라고 부르는데, 다른 사람에게 소개할 때는 친구 혹은 동반자, 동거인을 뜻하는 '콤파뇨compagno, 남성일 경우'나 '콤파냐 compagna, 여성일 경우'라고 말한다.

식당의 경우 리스토란테*나 트라토리아*나 오스테리아*, 어디를 가든 일반 손님들 가운데서 눈에 띄는 두 부류를 볼 수 있다. 한 부류는 별거하거나 이혼해 파트너가 없는 남자들. 그들이 단골 식당 구석 자리에 앉아 쓸쓸하게 식사를 해결하는 광경이다. 또 한 부류는 중년의 나이에 걸맞지 않게 들뜬 얼굴과 눈빛으로 서로 손을 잡거나 식사 도중에도 가벼운 입맞춤을 나누는 이른바 '닭살 커플'들이다. 이들은 배우자와 이혼하거나 별거한 뒤 만난 파트너와 온 사람들이다.

오랜 지인의 딸이라 나를 '이모'라 부르는 아가씨는 애완견과 사는 독신 생활을 고집한다. 그녀는 결혼도, 동거도 하지 않는 이유를 이렇게 말한다.

"'그란데 아모레grande amore, 위대한 사랑'가 아니면 지금 이대로가 나는 더 좋아."

이탈리아 여자들에겐 '그란데 아모레'에 대한 강박증이 있다. 어디 이탈리아 여자뿐이겠는가. 위대한 사랑이란 모든 여자의 꿈일 것이다. 만나기가 하늘의 별 따기라 문제지.

그런데 한번은 예기치 못한 곳에서 위대한 사랑을 발견했다. 몬테나폴레오네 거리와 델라스피가 거리는 남자 모델들이나 디자이너들을 둘러싼 복잡한 연애설, 아니면 연예인과 부자들 간의 가볍디가벼운 스캔들로 가득 찬 동네다. 그 속에서 만난 사랑 이야기이다 보니, 마치 진흙탕 속에서 핀 연꽃을 만난 듯한 느낌이었다. 사실 그녀의 위대한 사랑보다 그녀가 결혼 전에 집에서 받은 신부 수업에 관한 이야기가 더 인상적이었다.

나의 오랜 친구 니콜레타 델 리오는 세계 최고의 가죽 제품을 판매하는 회사에서 디렉터로 일하고 있다. 1949년 6월생이니 우리 식으로 따지면 예순 넘은 중늙은이다(그녀가 들으면 눈을 흘기며 펄쩍 뛰겠지만). 태어난 곳은 베네치아, 첫사랑 남자와 1972년에 결혼했으니 올해로 결혼 생활 37년째를 맞는다. 역시 베네치아 출신인 남편은 이탈리아의 유명한 자동차 회사에서 일하다 이제는 은퇴하고 아침저녁으로 부인의 출근길 기사 노릇을 하고 있다. 그와의 사이에 건축을 전공한 34살짜리 아들이 있다.

그녀는 16살에 친한 친구의 소개로 지금의 남편을 만나 1년 만에 사랑에 빠졌다. 그리고 6년 후 어머니께 결혼하겠다고 말씀드렸다. 그 때부터 어머니가 딸에게 한 교육은 우리나라 어느 명문가의 신부 수업보다도 혹독한 것이었다. 평소 딸들에게 "항상 좋은 속옷을 갖춰 입어라. 만에 하나 갑자기 사고라도 나서 응급실에 실려 갈 경우, 사람들이 너를 평가할 기준이 뭐겠니?"라고 교육해온 어머니의 신부 수업은 6개월에 걸쳐 진행되었다고 한다. 결혼의 의미는 무엇이며 가정을 어떻게 꾸려가야 하는지 차근차근 가르치고 훈련했다. 대청소하는 방법, 다리미질, 빨래, 침대 정리하기 등으로 이어진 신부 수업은 당신이 일일이 손으로 적어 만든 요리책의 모든 메뉴를 익히는 것으로 끝났다.

지금도 가끔 어머니의 요리책을 꺼내놓고 요리를 하다 보면 어머니가 고맙고 그리워서 눈물이 난다는 니콜레타. 그녀는 돌아가신 어머니의 유품을 정리하다가 어머니의 다이어트 노트와 비상용 트렁크를 발견했다. 다이어트 노트에는 평생 동안 매일 같은 시간에 체중계에 올라 관리했던 기록이 있었고, 불의의 사고로 입원할 것에 대비해 마련한 트렁크 안에는 필요한 물건들이 정갈하게 담겨 있었다.

나는 그녀가 받아온 가정교육에 대해 들으며 감탄사를 연발하느라 입을 다물 수가 없었다. 정직해야 한다, 열심히 살아야 한다, 자신을 존중해야 한다 등등……. 어느 나라, 어느 시대, 어느 상황에서도 필요한 덕목이 기본을 이루고 있었다. 그녀가 2, 3년 견뎌내기도 힘든 살얼음판 같은 분야에서, 그것도 같은 회사에서 24년 동안 디렉터로 장수할 수 있는 비결도 결국 이런 철저한 가정교육 덕분이 아니었을까.

더욱 놀라운 건, 그녀는 지금의 남편을 다시 만날 수만 있다면 몇 번이라도 같은 삶을 살 수 있다고 말한다. 36년간 하루도 빠짐없이 아침 일찍 일어나 모닝 키스로 부인을 깨우고 커피를 뽑아서 침대로 대령해주는 남자

(이탈리아에서는 커피를 뽑아서 대령하는 행동으로 애정을 가늠한다). 그녀의 남편 자랑은 끝이 없다. 물론 그녀도 어머니에게서 배운 대로 좋은 부인, 좋은 어머니가 되기 위해 노력을 아끼지 않는다.

이 부부는 좋은 관계를 오래도록 유지하는 비결이 상대방에 대한 신뢰와 배려에 있다는 사실을 몸소 보여주었다. 우리도 언제 변할지 모르는 조건이나 피상적인 감정이 아니라, 결혼하라며 무작정 자식의 등을 떠밀 것이 아니라, 인생의 다양한 의미와 진정한 배우자를 찾는 법을 가르쳐야 하지 않을까? 또한 기성세대는 합리적인 개인주의가 때로 얼마나 평화로운지를 깨달아야 한다.

에노테카enoteca
와인과 간단한 안주를 파는 와인 전문점. 우리나라의 와인 바와는 조금 성격이 다르다. 식사 종류는 거의 팔지 않는다. 저녁 때 집에 돌아가기 전 잠깐 들러 식전술을 마시며 요기를 하는 곳이다. 와인 한 잔에 올리브나 살라미, 치즈 등 간단한 안주를 곁들인다.

리스토란테ristorante
레스토랑. 가장 고급 음식점을 일컫는다.

트라토리아tratoria

리스토란테보다 소박한 식당으로, 주로 가정식을 먹을 수 있는 곳이다. 대중적인 식당이라고 보면 된다.

오스테리아osteria

예전에는 우리의 주막 같은 허름하고 값싼 식당을 뜻했다. 성지를 찾아 순례하는 사람들을 위해 간단한 잠자리와 아침저녁 식사를 제공하는 숙박업에서 유래했다. 지금은 간혹 100년 이상 된 오스테리아가 아주 고급 요식업소로 탈바꿈한 경우도 있지만, 대개는 가장 저렴한 식당을 뜻한다.

빈티지의 원조를 아시나요?

한국 사람은 유난히 귀소 본능이 강하다고들 한다. 그래서일까? 누가 시킨 것도 아니고 스스로 결정해서 간 밀라노이지만, 거리 곳곳을 거닐 때마다 서울 거리를 연상하곤 한다.

'아, 이 거리는 서울로 치면 명동이구나.'

'여긴 종로네.'

'응, 여긴 청담동.'

'어머, 여긴 인사동쯤 되겠다.'

이런 식으로 밀라노 거리에 서울 거리 이름을 붙여가며 돌아다니길 즐긴다.

서울보다 훨씬 일찍부터 옛 거리를 보존해왔기에 인사동이나 가회동보다 옛 모습을 더 잘 간직한 도시가 밀라노이다. 밀라노 서남쪽에 위치한 나빌리오naviglio, 항해가 가능한 수로는 서울의 청계천이나 사진에서 본 옛날 마포 나루 같다. 실제로 500년 전 두오모 성당을 지을 때 이 수로를 통해 대리석을 운반했다고 한다. 시내 중심에서 조금 벗어나서인지 20년 전까지는 수로 양쪽에 형성된 집들이 주로 작은 공장이나 창고, 골동품 수리소 등으로 쓰였고 가격도 무척 헐값이었다. 그런데 10년 전쯤부터 마치 뉴욕에서처럼 디자이너나 아티스트들이 공장을 스튜디오로 개조하는 바람이 불었다. 그러더니 이제는 집값이 천정부지로 오르고 유명한 음식점과 바, 클럽들이 많이 생겨나 관광명소로 바뀌어가고 있다.

밀라노에서 내가 제일 즐겨 걷는 길은 '밀라노의 종로'라 할 수 있는 '코르소가리발디Corso Garibaldi, 이탈리아의 통일 영웅 가리발디 장군을 기념한 거리'이다. 종로가 인사동과 연결되듯이 이 거리도 밀라노의 인사동인 브레라 거리와 이어져 있다.

30년 전 처음으로 이곳에 발을 디뎠을 때의 감흥이 아직도 생생하다. 어렸을 적 달력 사진에서 본 유럽 풍경과 대학 시절 서양복식사를 배울 때 책에서 본 거리가 거기에 있었다. 시간을 거슬러 200년 전 과거로 간 느낌이었다. 브레라 거리는 유서가 깊다. 제2차 세계대전 때 폭격으로 무너진 자리에 다시 세운 현대식 건물 한두 채를 빼놓고는 12~13세기에 지은 로마네스크 양식의 성당과 1900년대 초에 개업했을 법한 바와 리스토란테, 골동품 상점, 오래된 부티크들이 즐비하다. 지나다니는 사람들만 없다면 그대로 옛날 거리이다. 일교차가 심해 안개가 많이 끼는 늦가을이면 이 거리를 걷고 싶어 몸살이 날 지경이었다.

지금도 같은 모습으로 나를 맞아주는 거리. 그런데 이제는 안개 때문만이 아니라 '고물에 미친 남자'를 만나러 자주 찾는다. 그가 모아놓은 온갖 잡동사니들이 뿜어내는 독특한 냄새를 맡으러.

대학에서 의상디자인을 전공할 때부터 늘 궁금한 게 있었다. 해마다바뀌는 유럽 패션의 유행 경향은 어디서 누가 결정할까? 어디서 누가 결정을 하기에 유럽에서 다음 해의 트렌드가 나오면 온 세계가 따라가나? 그때는 어떤 교수님도 속 시원한 답을 주지는 못했다. 나중에 밀라노에 유학 가공부하면서 이론적으로는 풀렸지만 그다지 명쾌하지는 않았다. 이탈리아에는 패션위원회가 있는데 여기에는 패션 전문가들, 직물 회사의 CEO, 패션 컨설턴트, 사회학자, 디자이너들이 참여한다. 이 위원회에서 2년 뒤의유행 경향을 결정하고, 이보다 2년 앞서 나일론으로 유명한 듀퐁 사의 스튜디오에서 전체적인 윤곽을 잡는다고 배웠는데…… 큰 흐름은 그렇게 변해가지만 세부 디자인은 어떤 방식으로 정해지는 건가?

이런 의문을 해결해준 사람이 앞서 말한 '고물에 미친 남자' 다. 그의 이름은 프랑코 이아카시. 밀라노의 종로와 밀라노의 인사동이 만나는 사거리 3번지에 그의 창고 겸 스튜디오가 있다. 그곳에는 200년 전의 의상과 단추에서부터 100년 전의 장갑, 핸드백, 양산, 베르사체나 돌체앤가바나의 액세서리, 구두, 핸드백, 직물, 그리고 옛날 패션 잡지와 직물 정보지 등에 이르기까지, 말하자면 고물이자 보물들이 가지런히 정리되어 있다.

프랑코 이아카시는 1960년대 말 대학에서 사회학을 전공했다. 학생 운동을 하다 예술에 대한 관심으로 현대 미술품을 다루는 화랑을 열었다. 하지만 좋은 그림을 보는 안목과 화가를 발굴하는 재주는 있었으나 고객을 유치하는 재주는 신통치 않아 화랑을 정리했다. 그 뒤 고서점을 운영했는데 이때 세계적인 캐시미어 회사인 로로피아나의 사장 세르지오와 인연을 맺었다.

1970년대 말, 세르지오가 전시를 준비하기 위해 의상의 역사에 관한 연구를 그에게 의뢰해왔다. 프랑코는 이때 의뢰받은 연구를 진행하다가 그만 옛날 의상과 사랑에 빠져 패션계로 발을 들여놓게 된다. 원래 예술에 관심이 많았던 데다 패션도 예술의 한 범주라고 생각했던 그는 흥미를 갖고 세르지오가 부탁한 연구를 열심히 진행해나갔다. 그 덕분에 전시는 대성황을 이루었다고 한다.

이때부터 그는 낡은 물건 사냥에 나섰다. 파리와 제네바, 리옹프랑스의

^{직물 도시} 등지를 순회하며 오래된 레이스와 단추와 특수 직물 등 과거 문화의 냄새를 맡을 수 있는 것은 모두 표적으로 삼았다. 눈에 띄는 대로 사들이기 시작한 수집은 그의 표현대로 "광기와 강박과 집착"에 가까운 것으로 발전해나갔다. 망해가는 의류 회사에서 단추나 레이스를 구입해 차에 가득 싣고 돌아올 때는 개선장군이 된 느낌에 사로잡혔고, 어디서 낡은 옷이나 장신구가 나왔다는 정보를 얻으면 흡사 연인을 만나러 달려가듯 정신없이 달려가 물건을 손에 넣어야만 두 다리 뻗고 잠을 잘 수 있었단다.

이렇게 빠져든 과거로의 여행은 어느새 그의 삶이 되었고, 1984년에 지금의 장소를 빌려 본격적으로 활동을 시작했다. 그때 스튜디오에 붙인 이름이 '빈티지Vintage*'였다. 패션 하우스의 역사가 짧아 자신의 스튜디오에 오래된 자료가 없는 미국의 디자이너나 이탈리아에서 각광받는 신인 디자이너들이 프랑코 이아카시의 소문을 듣고는 문턱이 닳도록 이곳을 드나들었다.

미국 대통령 취임식에서 퍼스트레이디 의상을 가장 많이 담당한 오스카 드 라 렌타를 비롯해 캘빈 클라인, DKNY를 설립한 도나 카렌, 마크 제이콥스, 구찌의 실장을 지낸 톰 포드 등이 미국의 단골 디자이너였다. 영화배우로는 안젤리나 졸리의 코디네이터가 사실적인 의상을 찾기 위해 프랑코의 스튜디오를 자주 찾았다. 또 일본의 거대 기성복 회사도 그의 단골이다. 이토츠, 다카시마야, 이세탄 백화점의 스태프들이 프랑코의 단골 고객

리스트에 올라 있다. 그의 스튜디오에서 조수 역할을 하는 아가씨도 일본인이다. 물론 이탈리아의 디자이너들은 수시로 그의 스튜디오를 찾아와 그가 모아놓은 각종 부품에서 아이디어를 얻는다. 200년 역사를 아우른 그의 단추 컬렉션은 작은 박물관을 설립해도 될 정도다. 아닌 게 아니라 자칭 '고물 미치광이'인 이 양반은 단추 역사를 다룬 책도 여러 권 펴냈다.

세계 각국의 디자이너들이 짧게는 10년 전, 길게는 200년 전의 자료를 이 스튜디오에서 구입해 당대의 감성에 맞게 재창조한다. 유행은 돌고 도는 것으로, 복잡한 스타일 다음엔 단순한 것이 나오고, 현대적인 디자인 다음엔 고전적인 것이, 로맨틱 스타일이 유행한 후엔 극단의 미니멀리즘이 나오게 마련이다. 소비자들이 하루빨리 기존 유행에 질리기를 바라며 다음 유행을 제시하려 전전긍긍하는 것이 패션 산업의 속성 아니겠는가.

프랑코 이아카시는 이렇듯 정신없이 변화하는 유행에 자양분을 제공하는 일에 자신의 전부를 바친 사람이다. 그를 만나러 밀라노의 종로를 걸어갈 때마다 생각한다. 서양의 빈티지 콘셉트란 결국 동양의 '온고지신溫故知新'이 아닌가 하고.

최근 몇 년 동안 복고풍이 유행할 때 그의 스튜디오는 그야말로 눈코 뜰 새 없이 바빴다. 그가 수집한 액세서리는 때로 낡은 것 그대로 유명 패션 잡지의 화보 속 모델의 가슴에 얹혔고, 때로는 고가의 샘플로 팔려나가 디자이너에게 영감을 불어넣어 주었다.

이 양반은 가끔 내게 조언을 한다. 다른 건 몰라도 옷장만큼은 큰 것으로 장만하라고. 입다가 싫증나도 버리지 않고 잘 보관해두면 몇 년 후 또 진가를 발휘할 때가 올 테니까. 돌고 도는 유행의 주기만 잘 파악하면 되는데, 이것 역시 옛것을 알고 있으면 아무 걱정이 없단다.

다행히 복고풍이 유행하면 이 스튜디오는 분주하지만, 그렇지 않을 땐 찾는 이가 없이 고물 냄새만 가득하다. 몇 달 전 오랜만에 찾아간 나에게 그는 농담처럼 슬쩍 속내를 비쳤다. 평생을 바쳐 모아들이고 자식처럼 다듬은 것들, 그래서 다시 빛을 발하게 해주고픈 것들이 자기가 원하는 만큼 제 역할을 못하고 말 것 같아 회의가 든다고 했다.

"친구야, 만일 내가 그 옛날에 같은 돈을 주고 미술품을 사 모으기 시작했다면 어떻게 되었을까? 아니, 옷에 관련된 골동품이 아니라 가구 같은 것을 사 모았더라면 어떻게 되었을까? 만약 이브생로랑의 이브닝 가운을 사는 대신 전도유망한 작가의 추상화를 한 점 사는 식으로 투자를 했더라면 대단한 자산가가 돼 있겠지?"

그의 얼굴에 얼핏 회한의 그림자가 스쳐 지나갔다. 그는 항상 열정을 갖고 일해왔기에 후회하지는 않지만, 농담처럼 사회학을 엉터리로 전공한 탓에 패션도 예술로 승화시킬 수 있을 거라고 오판한 대가가 너무 크다는 말도 했다.

난 그냥 듣고만 있을 수가 없었다.

"그랬다면 패션 트렌드에 빈티지 콘셉트가 아예 없었겠지. 자기 철학을 갖고 매진한 네 삶을 난 존경해. 더구나 지구 온난화로 재활용운동이 어느 때보다 활발한데, 얼마나 멋진 작업을 해온 거야? 바로 지구를 구하는 작업을 하고 있잖아. 그거야말로 사회학자가 해야 할 일 아냐? 돈이 꼭 보람과 긍지를 가져다주는 건 아니잖아!"

오래된 것이라면 무조건 좋아하는 나는 이 양반이 트렌드가 바뀌어 의기소침해질까 봐 겁이 났다. 그에게 용기를 북돋아주려고 온갖 찬사를 동원했다.

시간이 많이 흘러 자리에서 일어나려는데 전화 벨이 울렸다. 어느 톱 디자이너의 스튜디오에서 걸려온 전화였다. 다음 시즌 컬렉션에 20세기 초 체크무늬 패턴을 주된 모티브로 잡고 싶은데, 옛날 체크무늬를 모아놓은 게 있느냐는 내용이었다. 순간, 이 양반 얼굴이 확 피어났다. 우리는 그거 보라며 손바닥을 마주쳤다.

과거 없는 현재나 미래는 없다. 더구나 패션은 예술이 아니다. 인간의 신체 위에 걸치는 기술일 뿐이다. 멋있고 아름다울수록 빛을 발하는 기술이다. 멋있고 아름답게 만들기 위해 복고나 빈티지 같은 과거 회귀 트렌드와 재활용운동이 활발히 전개되었으면 좋겠다. 그래서 고물에 미친 아저씨의 고물이 언제까지고 보물 대접만 받았으면 좋겠다.

빈티지vintage

　빈티지는 원래 와인의 생산 연도를 뜻한다. 하지만 오래된 와인이 곧 좋은 와인이라는 등식이 생기면서 이제는 '빈티지' 하면 낡아서 좋은 것을 가리키는 개념으로 자리 잡았다. 즉 빈티지 패션은 오래된 느낌과 독특한 멋을 풍기는 것을 가리킨다.

체질이 다르면 문화도 다르다

밀라노에서 맞은 첫해 겨울, 어느 일요일이었다. 나는 여느 일요일과 마찬가지로 성당 미사에 참석했다. 그런데 강론을 하던 신부님이 주머니에서 손수건을 꺼내더니 "패앵!" 하고 코를 풀었다. 콧물만 닦는 것도 아니고 살짝 푸는 것도 아닌, 성당이 울리도록 세게 푸는 모습에 난 깜짝 놀라서 그만 웃음이 나왔다. 그러고는 주위를 둘러봤는데 다른 사람들은 아무 일도 없었다는 듯 태연한 표정으로 앉아 있었다.

　나중에 안 일이지만 이탈리아, 특히 북부에서는 언제 어디서든 코를 푸는 건 실례가 아니었다. 덕분에 지금은 아무리 맹렬하게 코를 푸는 사람을 봐도 그때처럼 놀라지는 않지만, 마음속까지 태연하진 못하다. 거기다 코 푼 다음에 보이는 행동은 아직도 적응이 안 된다. 그들은 코를 푼 손수건을 다시 잘 접어 넣지 않고 아무렇게나 구겨서 주머니에다 쑤셔 넣는다. 한두 사람이 그러는 게 아니라 모든 이탈리아 사람들의 습관이 이렇다. 그 다음에 꺼낼 땐 꾸깃꾸깃한 채로 다시 코를 푼다. 자기 콧물이라 괜찮다는 건가?

1978년 가을, 우리 부부는 모처럼 한적한 바에서 샌드위치로 점심 식사를 한 뒤 휴식을 취하고 있었다. 근처 미술관에서 전시를 관람하고 온 터라 남편은 미술관 카탈로그를 들춰보고 있었다. 그러다 남편이 무심결에 큰 소리로 트림을 했다. 그때까지 그렇게 크게 트림을 한 적도 없을뿐더러 공공장소에서 트림하는 것이 큰 실례인 줄도 몰랐다. 당연히 아무렇지도 않게 앉아 있는데, 웨이터와 모든 손님들이 우리를 쳐다보는 것이 아닌가! 그것도 아주 어처구니없어 하는 표정으로 말이다. 하지만 영문을 몰랐던 우리는 그들이 인종차별을 하는 건 아닌가 싶어 약간 주눅 든 채 바에서 나왔다.

몇 달 뒤, 가까운 동네에 살아 친해진 이탈리아 친구 집에 초대를 받아 갔다. 푸짐한 저녁 식사를 마칠 무렵, 그 집 아저씨가 얼떨결에 트림을 했다. 그러자 두 딸이 펄펄 뛰며 소리를 질러댔다.

"아빠, 돼지 창자같이……!"

그러지 않아도 이미 아저씨는 얼굴이 벌게져서는 어쩔 줄 몰라 했다.

우리는 왜 그러는지 물어보았다. 설명은 간단했다. 정성을 다해 음식을 차려준 사람 앞에서 트림을 하는 건 소화가 안 됐다는 의미이니 큰 실례라는 것. 그런데 왜 돼지에다 비유하느냐고 했더니 "돼지가 꿀꿀대니까"란다.

이렇게 트림은 금기시되는 사항이었다. 결국 뭐든지 먹으면 즐겁게 소화를 잘 시키라는 얘기겠지. 사실 나의 남편은 서양 음식이라면 아무리 훌륭한 대접을 받았더라도 집에 와서 꼭 국에다 밥을 말아 김치 한 점이라도 먹어야 하는 토종 한국인 체질이다. 그러니 자신의 표현대로 '빵 쪼가리에 이것저것 끼운 것'이 부드럽게 소화가 되지 않았던 모양이다.

그 뒤로는 섭생에 좀 더 신경을 썼다. 또 실수할지 모르니까. 그런데 토양이 다르고 음식의 재료도 다른 타향에서 토종 한국인 체질에 맞는 식재료를 찾아내기란 쉽지 않았다. 지금과 같은 한국 식품점은 꿈도 못 꾸던 시절, 슈퍼마켓에 산처럼 쌓인 먹을거리를 뒤져보던 나는 신기한 사실을 발견했다. 우리나라에서는 몸에 좋은 음식에 속하는 꿀이 서양 사람들에겐 전혀 인기가 없다는 사실.

그러다 우연히 이탈리아 친구를 통해 밀라노에서 몰래 개업한 중국인 한의사를 소개받았다. 이탈리아는 사실 약 30년 전에 국제화가 시작되었다고 해도 과언이 아니다. 그때부터 침술이나 대체의학 등에 대한 관심이 늘어, 지금은 우리보다 오히려 밀라노 사람들이 지압이나 침술에 관심이 더 많다.

아무튼 그날 한의사에게서 왜 꿀이 우리나라와 같은 대접을 받지 못하는지 알게 되었다. 한마디로 체질의 차이였다. 몸이 뜨거운 양陽 체질은 뜨거운 성분인 꿀을 먹으면 기관지가 건조해져 감기에 잘 걸린다는 것. 마찬가지로 우리에겐 귀한 음식인 인삼이나 녹용이 왜 서양인에게 홀대받는지 알게 되었다. 파와 마늘 역시 그런 이유로 서양 사람들이 멀리하는 거였다. 실제로 이탈리아 사람들은 음식을 준비할 때 항상 올리브오일에 마늘을 볶은 후 꺼내서 버린다. 먹지는 않는다. 오랜 세월 동안 중국 의사가 없었어도 자연스레 체득한 생존 방법일 것이다.

파, 마늘 때문에 겪었던 에피소드 하나. 우리가 사는 아파트 위층에 사는 자매가 우리 아들과 친구가 된 후 하루가 멀다 하고 우리 집을 들락거렸다. 그러던 어느 날, 두 여자아이가 심각한 표정으로 나에게 물었다.

"아줌마, 이 집에만 오면 우리 집에서 나지 않는 냄새가 나는데 무슨 냄새예요?"

"글쎄, 무슨 냄새일까? 왜, 불쾌한 냄새야?"

"아니, 그런 건 아닌데……."

며칠 후. 그날은 중국 식품점에서 어렵게 구입한 배추로 김치를 담그고 있었다. 학교 수업을 마치고 어김없이 우리 집에 마실 온 꼬마 아가씨들의 눈이 휘둥그레졌다.

"아니, 웬 마늘이 이렇게 많아요? 드라큘라도 없는데……. 아, 맞아

237

요, 이 냄새예요. 이 집에서 항상 나는 냄새가!"

그 다음부터는 집 안을 환기하는 일이 중요한 일과가 되었다. 여행을 많이 다니는 사람들은 알 것이다. 나라마다 고유의 냄새가 있다는 것을. 처음 다른 나라의 공항에 내리면 그 나라만의 냄새가 난다는 사실을. 일본의 공항에선 비릿한 냄새가, 인도의 공항에선 매캐한 커리 냄새가, 또 인천 공항이나 한국인이 많이 타는 항공기에서는 파, 마늘 냄새가 풍긴다. 유럽의 공항에 내리면 예전 어르신들이 "양놈들"한테서 난다고 하시던 노린내가 우리를 반긴다. 그 노린내는 육식 위주의 식습관에 따른 것이다. 체질에 따라 섭취하는 식품이 달라지고 섭취하는 식품에 따라 체취가 달라지는 것은 당연한 일일 테다. 그에 따라 문화도 달라지는 것 같다.

수십만 년 동안 주로 육식을 해온 서양인이기에, 우리와 다른 신체적인 특징 역시 아주 많다. 친한 친구가 아기를 낳았다고 해서 축하 문안을 갔다. 나는 산모가 으레 자리보전하고 누워 있으리라고 생각했다. 내가 아기를 낳고 나서 한 달 가까이 목욕도 못하고 미역국만 먹으며 꾀죄죄하게 지냈듯이 말이다. 하지만 나의 예상은 완전히 빗나갔다. 해산한 지 3일밖에 되지 않은 이 친구는 깨끗이 목욕을 하고는 날렵한(?) 맵시로 아기를 안고 거실을 왔다 갔다 하는 게 아닌가. 게다가 아기에게 줄 젖을 잘 돌게 해야 된다며 차가운 우유도 벌컥벌컥 들이켰다.

놀라운 건 그뿐만이 아니었다. 아기가 인형처럼 예쁘기에 한번 안아보았다. 나도 아들 둘에 조카들까지 합하면 스무 명에 가까우니 많은 아기들을 안아본 터였다. 그런데 이 아이는 골격의 느낌이 달랐다. 갓난아기이지만 단단하다는 느낌, 실하다는 느낌이었다. 살보다는 뼈가 많은 느낌이랄까? 이러니 다들 힘이 좋은가 싶었다. 애를 낳고도 금방 일어나고 말이지.

이탈리아 사람들과 함께 여행을 하면 가장 곤혹스러운 것이 소변 보는 일이다. 동양인은 보통 서너 시간에 한 번씩은 화장실을 간다. 그러나 서양인은 다르다. 어떤 사람은 아침에 한 번 소변을 보면 저녁 때까지 멀쩡하다. 나중에 안 일이지만 서양인은 동양인보다 방광이 크다고 한다. 그러니 아침에 호텔에서 볼일을 본 후 하루 종일 태연할 수 있는 것이다. 우리는, 아니 나는 어디를 가나 화장실이 가까이 있어야 마음이 놓이는데 말이다.

심지어 백화점에도 우리는 거의 층마다 화장실이 있지만 유럽의 백화점들은 대부분 맨 꼭대기 층에만 화장실이 있다. 정말 급할 땐 죽을 맛이다. 어린아이 역시 아침에 새 기저귀를 채워서 나오면 그 상태로 예닐곱 시간씩 데리고 다니기도 한다. 그만큼 자주 싸지 않는다는 얘기다. 우리가 그런 식으로 키우면 아기들 엉덩이가 짓무를 것이다.

이런 신체 조건이니 패션 아이템도 우리와 다르다. 대학생 시절에 본 프랑스 영화가 있는데 제목은 기억이 나질 않는다. 다만 여자 주인공의 정부情夫 역으로 알랭 들롱이 나왔다는 것뿐. 아무튼 이 영화에서 검정색 가죽 점프 슈트jump suit, 아래위가 붙은 한 벌의 옷으로, 하의가 바지이다를 입은 여자

주인공이 정부에게 가려고 오토바이를 타고 새벽길을 질주하다 죽는 장면이 있었다. 나는 비명에 죽은 여주인공보다는 그녀의 날씬한 몸매에 착 감기듯 어울렸던 가죽 점프 슈트가 더 뚜렷이 뇌리에 남았다. 하지만 동양인에겐 그야말로 그림의 떡이다. 어떻게 그 옷을 서너 시간마다 입고 벗을 것인가?

다시 이탈리아 산모 얘기를 해보겠다. 씩씩한 산모와 아기에게 작별 인사를 하고 나오다 아파트 입구에 달린 푸른색 실크 리본을 발견했다. 커다란 이 리본 밑에는 아기 그림이 그려진 카드가 달려 있었다. 이런 메모와 함께.

"우리 아기 ○○○○가 ○월 ○일에 태어났어요. 건강하고 밝게 자라라고 축복해주세요."

말하자면 이탈리아 식 '금줄'이었다. 처음 본 광경이라 집에 돌아와 옆집 부인에게 누구나 그렇게 하느냐고 물어보았다. 아주 오래된 전통이란다. 남자아이일 때는 푸른색, 여자아이일 때는 분홍색 리본을 단다고 한다. 그 뒤로도 아파트 문에 달린 리본을 가끔 볼 수 있었다. 리본의 디자인도 다양하고 카드 내용도 각양각색이었다. 톡톡 튀는 개성으로 꾸민 리본과 카드 글귀를 보면 모르는 사람이라도 축복해주고 싶은 마음이 저절로 들었다.

이탈리아에서 생명의 탄생을 알리는 문화 중에 우리와 다른 것이 또 있다. 우리는 아기가 태어난 해를 중요시한다. 몇 년 전의 '황금돼지해' 소동을 봐도 알 수 있다. 그러나 유럽 사람들은 태어난 달과 날을 중요시한다. 왜냐하면 동양에서 태어난 해로 정하는 12간지를 중요시하는 만큼 유럽에서는 태어난 달과 날에 따른 별자리를 중요시하기 때문이다. 우리가 따로 궁합을 본다면 유럽 인은 별자리로 모든 인간관계의 궁합을 본다. 카드에 생년월일을 적을 때 독특한 글씨체로 표기하는 것은 이런 별자리 문화에서 온 것으로 보인다.

신기한 사실은 탄생을 리본으로 알리듯 죽음도 리본으로 알린다는 것이다. 아파트 입구에 보라색 리본이 달리면 그건 누군가가 세상을 하직했다는 표시이다. 검정색 테두리를 한 표지판에 '이 아파트의 어느 집에 초상이 났고 장례 미사는 어느 날 어느 성당에서 한다'라고 적고, 그 아래 우아한 보라색 리본을 달아놓는다. 내가 어렸을 적엔 동네 어느 집에 창호지로 된 조등弔燈이 달려 있으면 매우 으스스한 기분이 들었다. 어두운 골목에 며칠 동안 곡소리가 나고 초췌한 모습의 어른들이 집 안팎으로 오가는 모습을 보면서, 죽음에 대해 무거운 공포심을 느꼈던 기억이 있다.

그래서인지 보라색 리본을 대하는 느낌이 남다르다. 별로 으스스하지 않은 건 물론 나이가 든 탓도 있을 것이다. 하지만 "모든 존재는 흙에서 와서 흙으로 돌아간다"는 신부님의 장례미사 말씀처럼, 삶도 죽음도 단지 색깔의 차이일 뿐이라고 말하는 듯해 섬뜩하지 않다.

서양과 동양, 이탈리아와 한국. 두 나라 간의 관습 차이를 몇 줄의 글로 어찌 다 말할 수 있을까만은, 오랜 세월 동안 오가며 살다 보니 눈에 띄는 소소한 차이점이 정말 많다. 우리가 생선 비린내나 돼지고기 누린내를 없애기 위해 된장이나 생강, 마늘을 넣는 데 비해 이탈리아 사람들은 그럴 때 토마토소스나 파슬리, 로즈마리 등을 넣는다. 또 남에게 돈을 건넬 때 우리는 보통 두 손으로 공손하게 돈을 건넨다. 연장자일수록 더욱 공손하게 건넨다. 하지만 이탈리아에서는 돈을 한 손으로 던지다시피 건네는 일이 비일비재하다. 처음엔 상점에서 거스름돈을 이런 식으로 받으면 동양인이라고 나를 무시하나 싶어 불쾌했다. 하지만 이 사회로 들어가 살아보니 몸에 자연스럽게 밴 행동이었다.

아는 만큼 보인다고 했던가? 모르면서 지레짐작으로 상대방을 오해하거나 상처받는 일이 얼마나 많은지. 가까워지고 싶은 상대방에겐 내가 먼저 마음을 열고 손을 내밀어야 상대방도 마음을 열고 다가오는 건 세상 어디에서나 통하는 이치 같다.

남자 패션 디자이너는
모두 동성애자?

프랑코 모스키노, 잔니 베르사체, 지안 프랑코 페레. 이들은 1980년
대 이후 프랑스를 앞질러 이탈리아의 패션계를 세계 정상의 반열
에 끌어올린 스타 디자이너들이다. 그런데 이들 모두 아까운 나이에 유명
을 달리해 아쉬움을 남겼다.

천재이자 괴짜 디자이너로 불리던 프랑코 모스키노는 1994년 당시
44세의 나이에 삶을 마감했다. 그의 죽음에 대해 언론은 정확한 원인을 발
표하지 않았다. 다만 에이즈로 죽었을 것이라는 확인되지 않은 소문만 인

용해 보도했다. 1998년 미국 플로리다에서 필리핀계 동성애자에게 살해당한 잔니 베르사체의 경우, 사인死因에 관해서는 추측의 여지가 없었지만 그를 둘러싼 소문과 뒷이야기는 무성했다. 또 2년 전 디자이너 지안 프랑코 페레가 죽었을 때, 언론은 그의 거대한 체구가 입증해주듯 심장마비로 사망했다고 발표했다. 그런데 일각에선 드라마틱한 상상을 할 수 없어 싱거워하는 분위기였다. 이런 분위기는 왜 생겨난 걸까?

지난해 프랑스를 대표하는 디자이너 이브 생 로랑이 사망했을 때도 패션계에선 큰 별이 떨어진 것을 아쉬워하는 한편으로 정확한 사망 원인에 촉각을 곤두세웠다. 그 뒤 이어지는 온갖 추측과 뒷얘기들……. 1950년대나 1960년대에 패션계의 스타가 사망했을 때도, 예컨대 1957년 크리스찬 디올이 세상을 떠났을 때도 이렇게 말들이 많았던가? 그렇지 않았다.

이 질문들에 대한 답은 20세기 말에 출현한 에이즈라는 병과 관련이 있다. 패션계뿐 아니라 문화예술계 전반에 걸쳐 많은 이들이 에이즈로 숨을 거두었다. 팝아트의 거장 앤디 워홀, 영화배우 록 허드슨, 록 가수 프레디 머큐리……. 조르지오 아르마니를 스타로 키운 숨은 공신이자 동성 연인이었던 세르지오 갈레오티도 그중 한 사람이다. 그에 대한 아르마니의 애정은 다음과 같은 인터뷰에서도 엿볼 수 있다.

"인테리어 사업도 시작하셨는데 당신의 침실 분위기는 어떤가요? 어떤 가구를 쓰고 계신지?"

"내 침실은 아주 간단합니다. 아무런 장식이 없어요. 마치 내가 디자인한 가장 심플한 슈트와 같지요. 단지 침대 옆에 절친했던 친구 갈레오티의 사진 액자가 있을 뿐이에요."

1990년대 이탈리아 패션계에 떠돌던 말이 있다.

"유명 디자이너가 갑자기 자취를 감추면 몬차에 가 있다고 보면 된다."

밀라노 북부 몬차라는 도시에는 혈액을 통해 감염되는 병이나 말라리아 같은 전염병을 잘 고치는 병원이 있는데 모두 거기에 입원해 있을 거라는 얘기였다.

에이즈라는 병명과 감염 경로가 밝혀지기 전까지는 에이즈로 죽은 사람들이 지금보다 많았다. 주요 원인이 동성애자들 간의 성행위라는 것이 밝혀지면서 희생자가 많이 줄어든 게 사실이다. 하지만 남자 디자이너들은 곧 동성애자라는 공식은 일반인들의 뇌리에서 쉽게 사라지지 않았다. 그래서 남자 디자이너가 사망하면 다들 '혹시……?' 하며 호기심을 내비치는 것이다.

"남자 디자이너들은 다 호모인가요?"

최근 어느 대학원에서 '이탈리아 패션의 현주소'라는 주제로 특강을 했을 때 이런 질문을 받았다. 예전에 대학에서 강의할 때 가장 많이 나왔던 질문인데 아직도……. 그 시절엔 이런 질문을 받으면 곧바로 대답을 하기가 어려웠다. 내가 그 디자이너들을 조금이라도 옹호해야 할 것 같은 마음이 들었기 때문이다. 이탈리아에서 디자인 학교를 다녔고 패션계와 예술계 사람들과 인연을 맺고 살아온 만큼 내 친구들 중에는 남녀 동성애자들이 비교적 많다.

유럽에서는 남성 동성애자들을 '게이' 혹은 '호모 섹슈얼이탈리아 말로는 오모 세수알레' 로 불렀고 여성 동성애자들은 '레즈비언' 이라고 불렀지만 이제는 이런 호칭들이 점점 사라져간다. 그건 동성애가 어느 정도 자연스러운 현상이 되었다는 방증일 것이다. 특별한 집단의 현상이 아니라 주변에서도 아주 쉽게 접하기 때문에 특정 단어로 그들을 부를 필요성을 느끼지 못하는 건지도 모른다. 그리고 이탈리아의 경우, 이제는 누가 이성애자든 동성애자든 자기 문제가 아닌 이상 간섭하지 않는 편이다. 심지어 부모조차도 성인이 된 자식들의 동성애 문제에 대해 냉가슴은 앓을지언정 왈가왈부하지는 않는 단계까지 와 있다.

이탈리아 역시 몇 년 전까지만 해도 동성애자를 백안시하는 분위기가 대세였다. 대표적인 예가 〈카루소〉로 유명한 가수 '루치오 달라' 다. 그는 데뷔 초기 동성애자라는 이유로 많은 냉대를 받았고, 자신도 동성애자란 사실을 은근히 숨겨야 했다고 한다. 그러나 지금 이탈리아의 사회 분위기는 동성애자에게 비교적 관대하다. 심지어 밀라노 한복판의 어느 성당에서는 신자가 줄어들자 성당 문을 닫고 사업 수완이 좋은 이들이 동성애자들만을 위한 클럽으로 개조해 문을 열었을 정도다.

이탈리아의 이런 분위기를 이해한 뒤로는 앞서와 같은 질문을 받으면 동성애자들의 정서와 심리 상태, 그리고 나름의 이유에 대해 설명해주곤 한다. 나의 동성애자 친구들이 어떻게 성 정체성을 찾았고, 또 자신에게 어울리는 상대방을 찾게 되었는지 알기 때문이다. 그들에 대한 의리와 우정을 위해서, 또 동성애자들에 대한 편견과 선입견을 바로잡아 주기 위해서 성의껏 대답을 하는 것이다.

이탈리아 유명 브랜드에서 수석 디자이너로 활동하는 친구들 가운데 동성애자들이 많은 건 공공연한 사실이다. 그중 몇 사례를 소개해볼까 한다.

루카는 어려서부터 탐미주의자였고 호기심이 많았던 남성복 디자이너이다. 엄청난 거구인 그가 동성애자라고 고백했을 때 난 놀란 기색을 감추기 위해 앞에 있는 냉수 컵을 들고 벌컥벌컥 들이켜야 했다. 어릴 때 여자 형제가 많은 환경에서 자라난 이 친구는 자연스럽게 여자들이 쓰는 물건에 익숙했고 여자들과 어울리는 것이 더 편했다고 한다. 물론 말투와 몸짓도 덩치에 어울리지 않게 여성스러운 면이 있었다. 인문계 고등학교를 졸업한 뒤 들어간 패션 학교에서 평생의 길을 찾았다는 루카. 에르메스 스카프를 모으는 것이 취미였던 그는 집안일에 관한 한 웬만한 여자는 따라갈 수 없을 만큼 완벽했다. 그의 집은 항상 먼지 한 점 없이 반질반질했고, 그가 손댄 꽃꽂이를 보면 섬세함과 대범함의 조화에 입이 벌어졌다.

날렵한 몸매의 모델 프란체스코는 어려서부터 딸이기를 바란 엄마가 딸 예명을 붙여주고 인형을 갖고 놀게 해, 여자처럼 사는 데 아무런 거부감이 없다고 한다. 사춘기 때는 이성 친구를 사귀기도 했지만, 대다수가 동성애자인 환경에서 생활하다 보니 자연스레 그 길을 따라갔다고 담담히 고백했다.

파올로는 매사에 나보다도 더 여자다웠다. 가느다란 손으로 파이프 담배를 피울 때나, 온통 꽃으로 장식한 저택에 초대해 자기가 수놓을 때 앉는 자리라며 화려한 꽃무늬 방석으로 안내할 때는 역할이 바뀐 듯한 착각에 빠지기도 했다.

캐시미어 전문 디자이너인 렌조는 여자 친구들과의 연애에 번번이 실패한 후 뒤늦게 만난 남자 헤어 디자이너와 동반자로 지내고 있었다. 그는 자신의 선택에 만족은 하지만 아주 가끔은 남들처럼 평범하게 살았다면 어땠을지 생각해본다고 했다. 그 말에서 어쩐지 쓸쓸함이 배어 나왔다.

가까운 동성애자 친구들과 이야기를 나누다 보면 편견이 사라지는 것은 물론 관대해지는 나 자신을 발견하게 된다. 그 친구들은 하나같이 순수하고 따뜻한 성품을 지녔다. 의리 또한 대단하다. 때로는 그런 순수함이 그들을 동성애자로 살게 하는 것 아닌가 싶기도 하다. 그만큼 자신에게 솔직하고 충실한 것일 테니까.

한국에는 왜 세계적인 디자이너가 없을까

우리나라에 세계화 열풍이 분 적이 있다. 너도나도 세계로 가자고 외치고 세계 최초, 세계 제일을 주장하던 시절이 있었다. 아마도 그 추진력으로 오늘에 이르렀을 것이다. 긍정적인 면에서건 부정적인 면에서건 간에……. 그런데 좀 어이없는 경우도 있다.

2년 전쯤인가, 서울 시내 어느 구청 앞을 지나가다 그곳에 걸린 현수막을 보았다. 그 현수막에는 '세계 속의 ○○구청'이라고 적혀 있었다. 나는 고개를 갸웃했다. 서울 한 구역의 행정을 맡은 곳이면 구민이 쾌적하고 안전하게 살도록 관리하면 될 것이지, 꼭 세계까지 나아가야 하나? 물론 세계에서 가장 행정을 잘하는 구청이 되겠다는 뜻인 건 알겠지만 좀 '오버' 하는 것 아닌가 싶었다.

그런가 하면 섬유로 유명했던 어느 도시에서는 세계적인 섬유 도시로 발돋움하기 위해 이탈리아에서 유명한 섬유 도시를 벤치마킹 하기로 했다. 시의 고위 관료들이 하루가 멀다 하고 번갈아가며 이탈리아로 출장을 다녀왔다. 그 의도는 환영할 만하고 바람직한 방법일 수도 있겠다고 생각했다.

그런데 문제는 그 다음이었다. 시청에 이탈리아 어 강좌를 개설하더니 가장 하위급 공무원까지 이탈리아 어를 배우도록 한 것이다. 우리나라 제품을 이탈리아 것과 경쟁할 만한 것으로 세계에 알리기 위해 이탈리아 어를 배운다? 우리의 정체성을 확립해서 세계인이 알아듣는 언어로 홍보를 하면 될 텐데, 영어도 아닌 이탈리아 어를 왜 배워야 하는 걸까? 생각 끝에 내린 결론은 하나였다. 한시라도 빨리 가시적인 결과를 보고 싶어하는 조급함과 겉모양에 치중하기 때문이라고. 우리 스스로도 곧잘 이야기하는 우리의 단점 말이다.

겐조, 하나에 모리, 이세이 미야케, 요지 야마모토……. 이들은 일본이 낳은 세계적인 디자이너들이다. 왜 우리나라에선 이런 세계적인 디자이너가 나오지 않는 걸까? 만약 누군가 이렇게 물어본다면 하고 싶은 말이 참 많다. 그중 첫 번째가 우리나라의 역사와 국력을 일본의 그것과 비교해보자는 것이고, 또 하나는 세계 속에 심어놓은 문화적 이미지를 비교해보자는 것이다. 일본 사람들이나 일본 정부가 자신의 문화를 홍보하기 위해 얼마나 많은 노력을 기울였는지 살펴볼 일이다. 세계 각국에 개설한 일본 문화원의 수와 활동만으로도 답이 나올 것이다.

　문화의 이미지, 바로 이것이 세계적인 디자이너를 배출한 원동력이다. 좀 더 엄밀히 말하면 문화 그 자체가 디자이너를 만드는 자양분이다. 프랑스와 이탈리아가 그것에 대한 살아 있는 본보기라고 할 수 있다. 프랑스 디자이너의 경우, 프랑스가 번성하기 시작한 로코코 시대 이후 수도인 파리에서 유럽의 유행을 주도해왔기에 그 후광을 톡톡히 입었다. 20세기 파리를 무대로 활동했던 크리스찬 디올이나 샤넬, 피에르 가르뎅, 지방시, 이브 생 로랑 등 파리의 디자이너들은 파리의 명성과 함께 자연스럽게 세계를 평정했다.

　반면 19세기 중반에야 버젓한 독립국가 형태를 갖춘 이탈리아는 20세기 들어 두 차례나 일어난 세계대전을 거치며 패전국 신세로 전락했다. 이후 전쟁의 참상을 딛고 일어서기 위해 30년 가까이 고단한 세월을 보내야 했다. 1970년대와 1980년대에 이르러 피렌체와 밀라노를 중심으로 의류 박람회를 열었고, 몰려드는 외국 바이어들을 보며 프랑스를 앞지를 수 있다는 자신감을 품었다.

이렇게 자신감을 회복해가던 1970년대 말, 잔니 베르사체는 자신의 브랜드를 론칭해 승승장구하기 시작했다. 그는 당시 니먼 마커스*에서 그 해의 디자이너를 선정해 수여하는 니먼마커스 상을 받았다. 그때 미국의 패션 잡지에 실린 인터뷰 한 대목을 보자.

"당신의 창조성은 어디서 나오나?"

"난 천성적으로 바스타르도bastardo, 혼혈·잡종이다. 내 고향은 이탈리아 남부 칼라브리아인데, 이탈리아 남부는 역사적으로 모든 민족의 문화가 만나는 곳이다. 아프리카 무어 인의 피, 독일 게르만의 피, 라틴의 피, 아드리아 해를 건너온 동양의 피가 내 몸 안에 흐르고 있다."

아프리카와 라틴, 게르만 민족의 문화와 실크로드를 통해 들어온 동양의 문화가 수천 년 동안 유입되고 어우러진, 말하자면 '퓨전'의 근원지가 이탈리아 남부 지방이다. 그러한 성향이 자신의 창조성을 낳았다는 얘기다.

그는 또 이렇게 덧붙였다.

"어린 시절의 추억을 떠올리면 지중해의 푸른 바다와 하늘, 작렬하는 태양 아래 흐드러지게 피어 있던 꽃들의 호화찬란한 색깔이 겹쳐진다."

작은 부티크를 운영하던 어머니의 작업실에서 어린 시절을 보낸 잔니 베르사체. 그때 보았던 프랑스 산 벨벳이 무척이나 아름다워 그 뒤로 벨벳만 보면 가슴이 뛰었다는 그는, 어머니가 보던 프랑스 잡지를 보면서 언젠가는 프랑스 디자이너를 능가하는 디자이너가 되겠다고 결심했다고 한다.

어린 시절의 추억에서 디자인의 영감이 나온다고 말하는 디자이너는 비단 베르사체만이 아니다. 자전거를 타고 밀라노의 오래된 골목을 누비곤 한다는 조르지오 아르마니 역시 여러 매체의 인터뷰에서 빼놓지 않고 자신의 고향을 언급했다.

"롬바르디아 평야 한가운데 있는 내 고향 피아첸차는 가을과 겨울이면 자주 안개가 끼었다. 나는 안개 속을 걸을 때 몽환적인 느낌과 모든 사물의 색이 마치 필터를 끼운 듯 파스텔 톤으로 바뀌는 것을 즐겼다. 밀라노는 어떤가? 오래된 도시의 골목마다 숨어 있듯 자리한 성당과 그 안의 벽화들, 집집마다 다른 출입구의 장식들을 보면 아직도 하염없이 걷고 싶은 충동을 느낀다. 결국 내 컬렉션의 색들은 모두 내 안에 잠재된 추억을 끌어올린 것이다."

'뉴트럴 컬러중간색의 제왕'이라는 별명에 걸맞은 설명이다. 아르마니의 얘기를 듣다 보면 밀라노와 롬바르디아 평야에 대한 호기심이 절로 생겨난다.

1980년대 중반 화려하게 등장한 돌체앤가바나의 컬렉션 주제는 그들의 고향인 시칠리아의 민속 의상이었다. 지중해 한가운데에 위치한 시칠리아는 지리적인 여건 때문에 아프리카나 아랍 등 지중해 연안국뿐만 아니라 영국이나 독일의 침략을 끊임없이 받아온 가슴 아픈 역사를 간직하고 있다. 우리에게 익숙한 '마피아'라는 단어는 사실 외세의 침략을 방어하기 위해 비밀리에 결성된 자위결사대를 뜻하는 아랍 어에서 유래했다고 한다. 장화 모양의 이탈리아 반도 앞에 마치 축구공처럼 떠 있는 문화의 용광로. 이탈리아 남부가 대체로 그렇듯이 어디를 가나 가톨릭 문화가 화려하게 꽃 피운 바로크 양식의 웅장한 성당을 만날 수 있는 곳. 이런 정기(?)를 받고 자란 두 젊은이가 의기투합해 브랜드를 론칭할 때 고향의 문화를 주제로 택한 것은 어쩌면 아주 자연스러운 일이었을 것이다.

10년 전쯤으로 기억한다. 몇 달간 이탈리아에 머물다 돌아와 보니 유명한 탤런트의 이름을 딴 목걸이가 유행하고 있었다. 그 목걸이의 모양은 가톨릭 신자들이 성모님을 공경하면서 기도할 때 사용하는 묵주 모양이었다. 바로 돌체앤가바나의 컬렉션에서 본 목걸이였다. 교회 안에서 인정하지 않는 동성애자 커플이 유행시킨 가톨릭의 상징이라……. 성모님은 어떻게 생각하실지 모르지만, 이 역시 자신이 보고 자란 문화를 세계화시켜 성공한 사례이다.

1987년 크리스찬디올의 수석 디자이너로 지안 프랑코 페레가 영입된 일도 결국은 이탈리아의 국력이 그만큼 신장되었다는 의미이자, 프랑스가 이탈리아의 문화를 재조명했다는 의미라 하겠다. 이탈리아가 그때까지도 패전한 가난한 나라의 이미지로 남아 있었다면, 프랑스의 유서 깊은 브랜드에서 과연 페레를 영입했을까? 지금은 약간 명성이 퇴색했지만 우리가 파리의 세계적인 디자이너로 알고 있는 니나 리치, 피에르 가르뎅, 임마누

엘 웅가로는 이탈리아가 1, 2차 세계대전의 폐허 속에서 신음할 때 파리로 입성해 파리라는 입지 조건의 덕을 본 디자이너들이다.

앞서 열거한 일본의 디자이너들 역시 일본이 패전국의 쓰라린 패배감을 딛고 일어서던 1960년대에 파리로 향했다. 1980∼1990년대에 소니 SONY가 일본의 이름을 빛낼 때, 겐조나 이세이 미야케, 요지 야마모토 등도 일본의 이름을 빛내기 시작했다.

우리나라의 경우 쇄국 정책으로 닫혀 있던 빗장이 열리는 데 꽤 많은 세월을 필요로 했다. 30년 전 우리 부부가 좌충우돌, 고군분투하며 길을 닦던 밀라노에만 지금 약 4,000명의 한국 유학생이 있다고 들었다. 대부분 디자인을 전공하고 있으며 그중에서도 패션디자인 전공자가 주를 이룬다. 밀라노뿐 아니라 뉴욕이나 파리, 런던, 뉴욕 등 전 세계의 첨단 패션 도시에도 이제 우리의 아들딸들이 많이 진출했다. 패션디자인 외에도 여러 분야에서 한국인의 열정과 창의성을 발휘할 저력을 갖추려고 각고의 노력을 하고 있다.

이렇게 한국인의 정체성에 세계인의 안목과 경험까지 갖춘 젊은이들이 많아진다면, 머지않아 우리나라 국적의 세계적인 디자이너가 탄생할 것이라고 믿는다. 물론 그들의 노력만으로 이루어질 수 있는 일은 아니다.

오래전 우리나라 최고의 직물 회사 대표가 어느 간담회에서 나에게 질문을 던졌다.

"우리나라에서는 언제쯤 세계적인 디자이너가 나올까요?"

그때 내가 한 답변이 한국의 국가 이미지에 관한 것이었다. 전 세계 사람들이 구찌와 샤넬, 아르마니에 열광하는 이유는 그 뒤에 로마와 파리, 밀라노가 있기 때문이다. 멋있는 나라에서 생산한 멋있는 물건이기에 비싼 값을 주고도 사는 것이다. 아프리카의 우간다나 남아메리카의 칠레나 페루에서 생산된 제품은 토산품이지 명품이 아니잖은가? 국가의 브랜드 이미지라는 용어가 이젠 낯선 단어가 아니다. 오히려 정부 차원에서 자주 거론하는 국가 전략의 일환이 되었다. 바야흐로 우리나라도 민民과 관官이 함께 움직일 수 있는 단계에 온 것 같다.

세계의 멋쟁이들이 일본의 다다미나 스시에 열광하듯 우리도 세계의 멋쟁이들이 열광할 우리의 최고급 문화를 개발해 선보여야 한다. 우리의 전통 문화를 말로만 아끼고 다듬는 것이 아니라 세계인이 공감하게끔 하려면 그들의 취향을 알아야 한다. 그러려면 철저한 시장조사와 분석이 선행되어야 할 것이다. 그런 다음엔 젊은이들이 부단히 우리의 문화와 역사를 숙달해 재가공해서 세계 시장에 내놓아야 하겠다. 또한 의식주 모든 면에서 우리의 교양 수준이 세계적인 수준으로 높아져야 할 것 같다. 이탈리아 사람들이, 프랑스 사람들이, 또 뉴요커들이 멋쟁이라는 평가를 받으니 그들이 입는 옷이 사고 싶어지는 건 당연한 이치 아닌가.

결국 우리나라의 고급 문화가 세계의 문화인들에게 열띤 호응을 받아

전 세계 사람들이 구찌와 샤넬,
아르마니에 열광하는 이유는
그 뒤에 로마와 파리가 있기 때문이다.
세계의 멋쟁이들이 일본의 다다미나 스시에 열광하듯
우리도 세계의 멋쟁이들이 열광할
우리의 최고급 문화를 개발해 선보여야 한다.

세계 문화계에서 한국의 위상이 높아질 때, 우리나라 국적의 스타 디자이너도 탄생할 거라고 생각한다. 파리의 에펠 탑이나 루브르 박물관, 피렌체의 와인이나 밀라노의 두오모에 세계인이 반하듯, 한국을 대표하는 고급 의식주 문화나 예술에 반할 수 있게 만든다면……

아니, 그보다 전 세계가 지켜보는 가운데 국가의 보물이 활활 타는 장면이 생중계되는, 그런 일이 다시는 일어나지 않게 좀 했으면 좋겠다.

니먼 마커스 Neiman Marcus

1907년 텍사스의 달라스에 1호점을 낸 이래 미국 주요 도시마다 체인을 갖고 있는 패션 전문 백화점. 우아한 분위기와 최고급 상품, 고객을 위한 최고급 서비스로 미국인의 사랑을 받고 있다. 한 해 동안 가장 우아한 컬렉션을 많이 판매한 디자이너에게 니먼마커스 상을 수여한다. 이 상은 전 세계 일류 디자이너의 대열에 합류했다는 인증서로 통한다. 멋쟁이 퍼스트레이디였던 재클린 케네디의 단골 백화점으로도 유명하다.

요리 잘하는 남자가 섹시하다

어떤 사람이 여가 시간에 즐겨 하는 일이 첫째 요리하기, 둘째 다리미질하기, 셋째 화초 가꾸기라고 대답한다면 대부분의 사람들은 그가 훌륭한 가정주부일 거라고 짐작할 것이다. 그런데 그 주인공이 이탈리아에서 가장 크고 유명한 디자인 학교의 학장이었다면 어떤가? 궁금하지 않은가?

카르멜로 디 바르톨로*는 시칠리아 출신으로 20살에 빈손으로 밀라노에 입성해, 유명한 디자인 학교인 에우로페오 디자인학교*의 학장을 역임했다. 그와는 30년 전에 남편의 은사로 인연을 맺었지만 이제는 집안의 대소사나 자식 문제까지 나누는 평생 친구가 되었다. 키가 160센티미터를 조금 넘는 작은 체구이지만 대단히 강하면서도 부드러운 카리스마로 조직원들을 이끈다. 이런 카르멜로를 나는 '작은 거인'이라 부른다.

그는 시칠리아 동부의 도시 카타니아에서 파스티체리아pasticceria, 과자와 케이크를 만들어 파는 가게를 운영하는 부부의 셋째 아들로 태어났다. 부모가 딸을 원했던지라 여자아이의 옷을 입고 여자아이들의 놀이를 하며 자랐다고 한다. 뿐만 아니라 어머니를 도와 가게 일을 돌보면서 과자와 케이크 굽는 일에 익숙해졌다. 어려서부터 창의성이 뛰어났던 미래의 제품 디자이너는, 케이크를 만들 때도 천부적인 재능을 발휘해 가게의 명성을 유지하는 데 한몫을 했다고 한다.

당시 이탈리아는 제2차 세계대전을 겪은 뒤라, 부유한 부모 밑에 태어난 극소수를 제외하고는 너나없이 가난했다. 따라서 12살 정도만 되면 당연히 가업을 도와야 했다. 그는 가업을 도우면서 예술계 학교를 졸업한 뒤 청운의 꿈을 품고 밀라노로 올라왔다. 공사판 인부에서부터 유명 디자이너들의 조수에 이르기까지 닥치는 대로 아르바이트를 해서 학비를 벌며 에우로페오 디자인학교에서 제품디자인을 전공했다. 그 뒤 모교의 교수를 거쳐 학장을 역임한 뒤, 지금은 부인과 함께 '디자인 이노베이션'이라는 이름의 디자인 컨설팅 스튜디오를 운영하고 있다.

현재 그는 피아트, 모토로라, 질레트 등 세계적인 회사의 디자인 컨설턴트로 왕성한 활동을 펼치는 한편, 캐나다와 칠레의 대학에서 디자인 실무를 가르치는 등 세계를 누비며 살고 있다. 분주한 나날을 보내는 틈틈이 밀라노의 자택이나 레코에 있는 여름 별장에 지인들을 초대하는 것을 낙으로 삼고 있다. 바로 맛있는 음식을 푸짐하게 만들어 먹이고 싶어서이다. 그가 메뉴를 짜고 장을 보고 재료를 다듬고 도마질을 하는 동안, 스페인 출신인 부인은 옆에서 말만 거들 뿐이다. 그는 콧노래를 흥얼거리며 '카르멜로 표' 파스타와 후식, 샐러드 소스를 뚝딱뚝딱 만들어낸다.

그에게 늘 얻어먹기만 하는 것이 미안해서 물어본 적이 있다.

"정말 그렇게 즐거워?"

"당연하지. 아무 부담 없이 내 직관만 따라가며 움직이면 되니까. 스트레스 해소에도 도움이 되고, 기다리다 맛있게 먹어주는 친구들이 있잖아."

특히 기업을 통해 배워온 후식들, 가령 초콜릿을 얹은 케이크나 생크림을 얹어 구운 부드럽고 달콤한 과자들은 입 안에 넣자마자 사르르 녹는다. 마음을 어지간히 독하게 먹지 않으면 몸무게 1~2킬로그램 느는 건 한순간이다.

가정주부가 적성에 맞는 남자가 또 있다. 유명 디자이너의 머천다이저와 일본 다카시마야 백화점의 컨설턴트를 거쳐 이탈리아에서 가장 큰 백화점 그룹의 CEO를 끝으로 은퇴한, 패션계의 원로 마당발 중 한 사람이다. 그는 항상 가정주부 또는 음식점의 주방장을 꿈꾸었다고 한다. 그 이유는 우선 가정주부는 출퇴근이 필요 없고 집에서 항상 맛있는 것을 만들며 사랑하는 사람들이 그것을 먹어주니 좋고, 주방장은 맛있는 것을 만들어 여러 사람에게 맛보게 해주고 돈까지 버니 얼마나 좋으냐는 것. 안 그래도 만날 때마다 "나 언젠가 직업 바꿀 거니까 단골로 놀러 오라"고 입버릇처럼 말해왔다.

이 마음 좋은 아저씨와의 인연은 우리 작은아들의 호기심에서 시작되었다. 둘째가 초등학교 3학년일 때 느닷없이 무라노 섬을 구경 가고 싶다고 졸랐다. 교육방송에서 유리 공예로 유명한 베네치아 지방의 무라노 특집을 봤기 때문이다. 마침 큰아들은 이탈리아에서 살아보았지만 작은아들은 그러지 못했기에 함께 여행을 하려던 참이었다.

나는 얼마 전 베네치아 근교의 백화점으로 직장을 옮겼다고 안부를 전해온 가에타노를 떠올렸다. 그래서 실례를 무릅쓰고 그에게 전화를 걸어 호텔을 예약해줄 수 있는지 물어보았다. 그러자 그는 호텔 예약은 물론 기차 시간까지 친절하게 알려주었다.

나와 아들은 호텔을 예약한 날 오후 3시경 베네치아 역에 도착했다. 그런데 예상치도 않았던 환영객들이 플랫폼에서 기다리고 있었다. 가에타노와 그의 아들이었다. 마침 토요일이라 인사할 겸 마중을 나왔다는 두 사람은 우리를 포옹으로 반겨주면서 점심 식사는 어떻게 했는지 물었다. 우리는 늦은 아침을 밀라노에서 먹고 기차에서 간단히 점심을 해결한 뒤라 배가 고프지 않았다. 그래서 저녁을 좀 일찍 먹으면 될 거라고 대답을 했더니 이 아저씨, 펄쩍 뛴다. 한창 자라나는 아이를 데리고 여행을 하면서 끼니를 대충 해결하면 안 된다는 일장 훈계를 늘어놓았다. 그러고는 어차피 3시 넘어서 여는 식당은 없으니 자기네 집으로 가자고 소매를 잡아끌었다.

식사 때도 아닌데, 그것도 친하지도 않은 사람 집에 가서 신세를 질 수는 없는 법. 극구 사양을 하는데도 그는 고집을 꺾지 않았다. 결국 그의 대학생 아들이 손짓으로 스파게티 먹는 시늉을 하며 우리 아이를 꼬드겼다. 그러자 영어 회화를 갓 배우기 시작한 이 꼬맹이가 눈치도 없이 "예스" 하는 바람에 할 수 없이 그들을 따라갔다.

그의 집으로 향하는 차 안에서 슬며시 호기심과 함께 걱정이 들었다. 부인이 어떤 사람이기에 남편이 이렇게 턱없이 인심이 좋을까, 혹시 냉랭한 눈길을 보내면 어쩌나……. 그런데 모든 것이 기우였다. 집에 도착해보니 그는 부인과 별거 중이었고 모든 살림을 그가 꾸려가는 것 같았다. 우리 모자에게 손 씻고 조금만 기다리면 스파게티를 해주겠다면서 앞치마를 두르고 분주히 오가기를 약 30분. 그동안 그가 아들에게 부탁한 건 단 한 가지, 스파게티에 넣어야 하니까 뒷마당에서 키우는 바질을 따다 달라고 한 것이 전부였다.

드디어 어색한 분위기 속에 스파게티를 대접받는 순간이 왔다. 난 슬그머니 우리 꼬맹이의 눈치를 살피기 시작했다. 녀석은 웬걸, 배고프지 않다고 사양하던 엄마 얼굴이 무안할 정도로 코에 접시를 박고 열심히 국수를 말아 올리고 있었다. 나 역시 갑자기 밀려드는 시장기를 느끼며 스파게티를 먹기 시작했다. 이탈리아 사람들이 가장 손쉽게 만들어 먹는, 토마토 소스에 바질을 얹은 스파게티였는데 그 맛이 정말 일품이었다. 더욱이 금방 따서 얹은 바질의 향기라니!

스파게티 한 그릇을 뚝딱 해치우고 이어 스테이크까지 싹 비운 우리 아들, 냅킨으로 입가를 닦으며 느긋하게 말했다.

"엄마, 정말 맛있다. 근데 이 아저씨 요리사예요?"

"아니."

"그런데 왜 이렇게 요리를 잘하세요?"

"응, 요리하시는 게 취미래. 그리고 재미있으시대."

아빠를 비롯해 남자가 요리하는 것을 거의 본 적이 없는 녀석으로선 그 모습이 낯선 데다 맛까지 기막히게 좋으니 신기했던 모양이다. 뒤따라 나온 마체도니아*와 아이스크림을 또 금세 해치우더니 혼잣말처럼 뭐라고 중얼거린다. 그 내용인즉 이랬다.

"에이, 엄마도 이런 아저씨랑 결혼하지!"

녀석, 아무리 스파게티가 맛있어도 그렇지, 의리도 없이……

이날 이후 요리 잘하는 아저씨의 아들과 우리 아들은 친구가 되었다. 세월이 흐르고 가에타노와 허물없는 사이가 되면서 그의 어린 시절 이야기를 들을 수 있었다. 가난했던 시절, 아버지는 맹장수술의 후유증으로 그가 5살 때 돌아가시고 어머니는 결핵을 앓아 요양소에 계셨다고 한다. 그래서 그는 수녀님들이 운영하는 기숙사에서 남동생과 함께 유년기와 사춘기를 보냈다고 한다.

그의 성장 과정을 알고 나니 그가 왜 맛있는 음식을 만들어 사람들과 어울려 식사하기를 즐기는지 이해할 수 있었다. 가정주부가 꿈이라고 한 까닭도……. 성장기에 누리지 못했던 따뜻한 가정의 분위기를 그렇게라도 보상받고 싶었던 것 아닐까? 그러던 그는 은퇴 무렵에 만난 여성과 새 출발을 하면서 꿈을 이루었다. 허리 디스크로 고생하는 여자 친구 대신 살림을 도맡아 하는 전업 주부가 됐기 때문이다.

얼마 전 "21세기 여성들의 이상형은 요리 잘하는 섹시한 남자"라는 글을 읽었다. 앞서 소개한 두 이탈리아 남성은 직업에 걸맞게 앞서가는 삶을 살고 있는 셈이다. 여성에게 어필하는, 시쳇말로 '훈남'으로 말이다. 그런 훈남을 차지하지 못한 나로서는 인생의 시행착오를 한탄할 수밖에 없는 것이고. 하지만 시행착오 없는 인생이 어디 있으랴?

카르멜로 디 바르톨로 Carmello di Bartolo

이탈리아 사람들의 성(姓)에 디(di)나 데(de)가 들어가면 대개는 귀족 가문 출신으로, 그 유래를 좇자면 12, 13세기 서유럽의 십자군전쟁까지 거슬러 올라간다. 봉건 영주를 호위해 충성을 맹세하고 원정군으로 나가야 했던 중세 기사 가문의 성에 주로 '디'나 '데'가 들어간다. 한국식으로 해석하면 '~의'라는 뜻으로, 어느 봉건 영주 혹은 왕가에 속한 귀족쯤으로 이해하면 될 듯하다. 이렇게 귀족을 상징하는 성을 가진 가문에는 대대로 전해 내려오는 문장(紋章)도 갖고 있어, 반지에 가문의 문장을 새겨 넣거나 집에서 쓰는 식기에 문장을 새겨서 사용한다.

에우로페오 디자인학교 Istituto Europeo di Design

사르데냐 주 칼리아리 출신인 프란체스코 모렐리가 1973년 로마에서 문을 연 디자인 학교. 이탈리아에서 가장 오랜 역사와 큰 규모를 자랑한다. 현재 이탈리아에는 밀라노와 토리노, 칼리아리에 분교가 있고, 스페인에는 마드리드와 바르셀로나, 브라질에는 상파울로에 분교가 있다.

마체도니아macedonia

딸기, 바나나, 사과 등 각종 과일을 깍둑썰기로 썰어 식초와 와인에 절인 화채의 일종이다.

코쟁이 사위,
받아들여야 할까요?

몇 달 전 고등학교 동창에게서 전화를 받았다. 가까운 지인의 일로 의논할 것이 있단다. 나와 의논할 일이 뭐가 있을까? 뒤늦게 얻은 딸이 미술 공부를 한다고 떼를 쓰나? 아니면 자식이 이탈리아 유학을 가겠다고 조르나? 궁금증을 안은 채 일단 약속을 잡았다.

약속 장소에 나가보니 친구가 어느 중년 부인과 나란히 앉아 있었다. 간단히 인사를 하고 본론으로 들어갔다. 의논할 내용인즉 이랬다. 이탈리아로 유학을 간 딸이 이탈리아 남자와 결혼을 하겠다며 허락해달라는 청천

벽력 같은 메일을 보내왔단다. 남편에게는 도저히 입이 안 떨어져 말을 못하고 있고, 이 상황을 어떻게 풀어야 할지 밤에 잠도 안 올 정도로 걱정이 되어 도움을 청한다는 것이었다. 그러고는 내가 입을 뗄 틈도 없이 하소연과 질문을 쏟아냈다.

"이탈리아 남자들이 바람둥이라는데, 어때요? 딸아이가 아무리 돌아오라고 해도 안 오더니 기어이 일을 저질렀어요. 아들이 없어서 사위를 아들 삼아 지내고 싶었는데, 말이 안 통할 테니 속 얘기도 못할 테고……"

나는 부인의 얘기를 묵묵히 듣고만 있었다. 참 난감했다. 누군가 순전히 호기심으로 이탈리아 남자들에 대해 물어본다면 경험담에 과장까지 섞어가며 설명을 해줬을 것이다. 하지만 인륜지대사로 얼굴에 수심이 가득한 아주머니에게 뭐라고 말해야 하리오.

유학과 해외여행이 자율화된 지 20년 남짓, 우리 젊은이들은 이제 세계 어느 곳이든 자유롭게 진출하고 있다. 때문에 자녀들의 조기유학이나 진로 문제로 의논해오는 사람들도 많은데, 그들에게 내가 꼭 물어보는 말이 있다.

"자녀분이 국제결혼을 한다고 해도 반대하지 않으실 건가요? 그럼 생각해보세요."

타향살이라는 것이 때때로 얼마나 처량한데, 자식이 외로움에 못 이겨 외국 사람과 사랑에 빠지면 어떻게 할 것인가? 보수적인 한국의 부모들이 자녀의 국제결혼을 받아들이기란 쉽지 않다는 건 짐작하고도 남는다. 핏줄에 대한 집착이 유난히 강한 민족이라 대체로 입양도 꺼리지 않는가. 더욱이 한국전쟁을 겪은 세대들은 서양 남자들과 함께 다니는 여자에 대해 다소 부정적인 시선을 거두지 못하는 것도 사실이다. 하지만 자식 이기는 부모 없다고, 이미 헤어질 수 없이 깊어진 사이라면 무슨 수로 자식의 마음을 돌려놓을 수 있겠는가?

부인의 하소연을 듣고 있으려니 문득 생각나는 두 사람이 있었다. 우리나라에 이탈리아 대사로 부임했다가 부인과 이혼하고 한국 여성과 결혼해서 사는 분들이다. 그중 한 분은 일본 부인과 이혼하고 한국 여성을 맞이했고, 다른 한 분은 프랑스 여성과 결별한 뒤 한국 여자를 네 번째 부인으로 만나 잘 살고 계시다.

이런 저런 생각 끝에 부인에게 몇 가지 사항을 물어보았다. 그 남자의 고향은 어디인지, 부모님은 어떤 분들이고 형제는 어떻게 되는지 등 등……. 그러자 한 번도 유럽 여행을 해본 적이 없다는 이 부인, 얼굴에 살짝 어리둥절한 표정이 스친다. 눈치 빠른(?) 내가 이것을 놓칠 리 없었다.

"사람 사는 건 어디나 같잖아요. 우리나라 신랑감이든 이탈리아 신랑감이든 몸과 마음이 건강하고 처자식 소중히 여길 줄 알고, 거기다 책임감 있고 직업 확실해서 밥 굶길 일 없으면 되는 것 아니에요?"

그러자 부인이 금세 생기를 띠면서 대답했다.

"그럼요, 그럼요. 그런데 고향을 물어보시기에 이상했어요. 이탈리아 사람은 다 비슷하지 않나요?"

"우리나라 사람들도 지방마다 가풍마다 다른데, 이탈리아처럼 지방색이 강한 나라는 더 그렇죠."

이렇게 시작한 상담은 결국 이탈리아 역사에서 문화, 사회상에 대한 강의로 이어졌다. 예비 친정엄마는 나를 놓아주지 않고 열혈 학생처럼 질문을 퍼부어댔다.

따님의 마음을 빼앗은 남자는 베네치아 출신, 그러니까 베네토였다. 베네토들의 기질은 좀 폐쇄적이고 가족 중심적이며, 대체로 과묵하고 구두쇠가 많다. 아마도 게르만 족의 피가 많이 섞인 탓일 텐데, 덕분에 비교적 무난히 결혼 생활을 하는 것 같다. 내가 만난 친구들을 보면 그렇다. 하지만 과묵하다는 건 고집스러운 성향의 다른 면인 듯, 한번 결정한 사항은 좀처럼 바꾸지 않는다.

이런 얘기까지 간단히 들려주고 나니 어느덧 일어날 시간이 다 되었다. 부인에게 나는 캐서린 헵번과 로사노 브라치가 주연한 영화 〈여정원제 Summertime, 1955년〉을 본 적이 있느냐고 물었다. 〈여정〉은 미국의 직장 여성이 베네치아로 여행을 갔다가 아내와 별거 중인 이탈리아 남자를 만나 사랑에 빠지는 내용으로, 베네치아의 아름다움과 이탈리아 남자들의 로맨틱한 성향을 잘 보여주는 영화다.

"네, 기억나요. 특히 마지막 장면에서 로사노 브라치가 장미 꽃다발을 들고 캐서린 헵번을 만나러 뛰어가는 모습이 얼마나 로맨틱했던지!"

바로 그 '로맨틱'이 사람 잡는 것 아니겠는가.

마지막으로 나는 이탈리아 남자와 결혼해서 잘 사는 내 제자 이야기와 더불어 이탈리아 남자의 표준적인 속성을 짤막히 얘기해주고 자리에서 일어났다. 이탈리아 남자와 열렬히 연애하다 하루아침에 차여 우울증에 빠진 한국 아가씨에 대한 얘기나, 이탈리아 남자와 결혼해 아들까지 두었지만 시어머니의 질투가 심해 이혼하고 만 애처로운 젊은 엄마의 얘기는 차마 꺼낼 수가 없었다. "마누라와 황소는 고향에서 골라야 편하다"는 이탈리아 속담도 입 속에서만 맴돌고 말았다.

파바로티와 병뚜껑

〈광란의 아리아〉를 듣다가 갑자기 소름이 쫙 끼쳤다. 주인공 소프라노의 음색이 기가 막혀서가 아니다. 내가 지금 어디에 앉아서 이 아리아를 듣고 있는지 깨달은 순간 제 풀에 감격하고 만 것이다.

2006년 2월, 스칼라 극장의 친구들이 정해준 날짜에 나는 이탈리아로 돌아왔다. 그리고 다음 날 저녁, 스칼라 극장 로열석에 앉아 도니체티의 오페라 〈라메르무어의 루치아〉를 감상했다. 스칼라 극장의 공연 표는 구하기가 쉽지 않다. 물론 예매 제도도 있고 인터넷 구매도 가능하다. 하지만 실제로는 암표상과 매점매석이 횡행한다. 특히 특급 호텔의 뒷거래가 유명하다. 호텔 고객들을 위해 표를 확보하려고 경쟁하는 것이다. 이런 극장에 내가, 그것도 한국에서 날아온 바로 다음 날 태연하게 자리 잡고 앉아 있다니…….

스칼라 극장의 공식 규정은 아니지만, 공연을 앞둔 최종 연습에 해당하는 마지막 시연회에는 내부 관계자의 지인들을 초청하는 것이 관례로 되어 있다. 오랜 기간 동안 준비한 의상과 무대 장치, 그 밖의 모든 소품들을 완벽히 갖추고 본 공연과 똑같은 상황에서 치러진다. 때로는 이 공연이 실제 공연보다 더 큰 감동을 주기도 한다. 왜냐하면 스태프와 출연진들이 가족적인 분위기에서 공연을 하기 때문이다. 초대된 관객 역시 수준 높은 교양을 갖춘 사람들로 옷도 제대로 갖춰 입고 온다. 이런 까닭에 마지막 시연회가 성공하면 절반은 성공했다는 말이 있다.

이제 시연회가 끝나면 나는 무대 뒤로 돌아가 스태프들과 인사를 나누고, 오랜 친구들과 어울려 극장 근처의 식당으로 가서 늦은 저녁을 함께 할 것이다. 꼭 20년 전 이곳에서 그랬듯이…….

1985년부터 이듬해까지 나는 스칼라 극장의 스태프들과 고락을 같이 했다. 처음에 갔던 유학이 내 전공 분야를 완성하는 과정이었다면, 스칼라 극장에서의 연수는 실무를 익히는 수련 과정이었다.

밀라노에서 첫 유학 생활을 마치고 귀국한 뒤 나는 무대의상 디자이너로, 또 대학에서 강의를 하며 바쁜 생활을 보냈다. 그러면서도 마음 한구석엔 항상 아쉬움이 있었다.

특히 실무를 파고들면 파고들수록 아쉬움은 커졌다. 우리나라의 공연계 현실과 이탈리아에서 이론으로 배운 것 사이에 괴리가 컸기 때문이었다. 가장 힘든 상황은 어떤 극단이건 무대의상디자인을 의뢰할 때 꼭 제작 기간 정도의 시간만 준다는 사실이었다. 시간을 충분히 주어야 자료 수집도 하고 작품 구상도 할 텐데, 그것에 대해 전혀 배려해주지 않는 상대방이 야속했다. 이런 여건은 큰 극장이든 작은 극장이든, 또 국가 예산으로 움직이는 극장이든 다를 바가 없었다. 그리고 항상 드레스 리허설을 거치지 않고 곧바로 본 공연에 들어가는 것도 나를 못 견디게 했다. 역시 시간이 없다는 것이 이유였다. 학교에서는 드레스 리허설을 해야만 서로 어울리지 않는 의상과 무대 장치의 단점을 보완할 수 있다고 배웠는데 말이다.

꼭 다시 한 번 이탈리아로 가서 그 나라 공연계의 현실을 보고 싶었다. 모든 과정을 제대로 진행하는 곳에 가서 연수를 받고 싶었다. 그러다 참으로 운 좋게 예전 은사들의 추천으로 스칼라 극장에서 일할 기회를 만났다.

그때의 기분을 무엇에 비할 수 있을까? 하루하루 사는 것이 이렇게 즐거울 수도 있구나 싶었다. 아침부터 저녁까지 이리 뛰고 저리 뛰면서도 피곤하다거나 고달프다는 생각이 들지 않고 정말이지 신바람이 났다. 공연이 있는 날은 더 신이 났다.

그 시기에 직접 참여해서 배운 스칼라 극장의 공연 준비 과정은 우리와 비교하자면 그야말로 하늘과 땅 차이였다. 세계 최고의 오페라 하우스답게 극장 안에서 공연되는 모든 오페라 의상과 소품과 무대 장치 등은 극장 안에 있는 제작실에서 직접 만들었다. 심지어 의상에 필요한 원단도 염색되지 않은 생지를 구입해 직접 염색을 했다. 한마디로 객석을 뺀 나머지 공간은 커다란 공장이나 다름없었다. 그뿐인가, 무대를 작은 모형으로 만들어 그 위에다 염색한 천을 올려놓고는 의상과 무대 장치의 색이 서로 조화를 이루는지 검토했다. 리허설만 열 번을 하는 경우도 있었다. 하긴 200년이 넘는 무대예술의 역사를 어떻게 따라갈까?

밀라노 근교 보비자라는 도시에는 200년 동안 무대에 올랐던 작품들의 의상과 소품들을 고스란히 모아둔 창고가 있다. 스칼라 극장 팀의 세계 순회공연이 끝나면, 마네킹처럼 생긴 입체 조형물에 의상을 입혀서 드라이클리닝을 한 다음 통풍이 되게 제작한 커버를 씌워 창고로 보낸다.

나는 모든 것을 보고 또 보고, 하나하나 사진을 찍고 필기를 하면서 언젠가는 우리나라에도 이런 시스템을 도입해야겠다는 꿈을 키워갔다. 작은 것이라도 놓칠세라 닥치는 대로 열심히 배웠다. 다양한 레퍼토리의 오페라가 무대에 오르고, 그만큼 무대 뒤의 모습도 각양각색이기에 아무리 봐도 질리지 않았다. 그곳은 예술에 대한 열기로 늘 가득 차 있었다.

이곳에서 일하는 모든 스태프들은 공채로 뽑는다. 분장사이건 의상실의 재단사이건, 하다못해 의상 제작실의 미싱공이라도 결원이 생기면 공채 면접과 시험을 거쳐 가장 실력이 뛰어난 사람을 합격시킨다. 따라서 다들 자부심이 대단하다. 무대 뒤 분장실에서 출연진들에게 옷을 입혀주는 보조원들까지도 긍지에 차서 일을 한다. 스칼라 극장이 세계 순회공연을 할 경우 제일 먼저 출장 일정이 잡히는 사람들이 바로 이들이다. 더구나 내로라 하는 세기의 성악가들과 일하고 친분을 나눌 수 있으니, 음악을 좋아하는 사람들에게는 더없이 좋은 직업이다.

나 역시 스칼라 극장에 있을 동안 세계적인 스타들을 눈앞에서 보며 때론 농담을 주고받기도 하였다. 가장 인상적인 스타는 역시 루치아노 파바로티였다. 1985년 12월부터 1986년 1월까지의 레퍼토리보통 두 달 동안 같은 레퍼토리가 공연된다가 베르디의 〈아이다〉였던 덕분에 나는 그가 부르는 청아한 아리아를 무대 뒤에서 실컷 들을 수 있었다. 스타들을 가까이에서 몇 달 동안 접해본 느낌이라면, 대가들은 역시 대가다웠다. 당당하고 자연스럽고 누구에게나 열려 있었다. 특히 파바로티는 수석 분장사가 분장을 맡는데도 특수 분장 외에는 늘 스스로 분장하는 것을 즐겼다. 분장을 지우는 일도 꼭 자신이 하겠다고 고집했다.

하루는 파바로티가 주인공 전용 분장실에 들어오다가 분장사 옆에 서 있는 나를 보더니 의아한 표정을 지었다. 아마 합창단원 중 한 사람으로 보이지는 않았나 보다. 내 연수 프로그램을 도와주던 수석 분장사가 간략하게 나를 소개했다. 그러자 파바로티는 두꺼비 같은 손을 내 머리에 얹더니 "잘 해봐, 병뚜껑"이라고 말했다.

상대적으로 내가 작아 보여서 그런 것 같다. 이탈리아 사람들은 대부분 동양인의 나이를 잘 가늠하지 못한다. 당시 내 나이가 30대 초반이었으니 그의 눈엔 20대쯤으로 보였나 보다. 난 그 앞에서는 아무 말도 못하다가 그가 무대로 나간 후 수석 분장사에게 무심코 투덜거렸다.

"뭐야, 자기는 꼭 감자 자루 같더구먼."

이 말에 분장사는 배꼽을 잡고 웃었다. 그러더니 잠시 뒤 휴식 시간에 분장실로 돌아온 파바로티에게 내 말을 그대로 전하는 게 아닌가? 그러자 파바로티는 너털웃음을 지으며 다시 한 번 내 머리에 손을 올려놓았다. 이날 이후 내 별명은 병뚜껑이 되었다. 물론 친구들끼리는 파바로티를 감자 자루라고 불렀고.

배우고 실습하는 재미에 푹 빠져 있던 어느 날, 수석 분장사가 내게 아주 흥미로운 얘기를 들려주었다.

"1988년에는 일본에서 초청을 받아 도쿄 공연을 할 예정이야. 그때 우리 스태프들하고 한국에 들를 테니 네가 관광 안내 좀 해줘."

귀가 번쩍 뜨였다. 내가 뭔가 할 수 있겠다는 생각이 들었다. 서울을 떠나오기 전에 올림픽조직위원회에서 위촉을 받아 아시안게임을 위한 디자인을 했던 터였다.

'그래, 스칼라 극장 팀이 88올림픽 때 서울에 오게끔 다리를 놓아야겠다. 일본에 오는 길이니 서울에 먼저 들르면 되니까, 한국에서 초청하는 비용도 절약될 테고 말야.'

나는 올림픽조직위원회 담당자에게 이 사실을 알렸다. 이렇게 해서 밀라노의 스칼라 극장 팀이 88올림픽 때 문화 행사의 일환으로 초청되었다. 서울 세종문화회관에서 푸치니의 〈투란도트〉가 우리나라 관객들과 만났던 것이다.

서울에서 공연하는 한 달 동안, 스칼라 극장의 스태프들은 서울 사랑에 푹 빠졌다. 그들은 자신들이 묵었던 호텔의 웅장함과 남대문시장의 활기, 24시간 만에 예복을 완성해주던 이태원 양복점의 민첩성 등에 대해 침이 마르도록 칭찬을 했다. 20년이 지난 지금까지도 그때 일을 이야기한다. 이런 인연 덕분에 그 뒤로 스칼라 극장이나 파바로티에 관련된 기사를 접하면 더욱 반가운 마음이 들었다.

아마도 2000년 가을 공연이 파바로티의 마지막 한국 공연이었던 것 같다. 공연이 끝난 후 주최 측이 마련한 리셉션이 열렸다. 당시 이탈리아 대사가 나를 파바로티에게 데리고 가 소개를 했다. 당연히 나를 기억할 리 없는 그는 처음엔 의례적으로 인사를 했다. 그러고는 몇 마디 주고받다가 내가 15년 전의 '병뚜껑과 감자 자루' 이야기를 꺼냈다.

"아! 맞다. 생각나!"

그는 금세 반색을 하며 다시 한 번 내 뺨에다 입을 맞추었다.

2007년 가을, 파바로티의 사망 기사가 보도되었다. 세계인들이 애도를 했고, 나도 마치 가까운 분의 부고를 받은 듯 마음이 짠했다.

스칼라 극장의 동료들은 지금도 내가 밀라노에 갈 때마다 시연회에 초대하거나 증정용 표를 선물해준다. 민망한 마음에 몇 달 동안 연락을 안했더니 서울까지 전화를 걸어 언제 올 거냐고 성화를 한다. 그들의 의리가 진심으로 고맙다. 다시 한 번 서울 무대에 부르고 싶은데, 어떻게 기회를 마련하나? 올해 일본에 공연 일정이 잡혀 있다지만 우리나라엔 올림픽 같은 큰 행사가 없으니…… 아쉬울 따름이다.

나를 울린
'코레 이탈리아니'

바쁜 아침 시간, 되도록이면 빼놓지 않고 챙겨 보는 프로그램이 있다. 바로 해외 입양아들의 친부모를 찾아주는 프로그램이다. 방송에 직접 출연하거나 세계 곳곳에서 화상을 통해 친부모를 찾는 해외 입양아들. 사연은 제각각이지만 그들을 보고 있노라면 가슴이 무거워지고 왠지 모르게 미안함과 죄책감이 느껴진다.

더구나 나는 이탈리아에 있는 한국계 친구들 때문에 텔레비전에서 눈을 뗄 수가 없다. 스테파니아 디 마르코, 체칠리아, 크리스티나, 파올로……

모두 이탈리아 이름을 지녔지만 얼굴도, 핏줄도 한국인이다. '코레 이탈리아니'로 불리는 그들은 여성일 경우 '코레 이탈리아나'로, 남성일 경우 '코레 이탈리아노'라고 자신을 소개한다. 한국계 이탈리아 사람이라는 뜻으로, 한국에서 태어났지만 이탈리아로 입양돼 그곳 국적을 가지고 있다. 나는 언젠가 그 친구들이 자신의 뿌리와 부모를 찾겠다고 할 때 어떤 방법으로든 도움을 주고 싶다. 특히 스테파니아 디 마르코는 딸 마르티나가 9살이 되면 한국을 찾겠다고 했으니 이제 꼭 1년 남았다.

2004년 여름, 나는 남편이 모교를 방문하는 길에 함께 이탈리아에 갔다가 요즘 한국 유학생들의 동향을 문의할 일이 생겼다. 그때 한국 유학생 담당자라고 나타난 사람이 바로 스테파니아였다. 동양 여자가 영어와 이탈리아 어를 완벽하게 구사하기에 난 일찍 유학을 온 모양이라고 생각했다. 이런 저런 이야기를 한 끝에 이탈리아 어를 정말 잘한다고 칭찬을 하자, 그녀는 자신이 한국계 입양아라고 담담하게 고백했다. 순간 가슴이 쿵 하고 내려앉는 느낌이었다.

그녀의 말은 이어졌다. 한국 유학생들을 상담하던 초기에는 반가운 마음에 자신도 한국에서 태어났다고 말했지만 이내 상대방의 표정이 묘하게 바뀌는 걸 보고는 더 이상 그런 말을 하지 않는다고 했다. 그런데 오래 전에 유학했다는 우리 부부를 만나니 자기도 모르게 얘기를 하게 됐다는 것이다. 그녀는 아직 결혼식은 올리지 않았지만 동갑내기 연인 알레산드로

와의 사이에 딸 마르티나를 두었다. 양부모가 사준 아파트에서 딸과 함께 살고 있으며 알레산드로는 아직 그의 부모와 살고 있다. 하지만 거의 날마다 찾아와 남편과 아버지 역할을 충실히 해주고 있기에 아직 결혼은 고려하지 않는다고 말했다. 이탈리아 젊은이다운 사고 방식이다.

며칠 뒤 스테파니아의 부모가 우리를 저녁 식사에 초대했다. 밀라노의 고급 주택가에 자리한 아파트에 들어서자, 3살배기 딸 마르티나와 선한 인상의 부부가 우리를 반갑게 맞아주었다.

스테파니아의 아버지는 건축가로 시칠리아 출신이다. 밀라노 출신인 어머니는 초등학교 선생님이다. 슬하에는 3녀 1남을 두고 있다. 맏딸 크리스티나, 둘째 딸 스테파니아, 셋째 딸 로레다나, 막내아들 다니엘레. 이렇게 소개하면 자식 욕심이 조금 많은 평범한 이탈리아 부부로 보일 뿐이다. 그런데 모두 입양한 자녀들이고 자기 자식은 일부러 낳지 않았단다. 그중 셋째 딸과 막내아들은 이탈리아 국내에서 입양한 아이들이다. 크리스티나와 내 친구 스테파니아가 홀트아동복지회를 통해 입양한 한국인이다.

크리스티나는 이탈리아에 처음 입양된 한국 고아다. 딸 하나를 입양해 키우다 보니 동양 아이가 혼자 놀이터에서 노는 모습이 안쓰러워서 두 번째로 스테파니아를 입양했다고 한다. 이렇게 친부모가 다른 두 아이를 자매로 맺어주고 사랑으로 키운 디 마르코 부부. 아버지는 한국인입양아협회의 회장직도 맡고 있다.

이 가족을 만나 느낀 감정을 어떻게 표현할 수 있을까? 미안하고 죄스럽고 빚진 것 같은 기분, 잘 키워주셔서 감사하다고 큰절이라도 올리고 싶은 심정이었다.

곧이어 기가 막히게 맛있는 시칠리아 요리가 나왔다. 딸의 나라에서 온 손님을 대접하기 위해 아버지가 직접 준비하셨다고 스테파니아가 자랑스레 이야기했다. 시칠리아의 음식은 고춧가루와 마늘이 많이 들어가 한국인의 입맛에 잘 맞는다.

감탄사와 인사를 번갈아 연발하는 내게 스테파니아가 아버지 자랑을 이어갔다. 아버지는 스테파니아가 어렸을 적부터 독립하기 전까지 하루도 빠짐없이 가족들 중에 가장 먼저 일어나셨단다. 그러고는 주방으로 가서 에스프레소를 뽑고 우유를 데워 비스킷과 함께 아침을 준비하셨다고. 준비한 아침 식사를 1인용 쟁반에 받쳐 들고 가장 먼저 어머니 방으로 가 아침 인사로 이마에 입을 맞추고 식사를 놓아준 다음, 딸들에게도 똑같이 쟁반을 들고 가 아침 인사를 건넸다고 한다.

날마다 이렇게 하루를 시작했다는 스테파니아네 가족. 아침 식사뿐이 아니었다. 아버지와 어머니의 일상은 오롯이 자식들에게 맞춰져 있었다고 한다. 이제 할머니가 된 어머니는 집에서 가장 큰 방을 가족실 겸 놀이방으로 꾸며놓고 유치원에서 돌아오는 손녀들을 맞아주신단다. 딸들을 키울 때 했던 그대로.

식사를 마치고 아버지가 시칠리아의 도수 높은 와인을 권하는 사이, 어머니는 서재로 들어가더니 봉투를 하나 가지고 나왔다. 그 봉투에서 서류를 꺼내 나에게 주며 거기 적힌 한국어를 이탈리아 말로 번역해달라고 조심스레 부탁을 했다.

아, 이때처럼 내가 한국인인 것이 창피한 순간이 있었을까. 그 서류는 홀트아동복지회에서 아기를 보낼 때 같이 보낸 것이었다. 38년이나 지나 색이 누렇게 바랬지만 거기 적힌 글자만은 또렷이 보였다. 그중에서도 '발견 장소 : 우이동 파출소 옆'이라고 적힌 문구에 눈길이 갔다.

난 가슴 깊은 곳에서 뭔가 복받쳐 올라오는 걸 간신히 억눌러야 했다. 이 부부가 한국인입양아협회의 활동을 설명해줄 땐 아무 말도 할 수가 없었다. 어머니는 아이들이 어렸을 적에 다른 이탈리아 아이들이 외모가 다르다며 놀릴 때면 아이들을 붙들고 같이 울었고, 사춘기가 되면서 정체성 때문에 방황할 때는 너무 마음이 아파 불면증에 시달리기도 했단다.

이야기 끝에 다른 한국계 입양아들도 나를 만나고 싶어한다고 말씀하시기에 우리 집에서 저녁을 함께하자고 제안하였다. 그들이 오기로 한 날, 나는 밀라노에서 구할 수 있는 한국 음식의 재료를 몽땅 사왔다. 그러고는 한국 엄마가 된 기분으로 정성을 다해 불고기와 비빔밥, 잡채 등을 차려 냈다. 생전 처음 먹어본다는 한국 음식을 어찌나 맛있게 먹던지…… 특히 스테파니아와 같은 시기에 입양된 체칠리아의 아들 티치아노가 숙주나물을 더 달라고 몇 번이고 외칠 때는 나도 모르게 눈시울이 뜨거워졌다. 한국 여자와 이탈리아 남자 사이에서 태어난 2살배기 녀석이 한 번도 맛본 적 없는 숙주나물을 좋아하다니, 유전자는 어쩔 수가 없나 보다.

체칠리아는 순박한 시골 처녀처럼 생겼다. 동양 문화에 관심이 많은 전기 기사 프란체스코와 요가 교실에서 만나 티치아노를 낳았단다. 한국 땅의 자식인데, 어째서 영희와 철수가 결혼해 길동이를 낳지 않고 체칠리아와 프란체스코가 결혼해 티치아노를 낳아야 했을까?

이날 만난 친구들도 모두 입양 서류를 들고 왔다. 출생지는 전남 순천, 경기도, 서울 영등포……. 또 한 번 할 말을 잃게 만든 빛바랜 서류들.

그래도 이들은 좋은 양부모를 만난 덕분에 훌륭하게 성장해 양지에서 살고 있는 입양아들이다. 반대로 음지에서 살고 있는 입양아들은 얼마나 많을까? 정체성에 혼란을 겪고 철저히 외로워한 끝에 스스로 삶을 마감한 사례도 있다. 사람 사는 곳은 어디든 비슷해서, 스테파니아의 양부모 같은 훌륭한 사람들도 있지만 그렇지 않은 사람들도 있다. 이탈리아 사람은 이제 한국 아이를 입양할 수 없다. 한국 아이를 입양한 어느 이탈리아 부모가 아이를 학대한 사실이 한국의 입양 기관에 의해 발각되었기 때문이다. 버리는 친부모를 만난 것도 모자라 학대하는 양부모를 만난 운명을 어떻게 받아들여야 할까.

한국전쟁 후 생겨난 고아들을 키워줄 수 없던 가난한 시절, 나라에서 고육지책으로 선택한 것이 해외 입양이다. 그런데 한국이 세계 경제 대국을 바라보는 지금까지 해외 입양은 계속되고 있다. 이제는 우리가 부끄러워해야 한다. 한국이 올림픽에서 메달을 많이 따서 세계인의 입에 오르내리는 것은 참 좋다. 한국산 자동차와 전자 제품과 휴대 전화기가 세계 시장을 석권하는 것도 좋다. 하지만 고아 수출국이라는 오명이 사라져야 세계 속에 제대로 설 수 있지 않을까? 세계의 지성인들은 한국에 전쟁고아들이 더 이상 존재하지 않는다는 것을 알고 있다.

그러기 위해서는 우리 모두, 특히 자식을 둔 부모들은 성교육을 비롯해 사람답게 사는 법이 어떤 것인지 가르쳐야 할 것이다. 한순간의 불장난으로 태어난 이 땅의 핏줄들이 세계 어딘가에서 자신의 정체성 때문에, 그리고 버려졌다는 사실 때문에 상처받는 일은 더 이상 없어야 한다.

나는 머지않아 한국을 방문할 스테파니아와 마르티나, 순천 아가씨 체칠리아와 그녀의 아들 티치아노를 위해 즐거운 여행을 계획하려고 한다. 그리고 제대로 된 한국 음식을 대접하려 한다. 숙주나물을 잘 먹던 티치아노를 위해 더 정성껏 차려주고 싶다.

이탈리아 할머니에게 배우는
멋있게 늙어가는 법

후배들 중에 새로 나온 유머로 종종 나를 즐겁게 해주는 친구가 있다. 그가 어느 날 메일을 보내왔다. 여자들의 삶을 연령대로 나누어 비교한 유머였다. 거기에 이런 부분이 있었다.

"여자 나이 쉰이 넘으면 모든 것이 평준화되고, 여자 나이 여든이 되면 돈이 있으나 없으나 마찬가지이고, 아흔이 되면 방에 누워 있으나 산에 누워 있으나 똑같다."

이 글을 읽으며 잠시 반성하는 기분이 들었다. 이런 얘기가 나오는 데에는 우리나라 여자 어른들에게도 약간의 책임이 있지 않을까 싶어서였다. 우리나라도 이제 고령화 사회로 진입했다. 삶의 마지막 순간까지 알뜰하게 살다 가려면 지금부터 무언가 준비해야 하지 않을까. 나는 이런 다짐을 하며 후배에게 답장을 보냈다. 여든, 아흔의 나이에도 여성성을 잃지 않으며 씩씩하게 인생을 꾸며가는 이탈리아 어머니들의 이야기를 예로 들어서……

연세 지긋한 우리나라 어머니들이 흔히 하시는 말씀이 있다.

"말도 마. 내가 살아온 얘기를 책으로 쓰면 열 권도 모자라."

일제를 거쳐 광복을 맞고 뒤이어 한국전쟁을 경험한 세대인 만큼 한도 많고 가슴에 품은 사연도 많다. 더구나 옛날에는 시집살이도 심했다. '귀머거리 3년에 벙어리 3년, 장님 3년', 그렇게 거의 10년을 견디고 나면 청춘은 다 흘러갔겠지.

이탈리아의 어머니들을 몰랐을 때는 우리 어머니들만 한이 많은 줄 알았다. 적어도 시집살이는 없는 나라로 알고 있었으니까. 하지만 이탈리아의 어머니들 얘기도 책 열 권이 모자랐다. 제2차 세계대전을 시작한 나라이자 패전국이었던 이탈리아. 전쟁의 가장 큰 피해자는 여자와 어린아이들이다. 그 시대를 배경으로 제작된 영화들을 보면 그들의 고달픈 삶을 짐작할 수 있다. 〈해바라기〉나 〈시네마 천국〉, 〈인생은 아름다워〉와 같은 영화의 실제 주인공일 법한 인물들을 곳곳에서 만날 수 있다. 더욱이 이탈리아는 세계적으로 인정받는 장수 국가인 덕분에, 전쟁이 막 끝난 20세기 초반에 태어나 살아온 산 증인들을 만나기가 어렵지 않다. 내 친구들의 어머니, 이모, 시어머니들도 그렇다.

파란만장한 세월을 온몸으로 살아낸 이탈리아의 어머니들은 대체로 놀라우리만치 강하다. 우리가 아는 패션 하우스 중에도 이탈리아의 강한 어머니가 일으킨 곳이 많다. 모피로 유명한 펜디의 경우, 부티크 책상 밑에서 딸 넷을 키우며 기업을 일군 여장부 펜디의 일화가 유명하다. 고급 가죽 구두의 대명사인 페라가모는 완다 페라가모가 남편인 살바토레 페라가모와 함께 일으킨 브랜드로, 남편이 사망한 뒤 자식들과 함께 기업을 이끌어 오늘에 이르렀다. 백화점의 고문으로 일하던 시절, 피렌체에 있는 페라가모 본사에 가면 가끔 이 여장부를 볼 수 있었다. 바이어들 옆을 조용히 지나가며 카펫에 떨어진 쓰레기를 줍던 점잖은 할머니가 그녀였다.

외유내강이란 이럴 때 맞는 말일 것이다. 외유내강의 이탈리아 어머니들이 제2차 세계대전 후의 이탈리아를 오늘날 패션과 디자인의 나라, 요리와 와인의 나라로 재건했다.

내가 이탈리아로 돌아가 안젤라가 되는 순간부터 나의 어머니가 되어주시는 마팔다 첼라도 그런 어머니들 가운데 한 분이다. 그녀는 이웃에 살아 친해진 친구 마르게리타의 어머니로, 1919년 4월 13일 생이니 올해로 만 90세이다. 구순의 나이에 이분처럼 몸과 마음이 정정한 양반을 뵌 적이 없다. 자신의 영화 같은 삶을 얘기하실 때면 모든 연도를 아주 정확히 기억하신다.

그녀는 제1차 세계대전이 끝난 다음 해 농촌에서 12남매의 여덟째로 태어났다. 20살이 되던 해인 1939년 밀라노로 올라와 중앙역 앞에서 오빠들과 식당을 개업했다. 그녀가 태어난 레지오에밀리아*는 음식이 맛있기로 이름난 데다 마팔다의 음식 솜씨는 주변에서 알아줄 정도로 뛰어났다.

한창 식당이 번성하던 1943년 8월 13일 저녁, 연합군의 공습 사이렌이 울렸다. 이날 식당 건물이 폭격에 무너져, 식당이 한순간에 재로 사라졌다. 그 뒤 그녀는 새 출발을 하기 위해 밀라노의 유명한 제과회사에 사무원으로 취직을 했고, 거기서 훗날 남편이 된 지노를 만났다.

하지만 그 즈음 징집 명령을 받고 독일로 떠났던 지노는 전쟁이 끝난지 1년 만에 몸무게가 20킬로그램이나 빠진 초췌한 모습으로 그녀 앞에 나타났다. 2년 동안 독일의 지하 감옥에 갇혀 껍질도 안 벗긴 감자와 시커먼 흙 빵으로 연명하던 포로 신세였던 지노. 순정파인 마팔다는 지노의 상처가 아물 무렵인 1948년에 결혼해 내 친구 마르게리타를 낳았다. 하지만 남편은 지하 감옥에서의 악몽 때문에 밤마다 몸을 부들부들 떠는 등 평생 괴로워했다고 한다.

그런 까닭에 그녀는 파시스트나 전쟁에 관한 얘기가 뉴스에 나오면 치를 떨면서 무솔리니 시절의 얘기를 들려주신다. 물자가 귀할 때 금으로 된 결혼반지를 공출해가고 구리 반지로 바꿔준 얘기에서부터, 1945년 4월 28일 무솔리니가 밀라노 한복판에서 교수형 당하는 장면을 보았던 얘기까지…….

이후 이 부부는 밀라노 번화가에 바를 개업했다. 말년에는 바를 팔고 여유롭게 보내기로 약속했지만, 남편은 결국 감옥 생활의 후유증으로 폐가 나빠져 1977년 눈을 감고 말았다. 이때부터 그녀는 주말이면 밀라노 외곽의 공동묘지로 당신의 사랑을 만나러 갔다. 30년 동안 한 주도 거르지 않고 하얀 국화다발을 들고 남편을 찾아간다.

마팔다는 날마다 정해진 시각에 일어나 정해진 양의 식사를 한 다음 하루 일과를 시작한다. 그녀의 규칙적인 일상에는 한 치의 흐트러짐도 없다. 식사 시간도 일정하며 반드시 신선한 재료를 고른다. 그러기 위해 90세 노인이 매일 오전 집안 청소를 끝내고 11시에 집을 나서서 슈퍼마켓에 간다. 슈퍼마켓에 갈 때도 머리에서 발끝까지 색깔 맞춰 의관을 정제하는 등, 결코 여성성을 포기하는 순간이 없다. 밀라노의 모든 노인들이 그러하듯이……. 밀라노에서 여름에도 스타킹을 신는 사람들은 노인들밖에 없다. 그 유명한 2003년 유럽의 폭염 때 희생된 분들이 바로 이렇게 한여름에도 의관을 갖춰 입던 노인들이었다.

슈퍼마켓에 가기 전 단골 바에 들러 카푸치노를 한 잔 마시는 것까지 한결같다. 잠자리에 드는 시간도 일정하다. 항상 부지런하고 정갈하고, 끊임없이 새로운 책을 읽고 남에게 베푸는 데 인색하지 않으며, 신세를 한탄하는 일도 없다. 혹시라도 남에게 누를 끼칠까 봐, 자식에게 폐가 될까 봐 조심한다.

한 가지 더, 독실한 신앙 생활을 한다. 그리고 동네에 버려진 동물은 모두 다 마팔다 할머니 차지다. 떠돌아다니는 개나 고양이에게 늘 같은 시간에 먹이를 주고 정성껏 보살핀다. 끊임없이 자신의 삶의 가치를 창조해 가는 것이다.

마팔다 첼라의 삶이 구순 할머니의 정갈한 노익장이라면, 팔순 할머니 두 분의 왕성한 노익장에 대해서도 간단히 묘사하려고 한다. 또 다른 친구의 어머니 안나리사 카솔로는 1924년 5월 생이니 정확히 85세이다. 하지만 젊은이 못지않게 활발하게 사회 활동을 한다. 이분은 전형적인 밀라노 부유층의 따님이다. 하지만 자기 방 청소나 스타킹 깁는 것은 꼭 본인이 하도록 교육받았단다. 또 남자 친구와 데이트를 할 때도 꼭 집사가 따라 나갔다니, 같은 시대를 살아도 집안마다 가정교육이 달랐나 보다. 아직도 쓰고 계시는 가구들은 바로크 시대부터 내려오는 가보들이다. 피난을 간 역사가 없어서일까? 이탈리아 사람들은 대개 부모가 쓰던 물건들을 간직하고 있다.

그녀는 남편과 함께 프랑스나 영국의 고급 브랜드를 이탈리아에 수입하는 사업을 해서 아주 부유하게 살았는데 10년 전 홀몸이 되었다. 이제는 사업을 두 딸에게 넘겨주고 거의 모든 시간을 봉사하는 데 보낸다. 이 할머

돈이 있으나 없으나 똑같다는 말은,
아무리 좋은 옷이나 보석으로 치장을 해도
젊음이 사라졌으니 빛 또한 사라졌다는 얘기 아닐까?
하지만 사람에게서 빛을 발하는 건
좋은 옷이나 보석이 아니다.
어떻게 살아왔고 어떻게 살고 있는지,
즉 삶의 자세에서 빛이 우러난다.

니의 집은 항상 손님들로 들끓는다. 주로 수도회 신부님이나 수녀님들인데, 그들과 더불어 어려운 사람들을 위한 바자를 계획하는 등 봉사 활동을 하느라 바쁘다. 동갑내기 올케와 함께 언제나 시끌벅적하며 신나게 일하는 분이다.

유제품을 많이 먹어 뼈대가 튼튼해서 그런가, 이탈리아의 할머니들은 우리나라 할머니들이 흔히 신는 굽 없고 앞이 뭉툭한 신발 같은 건 신지 않는다. 항상 굽 있는 구두에 옷을 차려입고 립스틱을 바르고서야 집 밖으로 나온다.

안나리사의 동갑내기 올케는 몬테나폴레오네에서 상류층 자제로 태어났다. 그 옛날 흔히 갈 수 없던 예술학교를 나와 예술학교 선생님으로 근무하다 은퇴한 후, 시누이인 안나리사와 함께 봉사에 전념하고 있다.

두 분 다 우리나라 나이로 85세, 앞서 본 유머에 따르면 "돈이 있으나 없으나 똑같다"는 80대다. 아마도 돈 쓸 일이 별로 없고 써보아야 티도 나지 않을 나이라고 생각해서 지어낸 말일 것이다. 하지만 두 분의 삶은 다르다. 그들의 집 전화기에선 불이 난다. 신부님이나 수녀님들이 어려운 이웃을 위해 도움을 청하기 때문이다. 두 양반은 늘 분주하다. 자선 기관으로 봉사하러 가랴, 후원금 걷으러 친지들 만나랴, 언제나 누군가를 도와줄 준비가 되어 있다.

돈이 있으나 없으나 똑같다는 말은, 아무리 좋은 옷이나 보석으로 치장을 해도 젊음이 사라졌으니 빛 또한 사라졌다는 얘기 아닐까? 하지만 사람에게서 빛을 발하는 건 좋은 옷이나 보석이 아니다. 어떻게 살아왔고 어떻게 살고 있는지, 즉 삶의 자세에서 빛이 우러난다. 자식의 양육과 출가 등 인생의 과제를 마친 후, 다른 이들을 위해 돈과 시간을 쓰면서 새로운 가치를 창조하는 분들. 그분들을 보며 멋있게 늙어가는 법을 배운다.

레지오에밀리아Reggio Emiglia
밀라노에서 남부로 약 200킬로미터 떨어진 도시로, 구수한 음식으로 유명하다. 이탈리아 최초의 기성복 회사인 막스마라 본사가 있는 도시로도 알려져 있다.

사랑할 수밖에 없는 밀라노,
그곳엔 친구가 있다

"타향도 정이 들면 고향"으로 시작하는 유행가가 있다. 하지만 그 노래의 끝은 "타향은 싫어. 고향이 좋아"였던 것으로 기억한다. 귀소 본능이 유난히 강하다는 한국인이기에, 아무리 정이 들어도 타향은 타향일 뿐 고향이 될 수는 없다는 얘기일 것이다.

고향이 우리 마음속에 굳게 자리 잡은 이유는 과연 무엇일까? 고향을 그리워하는 건 태어난 땅이 그립기 때문만은 아니다. 그 땅에 두고 온 정든 사람들, 그리고 그들과 나누었던 추억 때문이다. 정다운 이들이 많고 그들과 공유하는 아름다운 기억이 많은 곳이라면 그곳 역시 고향이 아닐까? 나는 그렇게 믿는다.

밀라노는 내게 그런 곳이다. 힘들고 외로울 때 떠올리면 마음이 푸근해지는 곳, 삶에 활력이 필요할 때면 달려가고 싶은 내 마음의 고향이다. 두고 떠나올 때는 진짜 고향에 돌아가는 것이건만 발걸음이 무거워진다. 그건 바로 친구들 덕분이다. 우정이 뭔지 알게 해준 밀라노 친구들, 그들의 성화에 못 이겨 다시 돌아올 날짜를 약속해야만 발걸음이 떨어진다.

30년 전 처음 로마에 도착해 밀라노로 떠나기 전, 내가 신세를 졌던 지인이 해준 말이 있다.

"밀라노는 물가도 비싸고 사람들도 차갑다고 해요. 마음 단단히 먹으세요."

나는 마음을 단단히 먹고는 기차에 몸을 싣고 밀라노를 향해 떠났다. 두려움과 설렘이 뒤섞인 기분으로 도착한 회색 도시엔 가을을 재촉하는 차가운 비가 내리고 있었다.

첫인상은 차가웠지만 이제는 더없이 따뜻하게 나를 반겨주고 안아주는 도시가 바로 밀라노다. 그곳에서 인연을 맺은 사람들을 다 이야기하자면 며칠 밤을 새워도 모자랄 것이다. 그중에 기억에 남는 오랜 인연은 그야말로 예기치 못한 곳에서 만났다.

지금으로부터 5년 전쯤 어느 봄날 아침, 나는 알람이 울리기도 전에 눈을 떴다. 그날은 시청에서 거주증명을 등록하라고 정해준 날이라, 무의식적으로 긴장을 하고 있었나 보다. 거주증명은 우리나라의 주민등록과 같은 것으로, 특히 외국인은 거주증명이 있어야 3개월 이상 체류할 수 있다. 또 거주증명을 시청에 가서 등록해야 주민등록증 같은 것이 발급된다.

이탈리아는 다른 유럽 국가에 비해선 외국인에게 너그러운 편이지만,

일이 한번 꼬이기 시작하면 속수무책으로 곤란해지는 수가 있다. 법이 워낙 많고 까다로워, 원칙만 고집하는 상대방을 만나면 당해낼 수가 없다. 관공서는 업무 시간이 보통 아침 8시 30분에 시작해 오후 2시에 끝나 익숙지 않은 데다 1920~1930년대에 지어진 근엄한 건물은 사람을 얼마나 주눅 들게 하는지······. 나는 2001년 이탈리아 국가로부터 명예기사 작위라는 훈장을 받으면서 평생 이탈리아에 살 수 있는 비자도 받았다. 하지만 단지 언제든 살고 싶을 때 살 수 있는 비자일 뿐, 다른 혜택은 없다. 거주증명도 해야 하고 등록도 해야 한다.

그날 나는 무언가 트집은 잡히지 않을까 걱정하며 시청으로 발걸음을 재촉했다. 이탈리아 대사관에서 공증해준 훈장증도 잊지 않고 챙겼다. 관공서에 갈 때는 불이익을 당하지 않도록 갖고 다니라고 했기 때문이다.

시청에 도착해 외국인을 위한 창구 앞에 줄을 섰다. 앞에 서 있는 파키스탄, 필리핀, 페루, 중국 국적의 사람들에 이어 내 차례가 되었다. 서류를 꺼내놓고 설명을 하는데, 창구 여직원이 내 얼굴과 서류를 번갈아 바라보다 서류 위에 놓인 내 손에 시선을 멈추었다.

"당신 국적이?"

"아, 코레아 델 수드Corea del Sud, 남한입니다."

"그런데 당신네 나라에도 가톨릭 신자가 있어요?"

"물론이죠."

"불교만 있는 줄 알았는데?"

그녀는 내가 약지에 끼고 있는 묵주반지를 보았던 것이다. 그러더니 슬그머니 자신의 티셔츠 밖으로 십자가 목걸이를 꺼내 보여주며 미소를 지었다.

"이름이?"

"세례명은 안젤라예요."

"서류는 볼 필요 없겠네요. 당신 손에 낀 반지로 모든 것을 알 수 있거든요. 주민등록증은 일주일 뒤에 찾으러 오세요."

훈장증을 내민 오른손은 초라해지고 묵주반지를 낀 왼손이 빛을 발하는 순간이었다.

밀라노 시청의 파트리치아와 나는 이렇게 처음 만났다. 일주일 뒤, 나는 그녀의 퇴근 시간을 기다렸다가 함께 바에 가서 카푸치노를 마시며 친구가 되는 의식(?)을 치렀다. 독실한 가톨릭 신자인 파트리치아는 당시 동양 여자의 묵주반지가 아주 신선한 충격이었다며 두고두고 얘기한다. 그래서 친구가 되고 싶었다는 것. 어머니가 치매를 앓고 계셔서 늘 어두운 얼굴이지만, 자신의 애인을 소개할 때만큼은 얼굴이 활짝 피어나는 그녀다.

이렇게 뜻밖의 곳에서 만나 살붙이처럼 가까워진 친구들이 여럿 있다. 그중에 파올라 역시 빼놓을 수가 없다. 그녀의 이야기를 해야만 차가운 도시 밀라노에 얼마나 따뜻한 피가 흐르고 있는지 알 수 있을 것이다.

혼자라는 건 때론 자유롭지만 힘들 때도 있다. 특히 누군가와 어떤 순간을 공유하고 싶을 때는 혼자인 것이 문득 허전하다. 그날 저녁 내 기분이 그랬다. 하루 일과를 끝내고 저녁 미사에 참석하려고 집을 나섰다. 우리 집 근처에도 걸어서 5분 거리에 본당이 있지만 나는 20분 거리에 있는 산타 마리아 델레 그라치에 성당의 저녁 미사에 가는 길이었다. 이 성당으로 가는 길은 4~5세기에 만들어진 유서 깊은 곳으로, 마치 중세로 돌아간 기분에 젖을 수 있었다. 더욱이 저녁놀을 받은 성당은 혼자 보기에는 아까울 만큼 아름답다. 이날도 나는 황홀한 저녁 풍경을 바라보며 이 길을 함께 걸을 친구가 있으면 좋겠다고 생각했다.

성당에 도착하니 미사 전 저녁 기도 시간이었다. 빈 자리를 찾는데 나와 연배가 비슷해 보이는 부인이 자신의 옆자리를 가리키며 앉으라는 시늉을 했다. 또 친절하게도 자신의 책을 보여주었다. 나는 기도와 미사가 끝나고 성당 밖으로 나오며 부인에게 고맙다는 인사를 건넸다. 그러고는 발길을 돌리려는데 그녀도 나와 같은 쪽으로 발걸음을 옮겼다. 우리는 자연스레 함께 걸었고 통성명을 한 뒤 대화를 나누기 시작했다.

알고 보니 나와 동갑인 데다 그녀 역시 패션계에서 일을 하고 있었다. 거기다 우리 집에서 걸어서 5분 거리에 살고 있었다. 그날 이후 파올라와 나는 매일 같은 시간에 만나, 미사에 같이 가고 노을을 보며 밀라노의 뒷길을 함께 걸었다. 파올라는 그 동네에서 태어나 결혼한 후에도 같은 골목에 사는 터줏대감으로, 우리가 만난 성당 주변의 골목을 샅샅이 알고 있었다. 어느 바의 술이 맛있고, 어느 피자집의 주인이 인심이 좋은지, 어느 정육점의 고기가 좋고, 진짜 밀라네제들이 가는 아이스크림 집은 어딘지 등등……. 그녀는 밀라노의 상류층이었던 부모님 덕분에 물려받은 골동품이 너무 많아, 이케아IKEA. 중저가의 캐주얼한 가구를 파는 가게. 스웨덴에 본사가 있으며 전 세계에 체인을 두고 있다에 가서 쇼핑하는 것이 소원이라고 했다.

　이렇게 정을 쌓은 지 몇 년 후, 그녀는 사실 한국이 어디에 있는지 잘 몰랐다고 내게 고백을 했다. 그야말로 아무런 조건 없이 그냥 친구가 될 수 있는 마음. 그런 열린 마음이 항상 나를 이탈리아로, 또 밀라노로 끌어당기는 것 같다. 고향보다 타향이 좋은 이유다.

이탈리아 사람도 몰랐던
'진짜' 이탈리아 이야기

마시모 안드레아 레제리Massimo Andrea Leggeri 주한 이탈리아 대사

저는 주한 이탈리아 대사로서 제 외교적 직분을 생각할 때, 각기 다른 두 나라의 외교 관계를 형성하는 데 한 개인의 역할이 얼마나 중요한 것인지를 날마다 절실하게 느끼고 있습니다. 전 세계의 여러 나라들은 자국의 이익과 요구를 위해 지리적, 역사적 이질성을 뛰어넘어 짧지 않은 시간 동안 교류를 이뤄왔습니다. 그리고 이때 그 관계는 특별하고도 명민한 어떤 개인의 통찰과 실천에 의해 형성되기도 했습니다.

지리적으로 결코 가깝다고 할 수 없는 한국과 우리 이탈리아가 가까워질 수 있었던 이유에는 여러 가지가 있을 것입니다. 우선 국제 정치 환경 속에서 공동의 이익 추구를 위해 다양한 무역을 이뤄나가는 경제적 협력 관계를 들 수 있습니다. 그리고 이를 좀 더 심도 있게 살펴보면, 두 나라가 무역을 통해 교류하는 가운데 상호 보완적인 문화가 형성되는 것을 알 수 있습니다. (성악으로 대표될 수 있는) 음악과 시각 예술, 특히 오늘날 두드

러지게 나타나고 있는 패션과 다양한 디자인 영역에서의 감성의 공유 등이 한국과 이탈리아 두 나라의 관계 형성에 중요한 역할을 해오고 있습니다.

이러한 나라와 나라 간의 '조화'는 개개인의 참여를 통해 아름다운 선율을 구현하는 악보로 거듭나게 됩니다. 수많은 한국인이 이탈리아를 바라보는 것처럼, 이탈리아 사람들 또한 세계무대에서 급부상한 한국에 대해 궁금해 하고, 또 그 아름다움에 대해 좀 더 알고 싶어합니다.

이 책《바다에서는 베르사체를 입고 도시에서는 아르마니를 입는다》의 저자 장명숙 씨는 이러한 두 나라 사람들의 욕구를 채워주는 데에 가장 적합한 사람이라고 할 수 있습니다. 한국인으로서 가질 수 있는 수준 높은 문화적 토양과 자양분을 바탕으로 형성된 이탈리아에 대한 풍부하고도 다양한 그의 이력은, 이탈리아에 대한 그의 관심이 얼마나 뚜렷한 것인지, 이탈리아에 대한 지식이 얼마나 깊은 것인지, 또 이탈리아에 대한 그의 애정이 얼마나 두터운 것인지를 우리에게 보여줍니다.

장명숙 씨는 그동안 우리에게 일반 패션디자인 분야뿐만 아니라 무대의상디자인에 이르기까지 다양한 패션디자인 영역에서 전문인으로서 놀라운 성과를 보여줘 왔습니다. 그것은 전문 분야에서 실무를 통해 습득한 실제적인 경험은 물론, 대학에서 후학들을 가르치며 깨달은 이해와 끝없는 지적 탐구를 통해 깨우친 학문으로서의 지식 등이 가득 담긴 것이었습니다. 그는 이처럼 풍부한 경험과 지식을 통해 한국과 이탈리아의 중요한 다리 역할을 해왔습니다.

그리고 그 결정체가 바로 이 책입니다. 저는 이 책을 통해 이탈리아 사람인 저도 이제껏 몰랐던 이탈리아와 우리 이탈리아 사람들이 살아가는 모습을 새롭고 흥미롭게 바라볼 수 있었습니다. 저는 이 책이 우리 두 나라가 서로에 대한 이해를 높이는 데 더 없이 좋은 기회를 마련해줄 것이라고 생각합니다.

방대하고도 다양한 문화적 풍토에서 태어난 이탈리아와 이탈리아 사람들은 여러분이 생각하는 것보다 훨씬 더 끝없는 놀라움으로 가득 차 있습니다. 한국인 여러분은 그 특유의 호기심과 배려 속에서 이탈리아와의 문화적 차이를 포용하고 이해할 수 있을 것입니다. 그러니 부디 여기, 장명숙 씨가 마련한 '진짜' 이탈리아 이야기에 즐거이 귀 기울여주시고, 이를 통해 우리 이탈리아에 대해 좀 더 깊고도 너른 이해를 마련하실 수 있기를 바랍니다.

이탈리아의 은밀한 부분까지
더 깊이 이해하기 위하여

루치오 이조 Lucio Izzo 주한 이탈리아 문화원장

우리 이탈리아 친구들이 '키아라CHIARA, 이탈리아 어로 '밝다, 빛나다' 라는 의미로, 장명숙 씨의 이름 중 '명明' 자의 뜻을 듣고 우리가 지어 부르는 애칭이다' 라고 부르길 좋아하는 장명숙 씨는 이탈리아의 가장 친근한 친구로, 한국과 이탈리아 두 나라를 연결해주는 다리입니다. 오랫동안 두 나라 간의 문화 통로 역할을 해오고 있는 그는 어디쯤에서 한국인의 정체성이 끝나고 어디서부터 이탈리아 인의 정체성이 시작되는지 명확히 구분하기가 무척 힘이 듭니다.

그것은 '이탈리아의 명예시민' 이라 할 수 있을 만큼 그가 오랜 세월 동안 밀라노를 오고 갔기 때문도 아니고, 패션디자인이나 여타 다른 디자인 분야에서 그가 쌓아온 학문적인 업적이 대단하기 때문만도 아닙니다. 장명숙 씨는 그 누구보다 탁월한 솜씨로 한국에 우리 이탈리아의 문화를 전하고 있습니다. 특히 그는 우리 이탈리아 인의 특성을 파악해 한국인 특

유의 깊고 섬세한 감수성은 물론 그만의 전문적이고도 예술적인 창의성으로 한국에 조화시켜왔습니다.

　이 책《바다에서는 베르사체를 입고 도시에서는 아르마니를 입는다》는 이탈리아의 생생한 오늘을 날카롭고 민첩하게 관찰하고, 거기에 위트를 담아 품위 있게 써내려가고 있습니다. 저는 이 책에 우리 이탈리아의 특성이 '듬뿍' 담겨 있다고 확신합니다. 이미 많은 한국인 여러분이 사랑해주시는 이탈리아를 더 깊이 이해하기 위해, 특히 이제까지 여러분께 알려지지 않은 이탈리아의 은밀한 부분을 벗기는 데 이 책이 탁월한 길잡이가 될 것이라고 믿어 의심치 않습니다. 부디 여러분도 이 탐험이 즐거우시기를 바랍니다.

바다에서는 베르사체를 입고
도시에서는 아르마니를 입는다

초판 1쇄 발행 2009년 1월 16일
2판 7쇄 발행 2021년 8월 6일

지은이 장명숙

발행인 이재진 **단행본사업본부장** 신동해
편집장 김수현 **디자인** 이수경 명희경
마케팅 이현은 문혜원 **국제업무** 김은정
홍보 최새롬 권영선 최지은 **제작** 정석훈

브랜드 웅진지식하우스 **주소** 경기도 파주시 회동길 20
문의전화 031-956-7356(편집) 02-3670-1024(마케팅)
홈페이지 www.wjbooks.co.kr
페이스북 www.facebook.com/wjbook
포스트 post.naver.com/wj_booking

발행처 ㈜웅진씽크빅
출판신고 1980년 3월 29일 제406-2007-000046호

ⓒ 장명숙, 2009, 2019
ISBN 978-89-01-23896-8 03810

· 웅진지식하우스는 ㈜웅진씽크빅 단행본사업본부의 브랜드입니다.
· 이 책은 저작권법에 의해 한국 내에서 보호를 받는 저작물이므로 무단전재와 무단복제를 금합니다.
· 이 책 내용의 전부 또는 일부를 이용하려면 반드시 저작권자와 ㈜웅진씽크빅의 서면 동의를 받아야 합니다.
· 책값은 뒤표지에 있습니다.
· 잘못된 책은 구입하신 곳에서 바꾸어드립니다.